ANDREAS PITTLER

Bronstein

ANDREAS PITTLER

Bronstein

Sein vergessener Fall

GMEINER SPANNUNG

Bisherige Veröffentlichungen im Gmeiner-Verlag:
Die Spur der Ikonen (2017); Der göttliche Plan (2016);
Wiener Bagage (2014); Mischpoche (2011)

Immer informiert

Spannung pur – mit unserem Newsletter informieren wir Sie regelmäßig über Wissenswertes aus unserer Bücherwelt.

Gefällt mir!

Facebook: @Gmeiner.Verlag
Instagram: @gmeinerverlag
Twitter: @GmeinerVerlag

MIX
Papier aus verantwortungsvollen Quellen
FSC® C014496

Besuchen Sie uns im Internet:
www.gmeiner-verlag.de

Im Ehnried 5, 88605 Meßkirch
Telefon 07575/2095-0
info@gmeiner-verlag.de

2. Auflage 2019

Lektorat: Claudia Senghaas, Kirchardt
Herstellung: Mirjam Hecht
Umschlaggestaltung: U.O.R.G. Lutz Eberle, Stuttgart
unter Verwendung eines Fotos von: © ullstein bild
Druck: GGP Media GmbH, Pößneck
Printed in Germany
ISBN 978-3-8392-2436-6

TEIL EINS: FRÜHLING

Mittwoch, 11. März 1936

»Bronstein! Du wirst alt!«

David Bronstein stand vor dem großen Spiegel, der die Garderobe seines Vorzimmers abschloss, und konnte nicht umhin, aus tiefster Brust zu seufzen. Für einen Moment mühte er sich, seinen Bauch einzuziehen, ganz so, als stehe er »Habtacht«, doch nur allzu schnell zwang ihn seine Konstitution, wieder in seine eigentliche Form zurückzukehren. Die Leibesmitte wölbte sich formatfüllend im geschliffenen Glas, während Bronstein angestrengt Luft ausblies. Kurz überlegte er, den Schwimmreifen unterhalb seines Brustkorbs mit groben Händen anzupacken, doch sogleich nahm er von diesem Ansinnen mit aufsteigendem Widerwillen Abstand. Es war ja doch zwecklos, er näherte sich körperlich mehr und mehr der Erscheinung des Volksschauspielers Oskar Sima an. Doch der, so versuchte Bronstein sich zu trösten, war gute zehn Jahre jünger als er. Immerhin.

Doch halt. Was war das? Bronstein trat einen Schritt näher an den Spiegel und positionierte sein Gesicht ganz nah an dessen Oberfläche. Sein Bart! Der war grau! Und zwar ganz unzweifelhaft. Nicht ein paar Strähnen. Nein, das ganze Kinn war von dieser trostlosen Farbe geprägt. »Bronstein, du wirst nicht alt, du bist alt«, sagte er leise zu sich, während er Gefahr lief, von einer nachhaltigen Melancholie überwältigt zu werden.

Nach einem Augenblick des nackten Schreckens versuchte Bronstein, Ordnung in seine Gedanken zu bekommen. Es war wohl zu spät, um durch Leibesübungen die Körperfülle einzudämmen. Also musste er es der Regierung gleichtun und die traurige Realität mit irgendeiner Tünche behübschen. Er wandte sich nach links und öffnete die Schranktür. Aus dem obersten Fach holte er ein weißes Hemd hervor, das er anlegte, ehe er seine untere Körperhälfte in eine schwarze Flanellhose verstaute. Deren Bund zog er bis über den Bauchnabel hoch, sodass die ärgerliche Kugel in die tieferen Regionen hinabgedrückt war. Bronstein riskierte wieder einen Blick in den Spiegel und musste sich eingestehen, damit wenig erreicht zu haben. Diese Variante sah trostlos aus. Er wirkte endgültig wie ein alter Tattergreis.

Aber was unansehnlich war, das musste eben kaschiert werden. Mit einer Weste zum Beispiel. Ja, sagte er sich, nachdem er selbige über das Hemd gezogen hatte. So wirkte er nicht mehr unförmig, so erschien er stattlich. Und wenn er jetzt noch seine Taschenuhr samt ihrer goldenen Kette anlegte und das Ensemble mit seinem Rock abschloss, dann mochte er durchaus als soignierter Herr durchgehen.

Halbwegs zufrieden mit der Lösung, die er gefunden hatte, zog er die Weste wieder aus, um sich seinen Schuhen zu widmen. Passend zur restlichen Kleidung wählte er schwarze Budapester, die er neben dem beim Spiegel befindlichen Schemel abstellte. Er kramte in der untersten Schublade seines Kastens und förderte Schuhcreme und ein altes Sacktuch zutage. Mit diesen Utensilien bewaffnet, ließ er sich schwer auf dem Schemel nieder, fuhr mit seiner linken Hand in den ersten Schuh, trug mit der Rechten die schwarze Paste auf, um sodann mittels des Tuchs selbige gleichmäßig auf dem gesamten Oberleder zu verteilen. Als er mit seinem Werk zufrieden war, wiederholte er die Verrichtung mit dem zweiten Schuh, ehe er sich endlich anschickte, das Paar über seine Füße zu stülpen. Er verdrängte den Gedanken, dass ihm das Binden der Schnürsenkel mehr Mühe bereitete, als es ziemlich war, und brachte sich mit einem leisen Ächzen wieder in eine stehende Position. Im Alter wurden auch die alltäglichen Dinge zu einer Frage von Sieg und Niederlage. Und wenigstens im Hinblick auf sein Schuhwerk konnte er nun »Nenikekamen« sagen.

Gravitätisch bewegte sich Bronstein in sein Wohnzimmer, wo sein Blick auf dem großen Tisch herumwanderte. Wo hatte er seine Uhr abgelegt? Mit aufsteigender Unruhe begann er, zwischen der Zigarettenschachtel, den Streichhölzern und der »Wiener Zeitung« vom Vortag herumzukramen, ehe er sich abrupt mit der flachen Hand auf die Stirn klatschte. Er hatte die Uhr ja tags zuvor gar nicht getragen! Also lag sie wahrscheinlich am Nachttisch. Flott wechselte er die Räumlichkeiten und fand tatsächlich, was er suchte, direkt neben der kleinen Lampe liegen. Er trug den Chronometer beinahe vorsichtig ins Vorzimmer, wo er das Gehäuse in der kleinen Westentasche verstaute, um sich anschließend damit abzumühen, die Uhrkette formgerecht im Knopfloch zu fixieren. Er prüfte die Festigkeit des eben ins Werk gesetzten Unterfangens und setzte eine zufriedene Miene auf. Nachdem er noch seine sonstigen Utensilien wie Portemonnaie, Zigaretten, Feuerzeug und Stift an sich genommen hatte, befand er, er war nun endlich ausgehfertig.

Als er auf die Straße trat, registrierte er augenblicklich ein Frösteln. Die frühlingshafte Märzsonne war offenbar doch noch nicht so wärmend, wie man es nach dem langen

Winter erhoffen mochte. Bronstein dachte darüber nach, noch einmal in seine Wohnung zurückzukehren, um sich einen Mantel zu holen, beschied dann aber, ohne selbigen das Auslangen zu finden, wenn er nur forsch genug ausschritt. Also wandte er sich nach rechts und überquerte rasch die Kreuzung zwischen Oper und Hotel Sacher, um dann an der Albertina vorbei auf den Michaelerplatz zuzuhalten. Bronstein hatte dabei ein beachtliches Tempo an den Tag gelegt, sodass ihm die Kälte weiter nicht zusetzte. Dennoch war er froh, die Pforte seines Stammcafés auszumachen. Dort gedachte er, noch ein Petit Dejeuner einzunehmen, ehe er seinen Dienst in der Polizeidirektion antreten würde.

Oberkellner Alfons begrüßte den eintretenden Gast beinahe ehrfürchtig und entschwand sofort in Richtung Schank, während sich Bronstein erhaben auf seinem Platz niederließ. Er hatte noch nicht einmal seine Zigaretten aus der Tasche zutage gefördert, als Alfons ihm auch schon die »Wiener Zeitung« auf den Sessel legte und ihm elegant eine Schale Gold auf den Tisch stellte. »Darf es heute sonst noch etwas sein, Herr Kriminalrat? Eine Brioche vielleicht? Oder ein Buttersemmerl?« Bronstein sinnierte kurz und sah dann den Ober direkt an: »Wissen S' was, Herr Alfons, ein weiches Ei mit einer Buttersemmel, das wär' mir heut' g'rade recht.« Alfons nickte ergeben. »Sehr wohl, Herr Oberst, kommt sofort.« Bronstein zündete endlich eine Zigarette an und warf einen ersten Blick auf die Titelseite der Zeitung. Offenbar hatten sich Kanzler Schuschnigg, Vizekanzler Starhemberg und Außenminister Berger-Waldenegg mit dem tschechischen Premierminister Milan Hodža getroffen. Ein Thema, das der »Wiener Zeitung« glatt einen Leitartikel wert war. Bronstein aber dachte nicht daran, sich in diese Materie zu vertiefen. Was war von solchen Zeilen auch Großes zu erwarten? Beide Staaten fürchteten sich, und das mit Recht, vor dem Schreihals aus Braunau, da mochte man gerne ein wenig enger zusammenrücken, ungeachtet der problematischen Vergangenheit, die Tschechoslowaken und Österreicher dazu veranlasste, einander für gewöhnlich eher argwöhnisch zu beäugen.

Bronstein blätterte also um und stellte konsterniert fest, dass auch die zweite Seite dem Treffen der beiden Regierungschefs gewidmet war. Und da ihn die Änderungen im jugoslawischen Generalstab gleichfalls nur mäßig zu interessieren vermochten, wanderten seine Augen nur allzubald auf Seite drei. Aber Besserung trat nicht ein. Was sollte ihn die Pariser Konferenz kümmern – oder der Locarno-Pakt? War denn gar nichts für ihn ins Blatt gerückt? Der Krieg in Äthiopien. Bronstein seufzte. Der italienische Glatzkopf wollte partout in die Fußstapfen Julius Caesars treten und Rom ein neues Imperium schenken, weshalb sein Marschall Badoglio sich jetzt in irgendeiner Savannensteppe mit schlecht bewaffneten und ausgemergelten Negern herumschlug, die offenbar zäh genug waren, den Europäern die Stirn zu bieten. Bronstein klopfte Asche ab und wandte sich dem Chronikteil zu. Die Überschrift »Särge und Wiegen« erweckte sein Interesse. Doch erlosch dieses schnell, als er herausfand, dass lediglich ein vorwitziger Redakteur eine pfiffige Formulierung für die Zahl der neu Geborenen und der frisch Dahingegangenen gewählt hatte. Und Gevatter Tod war nun wahrlich kein ansprechender Tischgast beim morgendlichen Mahl.

Umso mehr überraschte es Bronstein, dass Bürgermeister Schmitz eine Lanze für die Frauenarbeit brach: Es gäbe nun einmal viel mehr Frauen als Männer in diesem Lande, weshalb es unmöglich sei, dass jede Frau einen Ehemann abbekomme, ließ der Stadtvater verlauten. Und wie man es der Witwe oder der Tochter eines Gewerbetreibenden kaum verarge, an dessen statt die Geschäfte fortzuführen, so dürfe man auch anderen Frauen die Erwerbsarbeit nicht versagen, zumal es Berufe gebe, in denen Frauen bessere Leistungen erzielten als Männer. Bronstein ertappte sich dabei, wie er durch die Zähne pfiff. Der Mann redete ja wie seinerzeit eine sozialdemokratische Funktionärin. Ob das seine christlich-sozialen Standesgenossen goutierten? Ah, endlich kam das Frühstück.

Flink köpfte Bronstein das dargereichte Ei, um es sodann genüsslich auszulöffeln. Den Artikel über die Frauenarbeit vergaß er darob gänzlich. Erst als er sein Mahl beendet hatte und sich behaglich eine zweite Zigarette anzündete, nahm er die Zeitung noch einmal zur Hand und blätterte achtlos weiter. In Leoben waren neuerlich sechs Nazis abgeurteilt worden, und im Wiener Polizeigefangenenhaus war der Schließer Anton Mayer plötzlich und unerwartet im Dienst verschieden. Bronstein schluckte. Er kannte Mayer flüchtig von diversen früheren Fällen und wähnte den Mann in seinem Alter. Und da war sie wieder, diese beklemmende Unruhe, die ihn schon am Morgen in ihren Klauen gehalten hatte. Bronstein nahm einen großen Schluck aus dem Wasserglas, das dem Kaffee beigegeben war, und suchte nachgerade hektisch nach dem Kultur- oder wenigstens dem Sportteil.

Ah! Eine Jules Verne-Verfilmung, die in die Kinos kam!

Michael Strogoff. Dunkel erinnerte sich Bronstein an den Stoff. Es ging um einen wagemutigen Kavalleristen, der eine wichtige Botschaft des Zaren durch die feindlichen Linien brachte, um so den von den finsteren Tartaren bedrängten Russen in Sibirien die heiß ersehnte Rettung anzukündigen. Dass ausgerechnet Adolf Wohlbrück den Strogoff spielte, irritierte Bronstein ein wenig, kannte er diesen doch eher als Repräsentant der sehr seichten Muse. Und Maria Andergast als Nadja kam ihm gleichfalls seltsam vor, da die doch bislang eher als Partnerin von Luis Trenker in diversen Bergdramen aufgefallen war. Aber nach der Lektüre der Filmkritik ahnte Bronstein, dass seine Skepsis wohl begründet war. Die Zeilen waren ein eindeutiger Verriss. Also würde Bronstein den Weg ins Kino wohl nicht anzutreten haben. Dafür aber jenen ins Büro. Ein Blick auf seine Taschenuhr überzeugte Bronstein davon, dass es höchst an der Zeit war, sich wieder in Bewegung zu setzen, wollte er sich tadelnde Worte seines Vorgesetzten ersparen. Er signalisierte Alfons mit einer nachlässigen Handbewegung, dass er zu zahlen wünsche, legte dann die Zeitung beiseite, erstattete den geforderten Betrag samt Trinkgeld und verließ daraufhin eilig die Lokalität.

Fünf Minuten nach 9 Uhr betrat Bronstein das Gebäude der Polizeidirektion, grüßte jovial den Portier und begab sich die Treppe hinauf zu seinem Amtszimmer, wo er bereits von Cerny ungeduldig erwartet wurde.

»Wozu hast du eigentlich Telefon, wenn du nicht abhebst?«, empfing ihn dieser mit einem vorwurfsvollen Ton, »ich hab' schon dreimal angeläutet. Wir haben nämlich …«

Bronstein zuckte mit den Schultern. »Ich war am Weg hierher«, replizierte er knapp.

»45 Minuten? Kaum. Gib's zu, du warst noch im Kaffeehaus!« Cerny schnitt eine Grimasse. »Hätte ich mir eigentlich denken können. Warum hab' ich nicht dort angerufen?«

Bronstein grinste: »Weilst ein Mensch bist und mir mein Frühstück gegönnt hast.« Um danach förmlich zu werden: »Also. Was hamma?«

»Einen Mord«, kam es prompt. Bronstein zog die Augenbrauen hoch. »Aha! Und wo?«

»In Simmering draußen.«

Bronstein verdrehte die Augen. »Des a no!«

Ohne sich erst auf seinem Schreibtisch niederzulassen, machte Bronstein kehrt und bedeutete Cerny, ihm zu folgen. Sie gingen zur Fahrbereitschaft und orderten einen Wagen, der sie zum Tatort bringen sollte. Alsbald stand ein schwarzer Steyr samt Fahrer vor ihnen, und beide kletterten in den Fond. Bronstein nutzte die zu erwartende Zeitspanne, um sich eine weitere Zigarette zu gönnen. Beinahe automatisch bot er Cerny auch eine an, der diese ebenso automatisch ablehnte. Bronstein nahm einen tiefen Zug und blies den Rauch dann entspannt aus. Das Automobil hatte den Innenhof zwischenzeitlich verlassen und war auf den Ring eingebogen. Eine Weile fuhr man am Quai entlang, ehe man in die Lände einbog.

Bronstein registrierte, dass außer ihnen kaum Wagen auf der Straße waren, und fragte sich instinktiv nach dem Warum. Noch vor zwei, drei Jahren war der Verkehr an dieser neuralgischen Stelle beinahe unüberschaubar gewesen, der Versuch, zu Fuß vom Schwedenplatz zum Donaukanal zu gelangen, glich damals einem tollkühnen Akt. Nun aber herrschten andere Zeiten, und selbst eine fußmarode Oma wäre ohne Probleme auf die andere Straßenseite gekommen. »Hab ich was verpasst?«, fragte er scheinbar unmotiviert in Cernys Richtung, »ist heute ein Feiertag? Oder warum ist kaum jemand unterwegs?«

»Wer kann sich in solchen Tagen noch ein Automobil leisten, frag ich dich?«, kam es zur Antwort, »die vielen Arbeitslosen vielleicht?« Bronstein verzog seinen Mund: »Ach, ich hab' geglaubt, uns geht's so gut wie nie zuvor. Sagt das die Regierung nicht andauernd?« Cerny nickte kaum merklich in die Richtung des Fahrers und sah dann Bronstein mit unzweideutigem Blick an. Offensichtlich war er sich nicht sicher, ob der Fahrer dem Regime nicht in ergebener Treue verbunden war. Just in diesem Augenblick ließ dieser sich vernehmen: »Wenn's wegen mir ist, die Herrschaften, dann brauchen S' keine Hemmungen an den Tag zu legen. Mir sind diese Ständestaatler genauso z'wider wie Ihnen.«

»Aber Sie sind doch Mitglied in der Vaterländischen Front, Kollege. Oder etwa nicht?« Der Chauffeur zuckte mit den Schultern. »Ja eh. Und? Wenn morgen der Hitler einmarschiert, dann geh' ich halt zu den Nazis. Aa schon was! Deswegen bleiben die für mich trotzdem alles Oaschlöcher. Waren s' immer, sind s' immer, werden s' immer bleiben.« Bronstein fand, es war wieder einmal Zeit für gehobene Augenbrauen. Der Fahrer wiederum schien zu der Auffassung gekommen zu sein, seinen politologischen Ausflug mit einem deftigen Schlussakkord ausklingen zu lassen: »So ist das mit den Großkopferten. So, und nicht anders.«

Sie passierten Erdberg. Die Gegend wirkte gespenstisch ausgestorben. Wo vor einigen Jahren noch hektische Betriebsamkeit geherrscht hatte, dominierten nun leere Werkstätten und verlassene Geschäfte, deren Türen und Fenster mit Brettern verbarrikadiert waren. Der Anblick schlug sich Bronstein aufs Gemüt, und so wandte er sich wieder an Cerny: »Wo ist die Leiche überhaupt g'funden worden? Das hast du mir noch gar nicht g'sagt. Und was wissen wir bisher überhaupt über die ganze Sache?«

Cerny lächelte: »Ich hab' geglaubt, du fragst gar nicht mehr! In der Dommesgasse. Auf Nummer 10. Ecke Lorystraße …« Bronstein dämpfte den Rest seiner Zigarette aus. »Dort sind lauter Bauten aus dem roten Wien. Lass mich raten. Das Opfer ist ein Sozi.« Cerny lächelte schmal. »Wegen dieser schnellen Auffassungsgabe bist du der Ober und ich der Unter.« Und nach einer kurzen Pause, um den kleinen Seitenhieb wirken zu lassen. »Ja, ein ehemaliger Vertrauensmann der Simmeringer Sozialdemokraten ist das Opfer. Schon zweifelsfrei identifiziert. Hans Binder. 44. War bis vor zwei Jahren Bezirksrat für die Roten in Simmering. Dann eine Weile in Wöllersdorf. Und dann in Kaiser-Ebersdorf. Ist erst zu Weihnachten voriges Jahr wieder freigekommen. Gilt … galt als Unterstützer der RS.«

»Der Revolutionären Sozialisten?«, fragte Bronstein sicherheitshalber nach, da er sich mit den diversen illegalen Gruppen für gewöhnlich nicht beschäftigte. »Genau die. Von denen stehen demnächst etliche vor dem Strafrichter. Weißt eh, Hochverrat und so.«

Bronstein nickte anerkennend. »Und das hast du alles heute schon eruiert, oder wie?« Cerny bestätigte diese

Annahme und fügte hinzu, er sei ja schon seit 8 Uhr im Büro gewesen und habe die Zeit bis zu Bronsteins Eintreffen zu einem Studium der einschlägigen Akten über Binder genützt. »Alle Achtung, Cerny. Das war gute Arbeit.«

Der Wagen hatte nun endlich den Enkplatz erreicht und bog in die Simmeringer Hauptstraße ein. Einige Gassen weiter lenkte der Chauffeur das Automobil nach rechts und brachte es vor dem Haus Dommesgasse Nummer 10 zum Stehen. Bronstein klopfte sich auf die Oberschenkel. »Na, dann pack mas!«

Vor dem Haustor hatte sich eine ansehnliche Menschentraube gebildet, die von zwei Uniformierten nur mühsam im Zaum gehalten werden konnte. Kaum wurden Bronstein und Cerny von der Menge wahrgenommen, waren die beiden auch schon Adressaten unterschiedlichster Kommentare, die von »da sind s' ja endlich, die Kieberer« bis zu »wird aber auch Zeit« reichten. Bronstein machte eine begütigende Geste mit seinen Händen. »Herrschaften, jetzt simma ja da, also lasst's uns bitte unsere Arbeit machen, umso schneller ist die ganze Sache aufgeklärt.«

»Aufgeklärt? Was heißt da aufgeklärt?«, belferte ihn ein blasser Jüngling an, der kaum noch einen Bartflaum unter der Nase aufwies. »Die G'schicht' ist ja eh völlig klar. Den Hans, den haben die Faschisten g'macht.« Dafür gab es eifrige Zustimmung seitens der übrigen Anwesenden. »Ich danke für den Hinweis. Wir werden ihm selbstverständlich nachgehen. Jetzt müssen wir aber erst einmal den Tatort besichtigen. Wenn Sie also bitte beiseitetreten würden.« Bronstein war selbst überrascht, wie konziliant er auftrat. Auch Cerny entging die kalmante Art seines Chefs nicht. An anderen Tagen mochte er in solchen Augenblicken die Fassung verlieren und die Leute anbrüllen, sie sollten die Amtshandlung nicht behindern, widrigenfalls er ihre Arretierung verfüge. Doch nun zeigte sich sein Vorgesetzter von einer beinahe noblen Höflichkeit, die auch die ursprünglich gegen sie gerichtete Feindseligkeit rasch zum Abebben brachte. Schweigend wurde ihnen Platz gemacht, und endlich standen die beiden Ermittler im Gang des Erdgeschosses. Bronstein sah Cerny an: »Was sagst du? Erst Tatort, dann Hausmeisterin oder umgekehrt?«

Cerny musste unwillkürlich lächeln. Er wusste um Bronsteins langjährige Erfahrungen mit den diversen Concierges. »Schauen wir uns einmal die Binder-Wohnung an, dann darfst dich wieder mit einem Wiener Original abgeben.« Bronstein beugte sich leicht nach vorn und streckte den linken Arm aus: »Nach Ihnen, der Herr.«

Die Wohnung Binders befand sich im zweiten Stock und war ebenfalls durch einen uniformierten Kollegen gesichert. Bronstein hob kurz seine Kokarde hoch und trat dann in den kleinen Raum, der offenbar als Küche und Aufenthaltsraum diente. Da sich nur eine einzige weitere Tür in dem Gelass fand, schloss Bronstein, dass sich dahinter ein Kabinett verbarg, mutmaßlich Binders Schlafgemach. Bronstein machte einen Herd, einen wackeligen Tisch, eine Eckbank und zwei Sessel aus, dazu noch eine Kredenz, aber keine Leiche. Binder musste dementsprechend im Kabinett liegen. Er machte einen Schritt auf die Tür zu und öffnete sie. In dem kargen Zimmer standen lediglich ein schmales Bett und ein klobiger Schrank, und mitten auf den Holzbrettern, die den Boden bildeten, lag in merkwürdiger Verrenkung eine dürre Gestalt, in deren Gesicht ein Ausdruck unendlichen Erstaunens eingegraben war.

Bronstein ließ seinen Blick eine gute Weile auf dem Toten ruhen. Was, so fragte er sich selbst, war auffällig? Binder war mit einer abgetragenen Hose bekleidet, die fraglos schon bessere Tage gesehen hatte. Dazu ein leinernes Hemd, dessen Ellbogen durch aufgenähte Lederecken geflickt waren. Die Hosenträger hatten offenbar die Aufgabe gehabt, das viel zu weite Beinkleid daran zu hindern, einfach nach unten zu rutschen. Und, so resümierte Bronstein, Binders rechter Schuh hatte in der Sohle ein Loch.

Ein solches hatte auch das Hemd. Mitten über der linken Brust. Genau in der Herzgegend. Und selbiges war blutumrandet. Bronstein brauchte keinen Pathologen, um die Todesursache zu erfragen. Der Mann war erschossen worden. Der Menge des Blutaustritts nach zu schließen mit einer kleinkalibrigen Waffe. »Hat jemand den Schuss g'hört?«, wandte er sich an den Beamten, der immer noch in der Wohnungstür stand. »Bitte, Herr Oberst, das weiß ich nicht. Aber die Partei aus der Wohnung unterhalb, die hat bei der Hausmeisterin g'meldet, dass einen Pumperer g'hört hat. Und dann soll jemand in einem Höllentempo die Stiegen runterg'rennt sein, hat's g'sagt.«

»So. Hat's das g'sagt, die Partei«, echote Bronstein. »Na, dann werden wir uns die Partei einmal näher anschauen. Gemma, Cerny.« Und an den Polizisten gerichtet: »Sie passen mir da weiter auf, dass niemand außer uns da reingeht, ja?« Der Uniformierte stieß die Hacken zusammen und salutierte.

Eine Etage tiefer pochte Bronstein gebieterisch an die entsprechende Wohnungstür und war gleich darauf erstaunt, wie prompt selbige geöffnet wurde. »Na, da sind S' ja endlich. Wenn man die Polizei einmal braucht, dann kommt s' ewig nicht daher.«

Bronstein hätte vollkommen taub sein können, allein an der erbosten Miene der Frau wäre abzulesen gewesen, wie empört sie war. »Gnädigste, wir sind so schnell gekommen, wie es uns möglich war.«

»Ja, ja, um Ausreden seid ihr Mannsbilder ja nie verlegen. Aber gleichviel. Sie wollen sicher wissen, was ich g'hört und g'sehen hab. Hab ich recht?«

»So ist es, Gnädigste.« Bronstein bemühte sich um sein gewinnendstes Lächeln.

»Na, dann kommen Sie erst einmal herein, die Herren. Muss ja nicht das ganze Haus hören, was ich Ihnen zu sagen habe.« Die Frau trat einen Schritt zurück und bot Bronstein und Cerny so Gelegenheit, in die Küche zu kommen. Bronstein fiel sofort auf, dass diese beinahe ident mit jener Binders war, doch viel Spielraum besaß man in diesen kleinen Räumen wohl auch nicht. Herd, Kredenz, Esstisch, Bank und Sessel, damit war der Platz auch schon zur Gänze ausgefüllt. Eine ausladende Geste der rechten Hand hieß die beiden auf der Bank Platz nehmen. Bronstein ließ Cerny den Vortritt und ersparte sich so, sich mühsam hinter den Tisch zu zwängen. Komfortabler saß er dadurch freilich auch nicht, da die Bank sich als so schmal erwies, dass Bronsteins linke Hinterbacke zur Hälfte über das Ende der Sitzfläche hinausragte. Unwillkürlich drängte er nach rechts und fühlte sich wie in einer überfüllten Tramway.

»Einen Eichelkaffee kann ich Ihnen anbieten. Mehr kann ich mir von meiner Rente nicht leisten«, kam es schneidend von der Tatzeugin.

Bronstein winkte ab: »Tun S' Ihnen nix an. Wir sind nicht heikel.« Er kramte nach seinen Zigaretten. »Aber rauchen werden wir doch dürfen, oder?«

Die Alte lachte. »Also wenn S' das nicht mehr dürfen, dann ist's endgültig aus mit der Menschenwürde. Also nur zu!«

Er steckte sich eine »Donau« an und kam dann auf das eigentliche Thema seines Hierseins zurück. »Der Binder. Was können S' mir über den erzählen?«

»Eigentlich nur das Beste«, kam es prompt. »Der hat sich, seit er aus dem Krieg z'rückkommen ist, stets für die Allgemeinheit engagiert. Ich mein'«, und dabei drehte sich die Frau zu den beiden Ermittlern um, »nicht, dass glauben, ich wär' ein Sozi oder so, aber was wahr ist, das muss auch wahr bleiben. Er war ein feiner Mensch, der Herr Binder. Ned so wie die Affen, die da jetzt herumrennen und auf wichtig machen.«

Sie beugte sich über den Herd und prüfte den Zustand ihres Gebräus. »Ich mein, der hat sich selber immer am wenigsten gegönnt. D'rum hat er auch immer noch in dem Loch da gehaust, obwohl er sich seinerzeit sicher was Besseres hätte leisten können. Und ich sag' Ihnen noch eines.« Wieder drehte sie sich um. »Mir ist das wurscht, was diese Wastln da beim Gericht über ihn g'sagt haben. Es war nicht recht, dass der Herr Binder ins Elend gekommen ist.« Sie verschränkte die Arme vor der Brust. »Ich weiß schon, mit wem ich red', aber Recht muss Recht bleiben. Der Herr Binder hat sich nie was zuschulden kommen lassen, auch wenn die Hahnenschwanzler hundertmal was anderes erzählt haben. Haben S' vielleicht für mich auch eine?«

Für einen Moment war Bronstein ob des letzten Satzes verwirrt, ehe er verstand, dass die Frau eine Zigarette wollte. Er griff nach der Schachtel und hielt sie in die Luft. Sein Gegenüber trat näher und fingerte einen Glimmstängel aus dem Karton. Reflexartig gab er ihr Feuer. Sie saugte den Rauch gierig in die Lungen und machte dabei ein verzücktes Gesicht. »Ah, das tut gut. Und beruhigt die Nerven, wissen S'! Ich wollt', ich könnt' mir öfter Tschik leisten. Aber bei meiner …«

»… Rente, ich weiß«, vollendete Bronstein den Satz, »ja, es sind harte Zeiten.«

Das Gesicht der Frau verfinsterte sich. »Für uns sind's immer harte Zeiten. Eine Katastrophe jagt die nächste. Wir kleinen Leute können machen, was wir wollen, wir kommen unser Lebtag nicht auf einen grünen Zweig. Und heutzutage schon gar nicht.«

Sie drehte sich abrupt um, kramte in ihrer Kredenz nach ein paar Tassen, schenkte den Kaffee ein und reichte sie sodann den Polizisten. »Milch hab' ich keine, aber irgendwo müsste noch ein Wengerl Zucker sein, wenn S' wollen.« Bronstein winkte ab. »Ah, das passt schon so.« Und nach einer kurzen Pause, in der er vorsichtig an dem Porzellan genippt hatte: »Es heißt, Sie haben einen Pumperer g'hört.«

Eifrig nickte die Frau. »Ja, gegen halb sechs wird's gewesen sein. Ich war g'rad mit der Morgenwäsch' fertig und hab' mich da drinnen in meinem Kabinett anzogen, als es ober mir einen richtigen Tuscher g'macht hat. Ich hab' mir noch denkt, jetzt ist der Binder aus dem Bett g'fallen. Wissen S'«, sie trat wieder einen Schritt näher an den Tisch heran, »er war ja sehr schlecht beinander, seit s' ihm das letzte Mal aus dem Häfen auslassen haben. Auf der Lunge hat er's g'habt, der Binder.« Sie zog noch einmal an ihrer Zigarette, ehe sie sie im Aschenbecher ausdämpfte. »Den Tuberer hat er sich sicher im Tschumpas g'holt, der Arme. Na ja, jedenfalls denk' ich mir, es könnt' nicht schaden, einmal nachzuschauen. Vielleicht ist ihm ja was, und er braucht Hilfe, ned wahr. Also ich zur Tür, mach' sie auf, und da rennt ein junger Kerl mit einem Mordskaracho die Stiegen runter, als wär' die wilde Jagd hinter ihm her.«

»Ein junger Kerl? Wie sah der aus?« Cerny war offenbar zu dem Schluss gekommen, auch einmal etwas sagen zu müssen.

»Na, das kann ich Ihnen nicht sagen«, entgegnete sie, »das ist so schnell gegangen, ich hab' grad noch g'sehen, dass er kurze blonde Haare g'habt hat, einen grauen Wolljanker und solche halblangen Hosen. Und weiße Kniestrümpf', die in Haferlschuhen g'steckt sind.«

»Na, Gnädigste, das ist doch schon eine ganze Menge«, kam es anerkennend von Bronstein. »Sie wissen aber schon, welche Art Zeitgenossen Sie uns da beschrieben haben, oder?« Bronstein lächelte schmal.

»Ja«, kam es prompt zurück, »einen von diese Nazis. Aber glauben S' mir, genau so hat er ausg'schaut. So und ned anders.«

Bronstein und Cerny wechselten einen schnellen Blick. Die Sache drohte heikel zu werden. Nun galt es, jeden Schritt sorgsam abzuwägen. »War das üblich, dass der Herr Binder Besuch g'habt hat? Um so eine Zeit, mein' ich.«

Die Frau schien einen Augenblick lang nachzudenken.

»Eigentlich ned. Der Herr Binder hat zuletzt ja recht zurückgezogen gelebt, wissen S'. Der hat sich nicht einmal mehr mit seine alten Spezi von der Partei getroffen. Weil er die nicht in Gefahr bringen wollt', nehm' ich einmal an. Immerhin ist er ja regelmäßig von der Heh… von der Polizei überwacht worden.«

Das kam Bronstein sehr plausibel vor. Die Sicherheitsdirektion verwendete unendliche Mühe darauf, irgendwelche vermeintlichen oder tatsächlichen Oppositionellen auf Schritt und Tritt zu verfolgen, sodass für die eigentliche Polizeiarbeit kaum noch Ressourcen übrig blieben.

»Außerdem war er ja schon lange ausg'steuert. Der hat vom Fensterkitt leben müssen, der Herr Binder«, fuhr die Frau zwischenzeitlich fort, »das hat ihm natürlich auch nicht g'rade gut getan.«

»Verheiratet war er ja nicht, der Herr Binder, oder?« Er erntete ein Kopfschütteln. »Sonst irgendeine Familie? Einen Bruder, eine Schwester, entferntere Verwandtschaft?«

»Bitte, das weiß ich nicht. Ich weiß nur, dass der Herr Binder eigentlich nie Besuch gekriegt hat. Und, dass er auch sehr selten außer Haus gegangen ist. Ja, hie und da zur Milchfrau, vielleicht auch einmal in die Trafik, aber das war's dann auch schon wieder.«

»Das klingt ziemlich trostlos. Was hat er denn dann g'macht die ganze Zeit? Wissen S' das vielleicht?«

»G'lesen. Den ganzen Tag hat er g'lesen. Bücher ohne Unterlass.«

Bronstein vergegenwärtigte sich Binders Bleibe. Ein Bücherschrank war ihm nicht aufgefallen. Ob der Mann Kunde in einer Bücherei gewesen war?

»Also die, die s' ihm g'lassen haben«, fuhr die Frau derweilen fort und erntete dafür zwei fragende Blicke.

»Na ja, die Spinaterer. Die haben ja fast alles konfisziert, was der Herr Binder an Büchern g'habt hat. Umstürzlerische Schriften, haben s' das g'nennt.« Die Frau lachte glucksend auf. »Ja mei, was für so einen Schurl mit der Blechhauben halt ein Giftl ist, gelt.« Sie beugte sich nach vor und kam ganz nahe an die beiden Männer heran. »Da waren ein Schiller dabei, ein Nestroy, sogar ein Grillparzer. Die haben einfach alles mitg'nommen, was s' nicht gekannt haben. Und glauben S' mir's, solche Gablitzer, die kennen nicht viel.«

»War er dann in einer Bücherei eing'schrieben?«, griff Bronstein seinen ursprünglichen Gedanken wieder auf. »Bücherei, pff«, machte sie eine abfällige Geste, »da kriegen S' ja heutzutage nichts G'scheites mehr. Dort haben die Hahnenschwanzler ja auch alles aussortiert, was irgendwie spannend wär'. Nein, der Herr Binder hat die Schmier sauber ang'schmiert.« Wieder kam ihr Gesicht ganz nahe an das von Bronstein heran. »Unter die Bohlenbretter, da hat er seinen Schatz versteckt. Unterm Boden liegt seine ganze Bibliothek. Die hat er dann immer einzeln rausg'holt und g'lesen. Den ganzen Tag über. Und, was ich weiß, Notizen hat er sich g'macht in einer Tour. Die müssten auch da drunten liegen.«

Bronstein kam zu dem Schluss, es konnte nicht schaden, nach dem Gespräch noch einmal in der Binderschen Wohnung Nachschau zu halten.

Er sah Cerny fragend an und wollte unausgesprochen wissen, ob es noch etwas gab, das thematisiert werden sollte. Da dieser aber stumm blieb, sah Bronstein wieder die Gastgeberin an. »Ich danke vielmals für die Auskünfte und den Kaffee. Sollten wir noch etwas brauchen, wissen wir ja, wo wir Sie finden.« Die Frau lächelte schmal: »Genau. Wo sollt' ich auch anders hin auf meine alten Tag'. Das Einzige, was unsereins hat, ist die Zeit. Ganz viel sogar. So viel, dass man meinen möcht', man weiß gar nicht, wohin damit. Aber andererseits wird die Zeit einem auch mit jeden Tag knapper, weil so oder so kommt irgendwann der Quiqui, und dann wär's einem recht, man hätt' doch ein Wengerl mehr von dieser Zeit.«

»Das haben S' jetzt schön g'sagt, Gnädigste.« Bronstein erhob sich schwerfällig. »Wir dürfen uns empfehlen, Frau ...«

»Gattinger. Gertrude Gattinger. Blöder Nam', ich weiß. Dabei bin ich gar nicht verheiratet.« Sie lächelte verlegen. Bronstein überlegte kurz, ob er an dieser Stelle einen schalen Scherz anbringen sollte – dass sie auf diese Weise wenigstens nicht Unter-Gattinger geworden war, womit er auf einen allgemeinen Terminus für Unterwäsche angespielt hätte –, doch kam er zu dem Schluss, dass die Pointe zu flach war, um sie tatsächlich vorzutragen. Er nickte daher nur kurz und begab sich dann, Cerny hinter sich wissend, wieder auf den Gang. Am Stiegenabsatz angekommen, holte er seine Uhr aus der Tasche. »Halber elfe vorbei. Ich denk', wir können uns ein Bier genehmigen.«

Cerny legte ein gewisses Maß an Skepsis an den Tag: »Wir sind im Dienst. Meinst wirklich, dass das angebracht ist?«

»Ach was. In einem Beisl erfährt man mehr als in zahllosen Befragungen. Nützen wir die Gelegenheit und horchen die hiesigen Eingeborenen ein wenig aus.« Cernys

Widerstand war schnell gebrochen, und so verließen sie das Haus und wandten sich nach rechts, wo sie bei der Herfahrt eine Gastwirtschaft ausgemacht hatten.

Kaum hatten sie das Innere des Lokals betreten, erstarb augenblicklich jede Unterhaltung. Dutzende Augenpaare musterten die neu Eintretenden argwöhnisch. Bronstein ignorierte dieses Verhalten, schlenderte gemächlich zur Schank und orderte zwei große Gemischte, ehe er sich an einem der hinteren Tische niederließ. Cerny tat es ihm gleich und beobachtete, wie Bronstein sich eine weitere »Donau« ansteckte. Die anderen Gäste kamen zwischenzeitlich zu dem Schluss, dass von den beiden keine Gefahr ausging, und setzten ihre Gespräche fort. Der Wirt spachtelte das Übermaß an Schaum von den Gläsern, ließ noch ein wenig mehr Gerstensaft in die selbigen laufen, ehe er hinter seiner Budel hervorkam und die beiden Biere direkt vor Bronstein und Cerny abstellte. Ohne ein Wort ließ er die beiden wieder allein.

Bronstein prostete Cerny zu und nahm einen kräftigen Schluck. Er stellte sein Glas ab und strich sich über den Bart. »Bis jetzt«, begann er, »wissen wir nicht wirklich viel – und doch auch alles.«

Cerny sah ihn von der Seite an. »Mir deucht, du sprichst in Rätseln.« Bronstein lächelte.

»Die Sache ist doch sonnenklar. Der Binder ist von irgendeinem Nazi ermordet worden. Das passt in unsere Zeit. Was wir nicht wissen, ist, warum es gerade den Binder erwischt hat.«

»Und wir wissen schon überhaupt nicht, wie das überhaupt passieren hat können«, hielt Cerny dem entgegen. Um sogleich nachzusetzen: »Du weißt selbst, wie solche

Auseinandersetzungen üblicherweise ablaufen. Die geschehen auf offener Straße, und da überfallen meist mehrere Hitler-Buben einen politischen Gegner, den sie dann zu Tode prügeln. Ganz selten kommt dabei eine wirkliche Waffe ins Spiel, und selbst dann handelt es sich in der Regel nicht um eine Pistole. Und schon gar nicht sucht ein Attentäter sein Opfer zu Hause auf und richtet ihn dort regelrecht hin.«

Bronstein fuhr sich weiter über den Bart. »Da ist was dran. Das ist tatsächlich unüblich.« Er räusperte sich. »Gut, so wie die Szenerie aussieht, hat der Binder seinen Mörder gekannt. Sehr gut sogar offenbar, denn sonst hätte er ihn nicht in sein Kabinett gelassen.«

»Oder«, gab Cerny zu bedenken, »Binder wollte etwas aus dem Raum holen, und der Mörder ging ihm nach. Vielleicht auch daher Binders überraschter Gesichtsausdruck.«

»Der kann aber auch daher stammen, dass er nicht damit rechnete, dass der andere Mann plötzlich eine Waffe in der Hand haben würde.« Cerny schluckte kurz. »Stimmt«, pflichtete er seinem Chef tonlos bei.

Bronstein trank einen weiteren Schluck. »Jedenfalls eine vertrackte G'schicht'. Das Verdikt unserer sauberen Vorgesetzten höre ich jetzt schon. Ein Lump hat einen anderen Lumpen meia g'macht, das geht uns nix an, werden die sagen. Und gar nicht erfreut sein, wenn wir da weiter herumstiereln. Die Sache wird uns noch ganz schön Scherereien einbringen.«

»Da magst recht haben. Aber jedes Opfer verdient es sich, dass es gesühnt wird. Und so ein armes Würschtl wie der Binder erst recht.«

»Eh wahr«, bekräftigte Bronstein Cernys Worte, »ich hab' ja auch nicht g'sagt, dass wir uns von den Großkopferten was vorschreiben lassen. Ich mein' nur, dass wir es geschickt angehen müssen. Dem Skubl müssen wir die ganze Sache so präsentieren, dass er nicht sofort den Braten riecht und uns zurückpfeift. Weißt eh, wie der ist.«

»Das heißt, wir sagen vorerst einmal nichts von unserem naheliegenden Verdacht?«

»Genau. Wir berichten nur von einem jungen Mann, der laut Zeugen aus der Wohnung geflüchtet ist und nach dem wir nun suchen. Dann wird der Skubl uns keine Knüppel zwischen die Beine …« Bronstein erstarb mitten im Satz, denn ein neu ins das Lokal eintretender Mann sorgte für eine abrupte Änderung der Atmosphäre. Wie schon bei ihrem eigenen Erscheinen verebbte augenblicklich jede Unterhaltung. Und doch war diesmal etwas anders. Fast zeitgleich kam es von allen Tischen »Bitte zahlen!« Und noch ehe Bronstein und Cerny auch nur einen Blick hatten wechseln können, traten die übrigen Männer an die Theke und beglichen dort ihre Zeche. Der Mann aber, dem diese einheitliche Reaktion geschuldet war, stand verlegen neben der Tür und wusste sichtlich nicht wohin mit sich.

Der Wirt würdigte ihn keines Blickes. Auch nicht, nachdem sich die Stube praktisch gänzlich geleert hatte. Zurückgeblieben waren nur Bronstein und Cerny an ihrem Tisch sowie der fremde Eindringling, der sich nun doch niedergesetzt hatte und darauf zu warten schien, vom Gastwirt bedient zu werden. Der aber wienerte scheinbar gedankenverloren an einem Glas herum und verspürte sichtlich nicht die geringste Lust, mit dem Mann ins Geschäft zu kommen.

»Ein Bier hätt' ich gern«, kam es schließlich mit überraschend dünner Stimme aus dessen Munde. Eine Reaktion unterblieb gleichwohl. »Ein Bier, hab' ich g'sagt«, versuchte er es nach einer kurzen Weile erneut. Abermals gingen seine Worte ins Leere. »Ich hab' ein Bier best…«

Endlich schleuderte der Wirt sein Tuch in die Spüle. »Ich hab' g'hört, was du g'sagt hast«, kam es tief und grollend zurück, »aber bei mir kriegst du nix, du Lump.«

»Ich hab' aber gutes Geld«, beharrte der verschmähte Gast.

»Was du hast, ist Blutgeld. 30 Silberlinge hast du, nicht mehr und nicht weniger. Also scher dich raus da, bevor ich rabiat werde.«

Bronstein fixierte den verhinderten Zecher, dem deutlich anzusehen war, wie Wut, Enttäuschung und Demütigung in ihm um die Vorherrschaft rangen. »Na, was ist? Bist noch nicht weg?« Der Wirt begann demonstrativ, seine Hemdsärmel hochzurollen. »Wenn ich bei dir am Tisch bin, dann servier ich dir meine Rechte. Mitten in dein Verrätergfries. Also freu dich.«

Nun endlich kam Bewegung in den Mann. Er erhob sich langsam und schlich träge Richtung Ausgang. Dort erst, direkt in der Tür, wagte er es, die Faust zu ballen und sie in Richtung des Wirts zu schütteln. »Das letzte Wort ist noch nicht gesprochen. Du wirst es auch noch billiger geben!« Der Wirt winkte nur ab und schickte deutlich hörbar das Götz-Zitat hinterher.

Bronstein kam zu dem Schluss, dass die Szene zu einem Ende gekommen war. »Wir würden dann auch gern zahlen, wenn's recht ist«, erklärte er aufgeräumt. Der Wirt kam an ihren Tisch und nannte den erforderlichen Betrag. »Verzeihen Sie, wenn wir neugierig sind«, begann Bronstein, nachdem er einige Münzen, die auch ein ansprechendes

Trinkgeld beinhalteten, auf die Platte gelegt hatte, »aber es war ja nicht zu übersehen, was da eben vorgefallen ist. Dürften wir vielleicht den Grund für diese … nun, Begebenheit erfahren.«

»Das Arschloch hat sich von den Hahnenschwanzlern kaufen lassen. Verdreht jetzt das Schmierblattl von der Heimwehr. Na, und das kommt ned gut in einem Wirtshaus, wo wir alle Sozis sind. Und wenn's hundertmal verboten ist. Eine Gesinnung wechselt man nicht wie ein Unterhemd. Da ist kein Platz für Verräter.«

Die Miene des Wirts ließ keinen Zweifel darüber aufkommen, dass er genau wusste, mit wem er sprach. Doch anscheinend war es ihm gleichgültig, dass er sich solcherart gegenüber Polizisten äußerte. In seinen Augen loderte etwas Bedrohliches, das darauf hindeutete, er würde auch bei Staatsbeamten zum Faustschlag ausholen, wenn es ihm geboten erschien.

»Wenn Sie hier alle Sozis sind, dann kennen Sie sicher auch den Binder Hans, oder?«

Der Wirt straffte sich und wirkte dadurch noch furchteinflößender. »Natürlich hab' ich den Hans gekannt. Und ich weiß auch, dass er tot ist. D'rum seid ja jetzt ihr von der Schmier da herinnen.«

»Auch wenn Sie es vielleicht nicht glauben, aber wir haben die unerschütterliche Absicht, die Umstände, die zum Tod des Herrn Binder geführt haben, zu erhellen und den Täter zu überführen.« Bei diesen Worten bemühte sich Bronstein um ein sympathieheischendes Lächeln.

Tatsächlich hellte sich die Miene des Wirts ein wenig auf. »Das glaub' ich euch sogar. Aber man wird euch nicht lassen. Und wenn ihr stur bleiben solltet, dann könnt ihr euch gleich meinen sonstigen Gästen anschließen. Als Arbeitslose.«

»Das mag sein. Aber so schnell gibt ein David Bronstein nicht auf. Und daher wäre Ihre Hilfe höchst erwünscht.« Der Schankwirt legte die Stirn kraus. »Haben S' grad Bronstein g'sagt?« Der Oberst nickte langsam und blieb dabei abwartend. »Sind Sie der, der was vor acht, neun Jahr' in der Guschelbauer-G'schicht' ermittelt hat?« Bronstein war ehrlich überrascht, auf diesen alten Fall angesprochen zu werden, der sich allerdings tatsächlich auch in Simmering ereignet hatte. »Ja. Das war ich«, bekannte er.

»Da haben S' sich echt nobel verhalten, hat man mir berichtet. Also helf' ich Ihnen auch.« Er griff sich den freien Stuhl und setzte sich. »Was wollen S' wissen?«

»Schauen S', der Binder Hans ist erschossen in seinem Kabinett aufg'funden worden. Das ist ganz und gar untypisch für einen politischen Mord, weil, sind wir uns ehrlich, Nazis erschlagen ihre Gegner irgendwo in einem Hinterhof oder, wenn s' die entsprechende Mehrheit haben, auch auf offener Straße, aber niemals geht einer allein zu einem ortsbekannten Sozi in die Wohnung und erschießt ihn dort.«

»Wer sagt Ihnen denn, dass der Täter ein Nazi war? Vielleicht war's ja auch ein Hahnenschwanzler«, gab der Wirt zu bedenken. »So, wie uns der Verdächtige beschrieben wurde, passt das ganz eindeutig auf einen Nazi«, hielt Bronstein die bisherigen Erkenntnisse fest. Um sogleich wieder zu seinem eigentlichen Thema zurückzukehren. »Sie geben schon zu, dass das eigenartig ist, oder? Wir gehen derzeit davon aus, dass Herr Binder seinen Mörder kannte und ihn selbst in die Wohnung gelassen hat. Und da drängt sich nun doch die Frage nach dem Warum auf.«

Der Wirt kaute an seiner Unterlippe. »Das wundert mich jetzt auch«, sagte er endlich. Bronstein beugte sich leicht in seine Richtung: »Wie gut kannten Sie Binder? Gut genug, um über seinen Umgang Bescheid zu wissen?«

»Umgang«, gluckste der Wirt, »Sie g'fallen mir.« Gleich danach wurde er wieder ernst. »Es gab eine Zeit, da habe ich ihn jedenfalls viel besser gekannt als jetzt. Das war die Zeit, wo wir noch unsere Freiheit hatten. Wo wir uns noch ganz legal in unserem Sektionslokal treffen konnten.« Er schickte den Beamten einen trotzigen Blick. »Sie wissen schon, was ich meine.« Bronstein nickte bedächtig, wobei es ihm nicht entging, dass Cerny betreten zu Boden sah.

»Na ja, wurscht jetzt. Wir haben uns arrangiert, wie man so schön sagt. Angepasst, wissen S'. Nutzt ja nix, wenn man sich gegen den Sturmwind stellt, da wird man höchstens weggeblasen.«

»Das sehen nicht alle so«, entgegnete Bronstein leichthin. »Ja, eh. Die Jungen, die lassen sich ned alles g'fallen. Aber ich? Was soll ich noch groß anrichten mit meine 55 Jahr'?« Der Wirt stand auf, ging hinter seine Budel, holte dort eine Schnapsflasche hervor, griff nach einem Achtelliterglas und schenkte sich großzügig ein. Gleich danach trank er das Glas auf einen Zug aus. Er schmatzte kurz, dann drehte er sich wieder zu den Ermittlern um. »Wissen S', das ist irgendwie alles so schleichend gangen. Jeden Tag haben die von der Freiheit ein kleines Stückerl abzwickt. Und wir haben uns denkt, na ja, geht auch so. Hamma halt nimmer Aufmärsche g'macht, simma halt nimmer im Parlament g'sessen, hamma nimmer unsere Zeitung unzensiert druckt. Immer hamma glaubt, es wird ned zum Äußersten kommen.« Er schenkte sich noch einmal ein, trank abermals. »Is' es aber. Und wissen S' was: der Binder Hans, der hat das damals schon g'wusst. Der hat schon im 27er Jahr g'sagt, wir dürfen uns ned alles g'fallen lassen. So gesehen war's ja klar, dass sie den am meisten rasiert haben.«

»Die Ständestaatler meinen S' jetzt, oder?«, vergewisserte sich Bronstein. »Ja sicher, wen denn sonst? Wer ist denn schuld an dem ganzen Schaas da? Tschuldigen schon, aber was wahr ist, ist wahr.«

»Also der Binder ist einkassiert worden. Wann? 1934? Oder schon früher?«

»Das erste Mal ist er schon im Mai 33 eing'fahren. Wegen einer Rede, die er bei einer Versammlung g'halten hat. Das wär' ja noch gegangen. Aber im Feber haben s' ihn dann nach Wöllersdorf verfrachtet. Dort is er erst zu Weihnachten wieder rausgekommen, obwohl er bei den Kämpfen damals gar ned dabei g'wesen ist.«

»War er ein höherer Funktionär bei den Sozialdemokraten?«, erkundigte sich Cerny.

»Na ja, Subkassier in der Sektion. Und Bildungsreferent. Nix eminent Wichtiges, tät' ich sagen. Aber für die Hahnenschwanzler hat's g'reicht. Die haben einen Pick auf den Binder g'habt, und das hat ihm irgendwie das G'nack brochen.«

»Inwiefern genau?« Wieder kam die Frage von Cerny.

»Na ja, durch Wöllersdorf hat er seine Hackn beim Gaswerk verloren. Danach war er einfach nicht derselbe. Hat sich zurückgezogen. Ist auch nicht mehr zu mir ins Wirtshaus kommen. Und so hab' ich ihn aus den Augen verloren mit der Zeit.«

»Haben Sie eine Ahnung, wer noch mit ihm verkehrt

hat in letzter Zeit? Eine Genossin vielleicht, ein Verwandter, irgendwelche engeren Freunde?«

»Fragen S' die Maly Mali. Die könnt' noch am ehesten was wissen«, kam es zögerlich.

»Wie bitte? Malimali. Was soll das sein? Ein Name?« Bronstein war verwirrt.

»Na, die Maly Mali. Amalie Maly. Ich kann auch nichts dafür, dass die so heißt. Wohnt da drüben in dem neuen Gemeindebau in der Lorystraße. Zweite Stiege im zweiten Stock. Aber passen S' auf. Die ist eine Hantige. Wenn die die Heh riecht, dann spielt's Granada. Also Obacht, gell!«

Die beiden dankten dem Wirt und begaben sich wieder ins Freie. Unterwegs bedeuteten sie dem Fahrer, dass es wohl noch eine Weile dauern würde. Der nickte nur nachlässig und meinte, ihm sei alles recht. Sie passierten wieder Binders Wohnhaus.

»Sag, willst gar nicht die Hausmeisterin befragen?«

Bronstein zuckte mit den Schultern: »Jedesmal dasselbe ist auch fad, oder? Schau ma lieber, ob wir mit der Mali-Tant' ein Glück haben.«

Zehn Minuten später traten sie durch das große Tor des Gemeindebaus, der, wie die Schrift auf seiner Fassade in Balkenlettern verkündete, aus den Mitteln der Wohnbausteuer errichtet worden war. Unwillkürlich musste Bronstein daran denken, wie groß die Wut bei den Bürgerlichen gewesen war, dass sie unter den Bürgermeistern Reumann und Seitz ihren Obolus zum Gemeinwohl hatten beitragen müssen. Dementsprechend grimmig war deren Rache ausgefallen. Seitz war ins Gefängnis geworfen worden, und Reumann, der freilich schon seit über zehn Jahren tot war, hatte sein Denkmal am Ring verloren, das sofort von den Repräsentanten des neuen Regimes geschleift worden war. Dunkel erinnerte sich Bronstein daran, dass dieser – oder war es doch Seitz gewesen? – einmal gesagt hatte, wenn sie schon längst gestorben seien, dann würden immer noch diese Bauten für sie Zeugnis ablegen. Wenigstens in dem Punkt hatte der Bürgermeister Recht behalten, denn die Anhänger des Ständestaates konnten nicht alle Gemeindebauten abreißen, auch wenn sie es vielleicht noch so wollten.

Im weitläufigen Innenhof trieben die ersten Pflanzen aus, und Bronstein atmete unweigerlich auf. Die anheimelnde Ruhe übte sofort eine positive Wirkung auf ihn aus, und er fühlte sich spürbar besser. Wäre es nicht gar so kalt gewesen, er hätte sich auf eine Bank gesetzt und einfach die angenehme Szenerie auf sich wirken lassen. Doch Cerny hatte schon die Stiege 2 ausgemacht und hielt konsequent auf sie zu, sodass Bronstein nichts weiter übrig blieb, als seinem Kollegen zu folgen. Sie erklommen das zweite Stockwerk und fanden den Namen »Maly« an der Tür mit der Nummer 10. Bronstein klopfte.

Eine aparte Endzwanzigerin öffnete ihnen, und Bronstein blieb der Mund offen. Mit ihrem wallend dunklen Haar, ihrem berückenden Gesicht und ihrer attraktiven Statur erschien ihm die Maly wie die jüngere Schwester von Jelka, die er schon viel zu lange nicht mehr gesehen hatte. Augenblicklich verspürte er eine irritierende Trockenheit in seiner Kehle, sodass er wortlos Cerny einen Schubs gab, den dieser zum Glück richtig zu deuten wusste.

»Guten Tag, Frau Maly, nehme ich an. Major Cerny von der Polizeidirektion Wien, das ist Oberst Bronstein. Wir hätten ein paar Fragen an Sie.«

Wie vom Wirten prognostiziert, verengten sich die Augen der Maly zu schmalen Schlitzen. »Chcete me ted' take vyzvednout, vy kreteni?*«, kam es kalt und schneidend aus dem Mund, der Bronstein bemerkenswert schön erschien.

»Ale vubec ne**«, entgegnete Cerny und erntete darob nicht geringes Erstaunen bei der Maly, die sichtlich nicht damit gerechnet hatte, dass die Beamten ihren tschechisch vorgebrachten Vorwurf verstehen würden. »Mame opravdu jen par otazek***«, fuhr Cerny fort, während ihn Bronsteins dümmliches Grinsen mehr und mehr aus dem Konzept brachte, sodass die letzten Worte nur noch sehr zögerlich ausgesprochen wurden.

Irritiert sah Cerny zu seinem Chef, der den Blick nicht von der Maly wandte und zwischen den Zähnen kaum hörbar »Kreteni heißt wohl, was ich denke, dass es heißt, oder?« hervorquetschte. Cerny nickte nur. »Na, alles bestens«, wurde Bronstein lauter, ohne dass sein Gesichtsausdruck auch nur im Geringsten changierte. »Ich kann mir sehr gut denken, gnädige Frau, dass Sie keine gute Meinung von uns haben, und das kann ich Ihnen auch gar nicht verdenken, ich mag mich selber ja auch nicht, aber ob Sie es nun glauben oder nicht, wir sind da, weil wir den Mord an Herrn Binder aufklären wollen. Und dazu bräuchten wir Ihre Hilfe.«

»Ich bin keine Gnädige«, entgegnete die Maly nun auf Deutsch, »und um ehrlich zu sein, fehlt mir der Glaube, dass die hiesige Polizei etwas anderes tut als unsereins zu schikanieren.« Doch wenn man genau auf ihren Tonfall

---

* Wollt Ihr mich jetzt auch abholen, Ihr Kretins?
** Aber überhaupt nicht.
*** Wir haben wirklich nur ein paar Fragen.

achtete, dann konnte man feststellen, dass die Maly nicht mehr so abweisend war wie zu Beginn der Unterhaltung.

»Je to dovoleno vstoupit?*«, blieb Cerny beim Tschechischen. Die Maly musterte die beiden noch einmal kurz und trat dann einen Schritt zurück. Cerny ließ seinem Chef den Vortritt, der, immer noch breit grinsend, in die Küche ging, ohne dass ihm dabei aufgefallen wäre, wie die Maly ob seiner Miene den Mund verzog und die Augen verdrehte. Cerny fühlte sich peinlich berührt und konnte nur knapp der Versuchung widerstehen, Bronstein in die Ecke des Raumes zu schieben.

»Ich nehme an, Sie wissen bereits, dass Herr Binder ermordet wurde«, griff Cerny den Gesprächsfaden wieder auf. Die Maly nickte nur. »Zeugen haben einen jungen Mann beschrieben, der zum Tatzeitpunkt aus Binders Wohnung geflüchtet sein soll. Können Sie sich vorstellen, um wen es sich dabei gehandelt haben könnte?« Am liebsten wäre Cerny Bronstein auf die Zehen getreten, nur damit endlich dieser debile Grinser aus dessen Gesicht verschwände. Was hatte der Alte auf einmal? Stach ihn auf seine alten Tage noch einmal der Hafer? Peinlich! Man konnte sich ja nicht einmal richtig auf die Befragung konzentrieren!

Trotz der Ablenkung durch Bronsteins Verhalten entging Cerny nicht, dass die Maly sichtlich mit sich rang. Schließlich schien die Konzilianz zu siegen. »Nehmen Sie erst einmal Platz«, wies sie mit dem ausgestreckten Zeigefinger auf die Bank hinter dem kleinen Ecktisch, die in jeder Hinsicht an jene der Frau Gattinger erinnerte. »Kann ich Ihnen was anbieten? Wasser vielleicht? Oder Milch? Oder vielleicht wollen Sie einen Kaffee?«

---

* Ist es erlaubt einzutreten?

»Ein Glas Milch wäre echt schön«, hörte Cerny seinen Chef flöten. Die Maly verschwand im hinteren Zimmer. Cerny hörte, wie sie einen Fensterflügel öffnete. In Ermangelung eines Eiskastens hatte sie das kostbare Gut wohl dort verstaut, wo es am wenigsten schnell verdarb.

Cerny nutzte die Gelegenheit, Bronstein anzustupsen. »Was ist denn los mit dir, hörst? Du benimmst dich ja wie ein verliebter Ochs!« Bronstein behielt seine Miene unverändert bei: »Hast du nicht g'sehen, wie bakschierlich das Mädel ist. Da möcht' man direkt wieder 30 sein. Oder wenigstens 40.«

»Du bist aber 53. Also reiß dich gefälligst zusammen«, zischte Cerny, der sofort still wurde, da die Maly eben wieder in die Küche trat. »Ein junger Mann, sagen Sie? Einer von uns?«

»Eher nicht. Die Beschreibung klang eher nach einem Nazi«, hielt Cerny die Fakten fest. Diese Information musste die Maly offenbar erst einmal verdauen, denn sie setzte sich mit halb offenem Mund auf den einzigen Sessel im Raum. »Der Hans …«, kam es endlich, »und ein Nazi? Unmöglich!« Und nach einer Pause: »Wer immer Ihnen das erzählt hat, er muss da was verwechseln. Vielleicht ist Ihr Informant ja blind. Oder blöde. Aber der Hans hätt' sich nie mit einem Nazi abgegeben. Nie.«

»Jedenfalls hat er seinen Mörder ziemlich sicher freiwillig in die Wohnung gelassen«, ergänzte Cerny, nachdem Bronstein immer noch nicht in der Lage schien, die Befragung selbst zu führen. »Es gibt keinerlei Hinweise darauf, dass sich der Täter gewaltsam Zutritt zur Wohnung verschafft hätte. Und auch nicht darauf, dass er Herrn Binder in einem Moment der Überraschung überrumpelt hätte, denn sonst wäre die Tat schon in der Küche geschehen, oder es hätte Kampfspuren gegeben, einen umgestürzten Sessel, was auch immer. Aber nichts von alledem. Daher muss Herr Binder es selbst gewesen sein, der …«

»Ich habe es schon beim ersten Mal verstanden«, unterbrach ihn die Maly schroff. »Dennoch kann ich nicht glauben, dass es sich um einen Nazi gehandelt hat. Da muss etwas anderes dahinterstecken.«

»Und was könnte das Ihrer Meinung nach sein?« Ohne dass Cerny noch damit gerechnet hatte, war wieder Leben in Bronstein gekommen. »Aber bevor wir uns hier in Mutmaßungen ergehen, ich hoffe, ich erscheine nicht indiskret, wenn ich zuerst einmal klären wollen würde, in welchem Verhältnis Sie zum verewigten Herrn Binder standen. Ich hoffe, die Frage ist erlaubt, nachdem man uns extra an Sie verwiesen hat.«

»So? Wer hat Sie an mich verwiesen?«

»Der Wirt von dem Gasthaus in der Dommesgasse.« Die Antwort schien ihr zu genügen. »Der Hans und ich, wir waren immer sehr gute Freunde. Schon bei der SAJ, wo er Obmann und ich Schriftführerin war.«

»Entschuldigung, wenn ich da nachhake. Aber unseres Wissens war der Herr Binder 42, Sie aber sind doch höchstens Mitte, Ende 20. Wie geht sich das aus?«

Malys Augen wurden wieder zu Schlitzen. »Ich werde im Mai 40«, sagte sie mit schneidender Stimme.

»Da schau her«, entfuhr es Bronstein, »davon merkt man aber nicht das Geringste!« Und da war es wieder, das dümmliche Lächeln. Die Maly quittierte es mit verdrehten Augen und wandte sich an Cerny: »Je on vždycky takhle?*«

* Ist der immer so?

Cerny winkte ab: »Er meint's nicht so.«

»Doch. Genauso mein' ich es«, bekräftigte Bronstein, »Sie haben sich bemerkenswert gut gehalten, Gnä... Fräu... Frau Maly! Und ich sage das ohne jeden Hintergedanken.« Dabei hob er abwehrend die Hände.

»Jetzt sollt' ich auch noch Danke sagen für das Kompliment, oder wie?«, blieb die Maly eisig. »Mitnichten! Aussprechen, was ist, wie Ihr Lassalle sagt.« Die Maly stieß gepresst Luft aus.

»Um auf Ihre eigentliche Frage zurückzukehren, Sie Lassalleaner, Sie, wir waren in derselben Sektion aktiv, und ich habe den Hans, so gut es eben ging, unterstützt, nachdem er aus dem Gefängnis wieder heraußen war.« Und als ihr bewusst wurde, dass sich Bronstein und Cerny aus dieser Aussage kein konkretes Bild machen konnten: »Ich hab' ihm hie und da mit ein bisserl Geld ausgeholfen, hab' ihm Lebensmittel vorbeigebracht und ihm kleinere Arbeiten zukommen lassen. Was halt möglich war in solchen Zeiten.«

»Gut«, griff Cerny diesen Satz auf, »wann haben Sie ihn zum letzten Mal gesehen?«

»Gestern Abend«, kam es postwendend zurück. »Ich habe ihm ein Buch zurückgebracht, das er mir geborgt hat, und darüber haben wir noch diskutiert. So bis gegen zehn, halb elf. Dann bin ich nach Hause gegangen, und er hat wohl noch eine Weile gelesen, nehme ich an. Als ich unten auf der Straße war, brannte bei ihm jedenfalls noch Licht.«

»Und ist Ihnen gestern irgendetwas aufgefallen? War er nervös, bedrückt oder sonst irgendwie ungewöhnlich in seinem Verhalten?«

»Meiner Seel', stellen Sie immer solche Fragen? Das klingt wie aus einem Groschenroman von der Agatha

Christie. Fehlt nur noch, dass Sie mich fragen, was wir am gestrigen Abend gegessen oder getrunken haben.«

»Wir versuchen nur, uns ein Bild zu machen, Frau Maly«, begütigte sie Bronstein, dessen Lächeln immer noch nicht aus seinem Gesicht verschwunden war, »und dazu kann alles, auch das allerkleinste Detail, beitragen, wissen Sie.« Maly sah den Oberst nun direkt an: »Und Sie sind sich sicher, dass Sie nicht Hercule Poirot heißen?«

»Leider ja«, lachte Bronstein auf, »mit dem teile ich leider nur meine Leibesfülle, nicht aber die Zahl der kleinen, grauen Zellen.« Immerhin erntete er für diese Formulierung eine anerkennende Miene Malys.

»Können Sie sich sonst jemanden vorstellen, mit dem Herr Binder Umgang hatte? Also mit jemandem, der sehr jung ist und offenbar blond?«

»Von den Genossen passt niemand auf diese Beschreibung, und ehrlich gesagt kann ich mir nicht vorstellen, wer um diese Zeit etwas von ihm hätte wollen können. Um diese Tageszeit kommen ja normalerweise nur Sie.«

Bronstein wusste, was die Maly meinte. Die Kollegen von der Staatspolizei pflegten Oppositionelle bevorzugt im Morgengrauen abzuholen, wohl, weil sie damit rechneten, dass die Gesuchten just dann auch wirklich zu Hause waren. Und für einen Augenblick überlegte er, ob Binder tatsächlich von den Staatsschützern aufgesucht worden war. Doch verwarf er den Gedanken gleich wieder. Die wären im Rudel aufgetreten und hätten ein Mordstrara um die ganze Sache gemacht. »Na ja«, sagte er schließlich, »vielen Dank, dass Sie uns Ihre Zeit geopfert haben. Ich darf Ihnen meine Karte hierlassen, für den Fall, dass Ihnen doch noch etwas einfällt, Frau Maly. Einen schönen Tag wünsche ich Ihnen noch.«

Bronstein signalisierte Cerny, dass er die Unterhaltung als abgeschlossen betrachtete. So verabschiedete sich nun auch dieser von der Maly, und gemeinsam verließen sie nur wenig später den Gemeindebau.

Als sie ihren Wagen erreicht hatten, schlief der Fahrer friedlich im Fond. Bronstein klopfte dezent auf die Heckscheibe, worauf der Chauffeur erschreckt hochfuhr. Er brauchte einen Augenblick, um die Lage zu erfassen, dann grinste er verlegen: »Wissen S' eh, werte Kollegen, wer schläft, sündigt nicht.« Bronsteins Mundwinkel zogen sich gleichfalls nach oben: »Ein wahres Wort gelassen ausgesprochen. Ich hätt' jetzt auch nix gegen ein Mittagsschlaferl. Aber leider müssen wir zurück ins Präsidium. Wenn ich also bitten dürfte!«

Der Fahrer schälte sich aus dem Wageninneren und ließ die beiden Kriminalbeamten einsteigen, während er den Wagen startete. Das Gefährt rollte langsam an und gewann dann rasch an Fahrt. Ohne Not erreichte der Wagen ein beachtliches Tempo. Die Tachonadel näherte sich in beängstigendem Maße dem oberen Ende der Skala, und als der Chauffeur in den Ring einbog, geschah dies so abrupt, dass Bronsteins Körper gegen jenen von Cerny gedrückt wurde. »Herrschaftszeiten«, ließ er sich vernehmen, »müssen S' denn gar so rasen?« Der Fahrer lachte laut auf. »Ach was, der Herrgott im Himmel wird es mir vergelten. Ich komm' viel eher in den Himmel als der Innitzer!« Er erntete naturgemäß Unverständnis.

»Das müssen S' uns jetzt aber genauer erklären«, statuierte Cerny.

»Na ja«, kam es vom Fahrer, »wenn der Herr Kardinal im Dom seine Predigt hält, dann schlafen dort alle Gläubigen gelangweilt ein. Aber wenn ich fahr', dann lernt jeder das Beten.« Und Bronstein musste insgeheim zugeben, dass diese Aussage so falsch nicht war.

Als sie endlich wieder in ihrem Büro saßen, fühlte sich Bronstein zu einem Seufzen bemüßigt. »Den ganzen Tag haben wir vertan, und wir wissen praktisch gar nix. Die Frage ist doch, wie vertrauenswürdig ist diese Gattinger wirklich. Vielleicht ist sie schaßaugert oder sie hat einen Hang zum Gschichteldrucken, wer weiß das schon. Niemand kann uns sagen, dass es diesen Jungspund wirklich gegeben hat, von dem sie geredet hat. Und selbst wenn, vielleicht ist der aus einem anderen Stockwerk kommen und hat's einfach nur zufällig eilig g'habt.«

Beide sahen sich erschrocken an. Bronstein fasste sich als Erster wieder. »Wir sind ja solche Deppen«, fluchte er. »Noch einmal wird uns der Chef keinen Wagen zur Verfügung stellen. Diesmal müssen wir wohl mit der Tramway da rausfahren.« Bronstein schüttelte entschieden den Kopf. »Nix da, wir nehmen ein Taxi. Das zahl ich.«

Leidlich eine halbe Stunde später befanden sie sich wieder im zweiten Stock des Hauses, in dem der Mord geschehen war, und klopften an die erste Tür. Niemand öffnete. »Dort brauchen S' ned anklopfen«, kam es von einer teigigen Frau um die 50 aus Binders Nachbarwohnung, »die sind ned da.«

Cerny drehte sich um: »Ah, sind die Herrschaften auf Urlaub?«

Die Frau nickte: »Ja! In Wöllersdorf. Soll sehr nett sein um die Jahreszeit. Und einmal täglich Hofgang.« Die Ironie hatte einen gallenbitteren Nachgeschmack.

Bronstein beschloss, sich nichts anmerken zu lassen.

»Können Sie sich jemanden vorstellen, der früh am Morgen von da oder aus einem der oberen Stockwerke runterrennt, als wär' die wilde Jagd hinter ihm. Jemand, der noch ziemlich jung ist?«

Die Frau dachte kurz nach. »Das kann eigentlich nur der Beppi sein. Von die Wewerka im vierten Stock. Der is' jetzt 17 oder 18 oder so.«

»Blond?« Die Frau nickte. »Ist der ein Nazi?«, schickte Cerny hinterher. Die Frau schüttelte heftig den Kopf. »Nazis hamma da keine im Haus. Außerdem haben S' mir ned zug'hört. Wewerka! Mit so einem Namen kannst bestenfalls ein Sozi sein, aber kein germanischer Held.«

Bronstein wollte der Sache schnell auf den Grund gehen und dankte der Frau im Vorübergehen, während er sich anschickte, die Treppen weiter hochzusteigen. Im fraglichen Stockwerk angekommen, suchte er an den Türen nach dem genannten Namen. »Wewerka musst' heißen«, gluckste Cerny neben ihm, »das heißt Eichhörnchen.«

Bronstein sah ihm direkt ins Gesicht: »Na, was hätt' ich g'macht, wenn ich das jetzt nicht g'wusst hätt'.«

Cerny hob die Hände vor die Brust: »Ich hab' ja nur g'meint.«

Bronstein drehte sich wieder um. »Ja, ja, ist schon gut. Hilf mir lieber suchen. Da gibt's mehr Türen als in der Rossauer Kasern' Häusln.« Buchstäblich bei der letzten Wohnung wurden sie fündig.

Eine verhärmte Mittfünfzigerin öffnete ihnen. »Ja?«

Bronstein leierte ihre Namen und ihre Dienstgrade herunter. »Haben Sie einen Sohn namens Josef?« Die Wewerka bejahte. »Ist der da?« Deutlich war ihr anzumerken, dass sie Angst hatte.

»Nein, ist er nicht. Ist leicht was mit ihm? Hat er was ang'stellt?«

»Nein, nein, keine Sorge, gnädige Frau. Wann ist er denn gegangen?«

Ohne zu zögern antwortete sie: »Ganz zeitig in der Früh. Es war noch nicht einmal richtig hell. Beim Hilpert drüben am Enkplatz, da haben s' Zureicher g'sucht, und der Beppi hat ja schon so lange keine Arbeit mehr, dass er g'hofft hat, er kommt wenigstens für ein paar Tag da unter. D'rum ist er ganz früh los.«

»Was hat er denn ang'habt, der Beppi?«

Die Wewerka kam näher an die beiden heran und senkte ihre Stimme. »Wissen S', der Hilpert, der ist ja so ein hundertprozentiger Deutschtümler, ned wahr. Jetzt hat sich der Beppi extrich einen Janker und so Breeches borgt, damit er einen besseren Eindruck macht. Sogar beim Haarschneider war er gestern noch. Ich hoff', es hat …«

Bronstein und Cerny sahen sich an. Ihr Tatverdächtiger war unwiderruflich Geschichte. »Zurück an den Anfang«, murmelte Bronstein nur, ehe der sich von der Wewerka verabschiedete.

»Ist wirklich nix mit meinem Buben?«, vergewisserte sie sich.

»Keine Sorge, alles bestens. Wahrscheinlich hat er die Hackn gekriegt, weil sonst wär' er ja schon wieder da.« Damit marschierten sie wieder Richtung Parterre. Auf der Straße angelangt, presste Bronstein seine Handflächen gegen seine Schläfen. »So ein Waterloo hab' ich ja überhaupt noch nie erlebt! Den ganzen Tag über nur leere Kilometer. So, als hätten wir rein gar nichts getan. Der Skubl reißt uns den Schädel ab. Und das, ich muss es zugeben, mit Recht.«

»Ja, wir schauen nicht gerade gut aus, das ist wahr.« Cernys Miene passte sich der betrübten von Bronstein an.

»Aber«, klammerte sich Bronstein nun an einen neuen Strohhalm, »wenn die Tat nichts mit diesem Buben zu tun hat, dann geschah sie vielleicht schon früher, und die Gattinger ist wegen etwas ganz anderem erschrocken. Wir müssen den Strakosch fragen, was er uns zu dem Fall sagen kann.«

Aus dem Wort wurde prompt die Tat, und eine halbe Stunde später standen beide im Reich des legendenumwobenen Pathologen. Strakosch gähnte demonstrativ, als er Bronstein und Cerny erblickte. »Eigentlich ist eine Leiche wie diese eine Beleidigung für jeden halbwegs engagierten Gerichtsmediziner. Es ist sonnenklar, dass der Mann mit einer kleinkalibrigen Waffe erschossen wurde, und da seine Uhr um exakt 5.15 Uhr stehen geblieben ist, was ich darauf zurückführe, dass der Sturz des Mannes hier eine nennenswerte Erschütterung nach sich zog, welche das Uhrwerk abrupt stoppte, so gibt es, will mir scheinen, auch hinsichtlich des Tatzeitpunkts keinerlei Unklarheiten.« Strakosch klopfte sich leicht mit den Handflächen auf seinen Bauch. »Wie gesagt, meine Herren, nicht die geringste Herausforderung, diese Causa. Alles klar. Alsdern, meine Herren: Gott befohlen.« Und ehe noch einer der beiden eine Frage an die Koryphäe richten konnte, war Strakosch auch schon wieder entschwebt, zwei konsternierte Kriminalbeamte zurücklassend.

»Weißt du was«, sagte Bronstein, nachdem er sich halbwegs wieder gefangen hatte, »das waren mir entschieden zu viele Niederlagen für einen Tag. Lass uns Feierabend machen, damit wir unsere Wunden lecken können. Wir treffen uns morgen Punkt 8 Uhr im Büro, und Gott gebe, dass wir dann einen brillanten Einfall haben, mit dem wir dem Fall eine günstige Wendung geben können.«

»Vor allem einen, den wir glaubwürdig vor Skubl vertreten können«, ergänzte Cerny, dafür Bronsteins Nicken erntend. Sie wünschten sich wechselseitig einen schönen Abend und gingen dann, jeder für sich, ihrer Wege. Jener von Bronstein führte von der Sensengasse die Währinger Straße entlang, ehe er am Ring in eine Tramway stieg, die ihn zur Oper brachte. Von dort waren es nur wenige Meter bis zu seiner Wohnung. Eines ging Bronstein auch zu Hause nicht aus dem Sinn: die Tatzeit! Immerhin schrieb man noch Winter, und da wurden die Haustore von den Hausmeistern erst um 6 Uhr am Morgen aufgeschlossen. Wenn die Tat aber um 5.15 Uhr geschehen war, so bedeutete dies, dass der Täter entweder einen Haustorschlüssel besaß oder aber sich tags zuvor in das Haus eingeschlichen hatte. Zum Beispiel hätte er, entwickelte Bronstein seinen Gedanken, warten können, bis die Maly das Haus verließ und schnell hineinschlüpfen können. Doch nein! Das war abwegig. Die Hausmeisterin hätte ihn bemerkt und entsprechende Fragen gestellt. Wenn, dann war er noch vor 8 Uhr abends ins Haus gelangt. Doch warum hätte er dann so lange warten sollen, um seine Tat zu vollbringen? Bronstein seufzte. Er kam auf keine plausible Erklärung. Umständlich erhob er sich und ging in die Küche, von wo er eine Flasche Erlauer holte. Er schenkte sich ein Glas voll und zündete sich eine Zigarette an. Was, wenn die Uhr von alleine stehen geblieben war? Etwa, weil Binder sie nicht rechtzeitig aufgezogen hatte. Dann konnte die Tat wohl auch früher ausgeführt worden sein. Aber die Aussagen von Strakosch und Gattinger ergaben ein so stimmiges Bild, dass seine Spekulation genau besehen jeder Grundlage entbehrte.

Bronstein fluchte halblaut. Warum musste dieser Fall so verdammt kompliziert sein? Er hatte überhaupt gar keinen einzigen Anhaltspunkt. Nur mühsam unterdrückte Bronstein den Impuls, sich zu betrinken. An Schlaf, so wusste er aus langjähriger Erfahrung, war unter solchen Bedingungen nicht zu denken. Immer wieder würde er sich, einmal im Bett, von einer Seite auf die andere wälzen, und wenn sein Körper auch vor Müdigkeit ächzte, so würde sein Gehirn dennoch unerbittlich weiterarbeiten. Er sah sich bereits lang nach Mitternacht hin und her wandern, vom Schlaf- zum Wohnzimmer und wieder zurück, seinen ganzen Vorrat an Zigaretten aufrauchen und schließlich völlig zerschlagen mit den ersten Strahlen der Morgensonne in einen bleiernen Erschöpfungsschlaf sinken, den er den gesamten kommenden Tag nicht aus den Gliedern bekommen würde. Kurz dachte er daran, sich mit Musik in eine andere Stimmung zu versetzen, doch schließlich griff er zum extremsten Mittel, das ihm zur Verfügung stand. Er begab sich ins Badezimmer, holte dort aus dem Schrank ein Schlafmittel, nahm es und legte sich dann in der Hoffnung auf baldige Erholung ins Bett.

Donnerstag, 12. März 1936

Beinahe ungeduldig wartete Bronstein am nächsten Morgen auf Cernys Erscheinen. Er ließ diesem kaum Zeit, sich seines Mantels zu entledigen, als er ihn auch schon mit den Gedanken konfrontierte, die ihm am Abend zuvor durch den Kopf gegangen waren. »Da passt also irgendwie gar nichts zusammen, wie du siehst«, schloss er seine Ausführungen mit einem resignierten Seufzer ab, »wir müssen irgendwie ganz von vorne anfangen, fürchte ich.«

Cerny setzte sich endlich. »Vielleicht sollten wir noch einmal mit dieser einen Nachbarin reden, die uns den Hinweis mit dem Wewerka Josef gab. Die scheint ja recht oft zu Hause zu sein, vielleicht hat die etwas bemerkt.«

Bronstein pflichtete seinem Assistenten zu. »Vor allem scheint es im Lichte der mutmaßlichen Tatzeit doch nötig, sich einen Überblick über alle Hausbewohner zu verschaffen. Wer weiß, vielleicht war das ja gar keine politische, sondern vielmehr eine höchst private Angelegenheit, und der Täter wohnt praktisch Tür an Tür mit dem Binder.«

»Richtig. Und wir sollten auch in Erfahrung bringen, wer aller über einen Haustorschlüssel verfügt«, ergänzte Cerny. »Nur um sicherzugehen, dass sich nicht doch jemand von außerhalb um diese Zeit Zutritt zum Gebäude verschafft hat.«

Bronstein sah ihn irritiert an. »Wozu soll das gut sein?«

Cerny zuckte mit den Schultern. »Na ja, vielleicht gibt es ja jemanden, der einen Schlüssel hat, aber nicht dort wohnt. Der Hausherr vielleicht, oder ein ehemaliger Mieter, der möglicherweise noch eine alte Rechnung mit dem Binder offen hatte.« Cerny erhob sich wieder. »Oder irgendjemandem wurde sein Schlüssel jüngst entwendet, wer weiß. Jedenfalls müssen wir klären, wie viele Schlüssel es überhaupt gibt.«

Bronstein stöhnte. »Das sind sicher unzählige, da brauchen wir ewig und drei Tage.« Sein Mitarbeiter legte Widerspruch ein.

»Das glaube ich gar nicht. In diesen Gegenden haben eigentlich die wenigsten Mieter einen eigenen Haustorschlüssel. Das kalkulieren die Hausherren immer gleich in den Lohn der Hausmeister ein, dass sie sich diesen durch das Sperrsechserl aufbessern können. Ich würde also meinen, viel mehr als fünf bis zehn wird's nicht geben.«

»Na ja, finden wir es raus«, sagte Bronstein und stand nun ebenfalls auf. Während er der Fahrbereitschaft per Telefon signalisierte, dass sie einen Wagen brauchten, schnippte er mit dem Finger nach Cerny, sodass dieser sich zu ihm umdrehte. »Weißt, was mich wundert«, äußerte der Oberst, nachdem er den Hörer wieder auf die Gabel gelegt hatte, »dass uns der Skubl noch gar nicht auf die Zehen gestiegen ist. Normalerweise kann es ihm ja gar nicht schnell genug gehen.«

Cerny schmunzelte. »Simma froh. Der wird uns noch früh genug auf die Nerven gehen.« Auch Bronstein musste nun grinsen.

»Recht hast.«

Die Informantin vom Vortag hieß, wie sich die beiden Beamten nun überzeugen konnten, Glasner. Und wie erwartet war sie auch zu Hause. »Wissen S', ich bin eigentlich immer z'Haus«, erklärte sie sich, »wo sollt' ich auch hin, ned wahr. Bitte, ja, einmal in der Woche geh' ich auf den Friedhof zu meinem Verewigten. Kinder hab' ich keine, also gibt's ned viel zum Tun für mich. Und brauchen tu ich ja auch nicht groß was, also geh' ich in der Früh zur Milchfrau und dann in die Trafik für meine Rätselheftln, und das war's dann auch schon. Wollen S' einen Kaffee?« Die beiden bejahten. »Eichel oder Malz?« Sie entschieden sich für zweiteres.

»Zurzeit ist es ja ziemlich ruhig in dem Haus da«, erläuterte sie auf die entsprechende Anfrage Bronsteins, »aber das war nicht immer so, müssen S' wissen. Vor fünf, sechs Jahr', da haben wir da noch 26 Parteien g'habt. Und dazu noch die Hausmeisterin unten im Parterre. Da haben mehr als 100 Leut' da g'lebt. Aber seit es so mit uns bergab geht, hat sich das Haus mehr und mehr geleert.«

»Wegen politischer Verwicklungen?«, wollte Cerny wissen.

»Ned nur, aber auch. Das hat ja schon vor ein paar Jahren ang'fangen. Wegen der Wirtschaftskrise, wissen S'. Da haben sich etliche den Zins nimmer leisten können. Und so sind's halt auszogen. Oder der Hausherr hat sie delogieren lassen. Das geht ja jetzt auch wieder leichter, seit die Sozis nimmer im Rathaus sitzen, ned.« Die Glasner stellte den Kaffee auf den Tisch. »Na, und nach dem Feber dann, haben s' ja das halbe Haus verhaftet. Da war ich dann praktisch mit der Hausmeisterin und der alten Gattinger allein in der Hütten da.« Sie nippte von ihrer Tasse. »Ich war damals nur froh, dass mein Seliger das nicht mehr hat erleben müssen. Der hat ja zu seinem Glück schon im 32er Jahr die Patschen g'streckt. Staublunge, wissen S'.« Bronstein und Cerny nickten mitfühlend.

»Jedenfalls haben s' bei uns am Stock gleich den Binder abg'holt, und den Kovac, der was gleich daneben wohnt.

Den haben s' gleich samt seiner Frau eing'sperrt, weil die ja Obfrau vom Frauenkomitee g'wesen ist. Und zwischen dem Binder und mir hat der Quirina g'wohnt, der hat aber gleich danach ausziehen müssen, weil er seine Arbeit beim Gaswerk verloren hat und völlig blank war. Und in den anderen Stockwerken war's nicht viel anders.«

»Wie viele Personen leben also derzeit im Haus?«, hakte Bronstein nach.

Die Glasner lehnte sich zurück. »Lassen S' mich nachdenken. Da ist die Hausmeisterin unten im Parterre. Dann die Gattinger und der Stepanek mit seiner Frau im ersten Stock, ich hier im zweiten, die Richters, die Feingolds und die Pilonkas im dritten. Das sind jeweils ein Ehepaar mit ein oder zwei Kindern. Und im vierten dann die Wewerka, die sind zu dritt, die Zadrazil, das ist so ein junges Madel, der was sie den Mann auch eing'sperrt haben, die alte Kapfinger und der Halbwidl, der wohnt ganz hinten in der Mansard'. Ein komischer Kauz, wenn S' mich fragen. Ist aus dem Weinviertel daher zogen vor drei, vier Jahr. Wegen der Arbeit, hat's g'heißen. Aber was ich weiß, hat der gar nie einen Posten bekommen. Hat sich den Katholischen andient. Was ich weiß, macht er den Mesner in der Kirchen drüben am Enkplatz. Na, das passt zu einem, der Firmian heißt.« Dabei lachte die Glasner glucksend.

»Das heißt, alles in allem, wenn ich richtig mitgezählt habe, 22 Personen.«

Die Glasner ging kurz in sich: »Ja, das dürfte hinkommen.«

»Die Namen hätten wir also. Aber was können Sie uns über die Leute konkret sagen? Wie stehen die finanziell da, wo sind die politisch einzuordnen, gibt es irgendwelche Rivalitäten unter den Hausbewohnern? Solche Sachen halt.«

Die Glasner sah Bronstein mit angewiderter Miene an. »Na hören S' einmal, fragen S' das doch die Hausmeisterin. Bin ich da die Dorftratschen, oder was?«

»Ist schon recht, Frau Glasner. Wir sind die Polizei, mit uns zu reden ist so wie die Beichte in der Kirche.«

»Nur, dass Sie mir dann nicht die Absolution erteilen. Und ich mich erst durch das Reden mit Ihnen versündig'.«

»Na, na, na, Frau Glasner. Das dürfen S' jetzt nicht so eng sehen. Wir müssen immerhin einen Mord aufklären. Und so gesehen tun Sie ja was Gutes. Sie teilen uns Ihre Wahrnehmungen mit. Und wenn die Leute nix zu verbergen haben, dann kann ihnen ja auch gar nichts geschehen.«

Die Glasner zögerte eine gute Weile, gab sich dann aber sichtlich einen Ruck. »Schauen S', über die finanziellen Verhältnisse der anderen Parteien weiß ich natürlich nichts. Ich geh' aber davon aus, dass es niemandem gut geht. Ich mein', es sind harte Zeiten, kaum jemand hat noch eine echte Arbeit.« Sie nahm wieder einen Schluck von ihrem Kaffee. »Früher, ja früher, da war alles besser. Da hätten sich auch die Pilonkas und die Richters was Besseres leisten können. Der Binder sowieso.« Und nach einer kurzen Pause. »Ich hab' das sowieso nie verstanden, warum der Binder ned auszogen ist. Der hätt' doch bei seine Verbindungen sofort eine schöne, große Gemeindewohnung kriegt. Aber das war wahrscheinlich so ein sozialdemokratischer Arbeiterethos, dass der da blieben ist. Damit's nicht heißt, die Sozis bereichern sich oder so.«

»Das heißt, die Richter und die Pilonka sind keine Roten?«

»Rot sind mehr oder weniger alle hier. Außerm Halbwidl halt. Und was ich so weiß, hat sich der Richter auch arrangiert mit den neuen Verhältnissen. Der hat sich sogar unlängst erst neue Möbel ang'schafft. Der Stepanek und der Pilonka, die gfretten sich so durch. Der eine ist Koch drüben in der Gastwirtschaft vom Zverina, und der andere, der Stepanek, der arbeitet für die Tramway. Immer noch, obwohl er ein Batzen-Sozi ist. Aber so Triebwagenführer, die kriegen s' halt nicht so schnell, drum haben s' den nicht rausschmeißen können.«

»Und die Feingold?«

Die Glasner schmunzelte. »Das sind unsere Haus- und Hofjuden da. Der alte Feingold ist ein feiner Mensch. Hat das Tuchg'schäft drüben in der Lorystraßen. Die Sozis kaufen immer noch bei ihm ein. Justament.« Auf Cernys und Bronsteins Gesichtern malten sich Fragezeichen. »Na, dem haben die Nazis schon zweimal die Scheiben eing'schlagen. Und verprügelt haben s' ihn auch einmal. Im Sommer vor zwei Jahren. Da war der Arme fast einen Monat im Spital. Na, der junge Feingold, der ist ein bisserl ein Heißläufer. Ist, was ich weiß, bei diesen Polen Zions.«

»Bei wem?«, fragte Bronstein nach.

»Poale Zion«, klärte ihn Cerny auf, »eine sozialdemokratisch orientierte Organisation, die Palästina wieder zur Heimstätte aller Juden machen möchte. Die sind …«

Bronstein gab unwillig zu verstehen, dass er begriffen hatte, und wandte sich wieder der Glasner zu. »Und die Richter und die Pilonka, die haben auch Kinder, haben Sie g'sagt …«

Die Glasner bejahte. »Die Pilonka haben ein fesches junges Dirndl, die Anna. Vielleicht 16 oder 17 wird die sein. Geht drüben auf die Handelsschul'. Der Papa hofft halt, dass sie eines Tages Sekretärin wird oder so. Aber ich nehm' einmal an, so wie die ausschaut, wird's bald einer vom Fleck weg heiraten, und dann wird's Hausfrau und Mutter. So wie wir alle hier.«

»Und die Richter?« Glasner schnalzte mit der Zunge. »Da ist es bisserl komplizierter. Die haben zwei Buben. Und die könnten unterschiedlicher nicht sein. Der eine, der Paul, der ist, glaub' ich, immer noch bei die Sozis aktiv. Normalerweis' würd' ich sagen, fragen S' den Binder, der weiß das sicher, aber das geht ja jetzt nimmer. Und der andere, der Edi, den hab' ich in Verdacht, dass der irgendwas mit den Nazis zu tun hat. Der hat so einen Stand auf die Anna g'habt, und wie die ihn hat abblitzen lassen, da ist er auf einmal in allem so radikal worden. Ist seiner Familie eh unangenehm. Aber gut, der wohnt ja praktisch nimmer da. Kommt nur noch hie und da auf Besuch. Und das auch immer seltener.«

»Ist er derzeit da?«

Die Glasner schüttelte den Kopf. »Nein, die Anna hat noch gestern, wie ich's nach dem ganzen Remasuri da g'sprochen hab', g'meint, direkt schad', dass der Ederl g'rad' in Kärnten ist, sonst tät' s' schon wissen, wer den armen Binder g'macht hat.«

»Fällt Ihnen noch etwas zu den Frauen ein? Der Hausmeisterin, der Zadrairgendwas und der … wie hat die dritte g'heißen?«

»Die Kapfinger. Die ist uralt, ich glaub', die ist schon 70 oder so, die wohnt schon da, seit s' das Haus baut haben, denk ich mir immer. Und die Zadrazil, die ist jede freie Minute im Niederösterreichischen, die versucht, zu ihrem

Galan nach Wöllersdorf zu kommen. Aber da gibt's kein Besuchsrecht, daher lagert sie dort die meiste Zeit und hofft, dass sie einen der Wärter bestechen kann. Dadurch hat sie ihre letzten Ersparnisse aufgebraucht. Ich geh davon aus, dass die nimmer lang da wohnen wird. Und zur Hausmeisterin fällt mir nix ein. Die fragen S' am besten selber.«

Bronstein dankte für das Gespräch und erhob sich. Cerny tat es ihm gleich. Wieder am Gang meinte Bronstein, er würde sich gerne die Richter ansehen. »Das mit diesem Edi, das würd' ich gern überprüfen.« Cerny hatte nichts dagegen einzuwenden.

Schon als der alte Richter die Tür öffnete, war Bronstein im Bilde. Es handelte sich um niemand anderen als den Überläufer, der am Vortag im Wirtshaus so angefeindet worden war. »Grüß Sie, Herr Richter«, begann Bronstein, »wir würden gern Ihren Sohn sprechen. Den Edi.«

Richter räusperte sich kurz. »Der ist in Kärnten. Seit Montag schon. Kommt erst am Sonntag wieder.«

»Kann man ihn dort irgendwie erreichen?«

»Bitte, das weiß ich nicht. Er ist am Millstätter See. In einer Pension. Irgendwas mit einem Vogel …« Richter wandte sich um und schrie in das Wohnungsinnere. »Hermi! Wie heißt das, wo der Edi ist?«

Gedämpft kam es aus dem Kabinett: »Adlerhorst«.

Richter drehte sich wieder um: »Bitte. Sie haben's g'hört. Adlerhorst. In Spittal, glaub' ich. Oder eh direkt in Millstatt.«

»Vielen Dank, Herr Richter. Schönen Tag noch.« Bronstein schickte sich an, das Haus zu verlassen. Im Parterre angelangt, fragte Cerny, ob es nicht sinnvoll gewesen wäre,

Richter etwas mehr auf den Zahn zu fühlen. »Was hätt' das bringen sollen?«

Cerny zuckte mit den Achseln. »Na ja, als Abtrünniger wird er ja ordentlich angefeindet, wie wir selbst gestern gesehen haben. Vielleicht hat ihn der Binder besonders hart kritisiert. So sehr, dass der Richter schließlich die Nerven verloren hat.«

Bronstein blieb direkt vor dem Haustor stehen. »Um 5 Uhr früh? Wie soll das gehen, bitte?« Cerny ließ sich nicht beirren: »Du, vielleicht hat es tags zuvor einen ganz heftigen Streit gegeben. Der Binder geht gnadenlos mit ihm ins Gericht. Demütigt ihn. Hält ihm vor, was für ein schlechter Mensch er ist und so weiter. Trifft damit einen wunden Punkt bei Richter. Der legt sich hin, aber es arbeitet in ihm. Immer weiter, immer weiter. Er kann nicht schlafen. Steht auf. Wandert herum. Seine Aufregung wandelt sich in Zorn, dieser in schrankenlose Wut. Und weil er immer noch keine Ruhe findet, gehen ihm um 5 die Sicherungen durch. Er geht runter zum Binder und zack …«

Bronstein schüttelte nur den Kopf. »Tut mir leid, aber das halte ich für absolut unwahrscheinlich. Selbst wenn es so gewesen wäre, dass der Richter um 5 beim Binder antanzt, dann hätt' ihn der sicher nicht zur Tür hineingelassen. Geschweige denn, dass er sich vom Richter in seinem eigenen Kabinett überraschen lässt. Nein, der Richter, der scheidet aus. Wie wahrscheinlich auch alle anderen in dem Haus. Weil«, Bronstein nahm die Finger zur Hand und zählte die Namen einzeln ab, »der Stepanek wird sicher mit dem Binder sympathisieren. Straßenbahner sind seit jeher Rote, das hat sich sicher ned geändert. Der kleine Richter soll ja sogar ein Aktivist sein, und der Pilonka scheidet für mich auch aus, auch wenn er als Koch vielleicht nicht unbedingt ein Sozi ist. Aber immerhin arbeitet er für einen.«

»Warum?«

»Warum er für mich ausscheidet? Vorerst nur so ein G'fühl. Aber ein Koch, der mordet, wenn er schon jemanden umbringt, mit einem Messer oder mit einem Hackl, aber niemals mit einem Revolver. Das hat was mit Berufsehre zu tun oder so, was weiß ich. Na, und der Feingold und sein Bub, die sind sicher auch eher auf der Seite vom Binder g'wesen. Bleibt dieser Mesner, aber sind wir uns ehrlich, der ist um 5 in der Kirchen und tut beten. Der bringt keinen um. Schon gar nicht unmittelbar vor den Laudes.« Dabei grinste Bronstein ob seines eigenen Apercus.

»Das heißt, wir stehen wieder am Anfang«, stellte Cerny resigniert fest.

»Da steh'n wir nun, wir armen Toren, und sind so klug als wie zuvoren«, kalauerte Bronstein.

Gleich darauf klopfte er Cerny auf die Schulter. »Gemma was trinken. Ich lad dich ein.«

Der Wirt erkannte die beiden sofort. »Na, hamma schon einen Erfolg g'habt?«, begrüßte er sie.

»Leider nein. Aber wir arbeiten daran. Sagen Sie, wir haben gehört, der Pilonka arbeitet für Sie?«

»Der Jindrich. Ja. Warum? Was ist mit dem?«

Bronstein machte eine begütigende Geste. »Eh nix. Ich wollt' nur wissen, was Sie von dem halten?«

Der Wirt lachte auf, sodass man deutlich seine zahlreichen Zahnlücken sehen konnte. »Koch ist er kein guter. Aber er gibt sich wirklich Mühe. Und für das Essen, was sich meine Gäste leisten können, langt's allemal.«

Bronstein sah auf die Uhr. »Apropos, was hätten wir denn heut'?«

Dem Wirt verging das Lachen: »Kochte Erdäpfel mit Speiseöl übergossen können S' haben. Oder ein Rossgulasch. Das ist noch von gestern da. Mit einem Stückel Schwarzbrot, wenn's recht ist.«

»Dann bringen S' uns zwei kleine Bier, und für mich eine Portion von dem Gulasch«, erklärte Bronstein aufgeräumt, ehe er Cerny ansah. Der hob abwehrend die Hände: »Für mich weiter nix, danke.«

Nachdem sie sich an einen Tisch gesetzt hatten, zündete sich Bronstein eine »Donau« an. »Ich hab' ja schon mit so einigen Fällen zu tun gehabt. Aber der, der ist mir nimmer wurscht. So verworren, das gibt's ja ned einmal im Kriminalroman.« Cerny stimmte ihm zu. »Ja, kein einziger Verdächtiger weit und breit. Mir ist das ein absolutes Mysterium.«

Der Wirt brachte die zwei Biergläser. »Ist aber nicht viel los bei Ihnen heut'. War der Richter wieder da?« Bronstein ließ sein Gebiss sehen.

»Hören S' mir auf mit der Schmeißfliege. Der war immer schon ein unguter Patron. Aber mit dem hat die Leere heute nix zu tun. Die Leut' sind beim Begräbnis vom Binder Hans!«

Bronstein war ehrlich überrascht. »Der wird schon beerdigt? Der ist ja erst gestern ums Leben gekommen und müsste daher eigentlich noch auf der Gerichtsmedizin liegen …«

Der Wirt schüttelte mit dem Kopf. »Der ist ja gar nicht erst obduziert worden. War ja nur ein Prolet, werden die da oben g'sagt haben. Und die Todesursache ist auch klar, also ab mit ihm unter die Erd'.«

»Aber trotzdem. So etwas braucht ja eine Vorbereitungszeit«, insistierte Bronstein. »Da müssen Partezettel g'macht werden, die Leut' verständigt, ein Leichenschmaus organisiert werden. Und was weiß ich noch alles. Das geht doch ned binnen 24 Stunden.«

Der Wirt stützte sich mit den Händen auf die Tischplatte. »Sie g'fallen mir, Herr Oberst! Sie glauben doch nicht im Ernst, dass der Binder eine schöne Leich kriegt. Ein Armengrab kriegt der. So schaut's aus. Sicher, vor drei, vier Jahr' hätt' ihm die Partei eine schöne Feier ausgerichtet. Mit Ehrenwache, Redner, Trauermusik und allem. Aber heute? Die Hahnenschwanzler sargen den am Armensünderacker ein, und von unsere Leut' trauen sich nur die hin, die eh nix mehr zum Verlieren haben. Weil die Hahnenschwanzler stehen sicher parat und registrieren jeden Einzelnen von uns. Und was den Leichenschmaus angeht«, der Wirt trabte wieder in die Küche, »den haben g'rad Sie bestellt.«

Die letzte Aussage des Gastwirts hinterließ ein ungutes Gefühl in Bronstein. Dementsprechend zögerlich griff er zum Löffel. Als er in das erste Stück Fleisch biss, fühlte er sich jedoch gleich ein bisschen weniger schuldig. »Ned bös sein, aber der Gigerer ist an Altersschwäche g'storben, oder?« Er sah kopfschüttelnd zu Cerny hin: »Ned zum Derbeißen, der Flaxenhaufen.« Eilig brach Bronstein die Scheibe Brot in zwei Hälften und tunkte den Saft auf. Die Fleischstücke ließ er stehen und schob den Teller von sich. »Satt bin ich nicht, aber ang'fressen.« Cerny schenkte ihm ein mitfühlendes Lächeln.

»Am besten wird sein«, griff Bronstein den Gesprächsfaden wieder auf, »dass wir uns einmal ansehen, was die

Kollegen so alles über den Binder zusammengetragen haben. Ich weiß, das hast du gestern schon gemacht, aber da wusstest du ja noch nicht, wonach wir genau suchen müssen. Wir brauchen irgendeinen Anhaltspunkt. Irgendeinen. Und da wir ihn hier nicht finden, müssen wir eben andere Optionen prüfen.«

»Ich hoffe nur, der Skubl geht uns nicht auf die Nerven. Weil derzeit schauen wir nicht gut aus. Gar nicht gut«, bilanzierte Cerny.

»Recht hast. Aber trotzdem müssen wir zurück ins Präsidium. Dort lassen wir uns die Akten kommen, damit werden wir wohl den Rest des Tages beschäftigt sein.«

Bronstein hatte mit seiner Mutmaßung richtiggelegen. Um 17 Uhr streckte er sich durch und spürte dabei eine deutliche Verspannung im Schulterbereich. »Ich sag dir's, Cerny, das ist vergebene Liebesmüh'! Abgesehen von der schwülstigen Prosa unserer Kollegen vom Staatsschutz erfahren wir da drin genauso wenig wie in der Dommesgasse. Mir reicht's. Ich geh nach Hause. Das da wird eh nix mehr.« Mühsam erhob sich der Oberst. Cerny meinte, er gehe die restlichen Aktenstücke auch noch durch, dann werde er es seinem Kollegen gleichtun.

»Na, mach', wie du's glaubst. Schönen Abend noch. Servus.«

»Dir auch!«

Müde schlurfte Bronstein die Stufen abwärts und atmete erst auf, als er vor den Toren der Polizeidirektion stand. Ein weiterer einsamer Abend wartete auf ihn, und er ertappte sich bei dem Gedanken, dass er Cerny um sein Familienglück beneidete. Sicher, in Zeiten wie diesen für Kinder Sorge zu tragen, war auch nicht gerade leicht, aber wenigstens saß Cerny nicht allein zu Hause und sah der sprichwörtlichen Farbe beim Trocknen zu. Gerade noch rechtzeitig verdrängte Bronstein die aufkommende Grübelei, wie es so weit mit ihm hatte kommen können. Er zog seine Taschenuhr hervor und beschloss, sich mit einem ordentlichen Mahl beim »Smutny« schadlos zu halten. Zwar würde dadurch sein ohnehin schon beängstigender Bauchumfang noch größer werden, doch hatte er nichts mehr zu verlieren. In seinem Alter erschien er nicht einmal mehr den Glasners oder Gattingers als Adonis, und so konnte er sich ruhig gehenlassen, befand er.

Alibihalber marschierte er die zwei, drei Kilometer bis zum »Smutny« zu Fuß, was er vor sich selbst damit rechtfertige, dass es seinen Appetit anregen würde. Tatsächlich verspürte er, als er das Lokal rund 40 Minuten später betrat, wahren Heißhunger, und so bestellte er erst eine Leberknödelsuppe, ehe ein Zwiebelrostbraten seinen Gaumen erfreuen sollte. Natürlich würde ein derart üppiges Abendessen ein markantes Loch in sein Budget reißen, doch das letzte Hemd hatte bekanntlich keine Taschen, also bestand keinerlei Veranlassung, irgendwelche Spargedanken aufkommen zu lassen. Er war der letzte Bronstein, hatte ergo keine Erben und verspürte keinerlei Lust, dem Staat auch noch mühsam erarbeitetes Geld zu hinterlassen. Da war es im eigenen Magen schon entschieden besser aufgehoben.

Einige Zeit später musste sich Bronstein eingestehen, dass sein Plan nur bedingt aufgegangen war. Zwar hatte er eine gute Stunde damit zugebracht, sich an den Gerichten des tschechischen Gasthauses zu delektieren, doch nun, da er, wenigstens kurzfristig zufrieden, eine »Donau« rauchte und den Rest seines zweiten Krügels trank, konnte er die

Tatsache nicht länger ignorieren, dass es noch nicht einmal 8 Uhr war. Viel zu früh also, um schon nach Hause zu gehen. Er schnippte nach einem Kellner und trug diesem auf, ihm die »Wiener Zeitung« vom Tage zu bringen. Vielleicht, so hoffte Bronstein, würde es in der Nähe einen brauchbaren Kinofilm oder wenigstens ein unterhaltsames Kabarett geben. Er widerstand dem Impuls, die Politikseiten zu studieren, und blätterte sofort in den hinteren Teil des Blattes, wo er rasch fand, was er gesucht hatte. Zuerst fiel sein Blick auf das Theaterprogramm. Im Burgtheater gab man ein Stück des Titels »Die Welt, in der man sich langweilt«. Bronstein schmunzelte. Dazu bedurfte es keines Theaters, diese Welt kannte er auch so gut genug. In der Urania wurde ein Lichtspiel angeboten: »Die Welt der Renaissance und der Loireschlösser«, mit dem Zusatz: »in französischer Sprache«. Dort würde er sicher schnell erholsamen Schlaf finden. Doch die Stühle in der Urania waren nicht sonderlich bequem, er würde nach zwei Stunden völlig verkatert aufwachen und dann unter Schmerzen den Heimweg antreten, wo er dann erst recht nicht mehr einschlafen würde, sodass kaum etwas gewonnen war. Er suchte weiter nach dem Kinoprogramm, wurde aber zu seiner eigenen Überraschung nicht fündig. Er blätterte vor, blätterte zurück, nichts. Kein Kino. Waren die denn über Nacht alle geschlossen worden?

»Bringen S' mir auch noch die Freie Presse, bitt'schön«, hörte er sich sagen. Wenig später wanderten seine Augen die Seite 16 abwärts. Im UFA gab es einen Film namens »Heißes Blut«, doch stand »ausverkauft« daneben. Dann eben ins Schweden-Kino: »Special Agent«? Doch nein, am Ende war er danach noch desparater, weil der Held des

Films sicher seine Fälle grandios löste, während er, Oberst David Bronstein, nach wie vor im Dunklen stocherte. Im »Schwarzenberg« spielten sie »Moralisch nicht einwandfrei«. Das passte schon eher zu ihm und war außerdem gar nicht weit weg. Bronstein zahlte seine Zeche und machte sich ohne weiteres Zögern auf den Weg zum Schwarzenbergplatz.

Es war beunruhigend kalt, als Bronstein wieder aus dem Kino trat. Er bemühte sich, den Mantel so fest wie möglich an den Körper zu pressen, und marschierte forsch aus, um so schnell wie möglich nach Hause und damit ins Warme zu kommen. Ein wenig trauerte er dem Eintrittsgeld nach. Der Film über einen verarmten Verleger, der plötzlich zu viel Geld kommt, weil eine Bestsellerautorin ausgerechnet ihn für sein neues Buch auswählt, war selbst für Bronsteins Geschmack entschieden zu klischiert. Aber immerhin war die Hauptdarstellerin, die, wie er dem Kinoprogramm entnommen hatte, Madge Evans hieß, eine durchaus aparte Erscheinung gewesen. Direkt herzerwärmend an einem derart kalten Abend. Und was sie an Wärme noch nicht bewirkt hatte, das mochte nun zum guten Abschluss noch ein Gläschen Erlauer schaffen, dachte der Oberst.

Freitag, 13. März 1936

Nun war es also doch so weit. Der Polizeipräsident hatte ihn einbestellt. Am Weg in die hehren Hallen der Führungsetage rekapitulierte Bronstein noch schnell, was sich nach zwei Tagen über den Fall berichten ließ. Auch überlegte er, ob es irgendwelche Pressemeldungen gab, zu denen er möglicherweise Stellung zu beziehen hatte. Doch schließlich gab er das Sinnieren auf, denn Skubl war für seine sprunghaften Ansprachen bekannt, sodass es müßig war, sich auf diese vorbereiten zu wollen.

Im Vorzimmer ließ man ihn erst einmal eine gute Weile dunsten. Bei solchen Gelegenheiten zeigte der Vorgesetzte seine ganze Macht, signalisierte überdeutlich, wer da Herr und wer Knecht war. Bronstein wurde weder Platz angeboten, noch erhielt er eine Erfrischung. Wie ein Pennäler hatte er stehend darauf zu warten, dass er ins Zimmer des Rektors gerufen wurde. Der Oberst vertrieb sich die Zeit, indem er einen Druck eingehend betrachtete, der gerahmt an der Wand hing. Der Aufschrift zufolge handelte es sich um Wien aus der Zeit um 1815, und Bronstein ertappte sich dabei, wie er seine eigene Walfischgasse auf dem Bild suchte. Nahe dem seinerzeitigen Kärntnertor wurde er fündig. Er rief sich in Erinnerung, dass es damals ja noch die alte Stadtmauer gegeben hatte, die durch einige Bastionen und Kurtinen gesichert war. Deutlich ließ sich eine solche auch bei seiner Gasse erkennen, und mit einem leichten Schmunzeln kam er zu dem Schluss, dass er vor 100 Jahren wohl dazu abkommandiert gewesen wäre, im Kriegsfall Dienst an einer der dort aufgestellten Kanonen zu tun. Wenigstens dies war ihm erspart geblieben, dachte er.

Nach einer schier endlosen Weile sagte die Sekretärin plötzlich unmotiviert: »Der Herr Präsident lassen jetzt bitten«, was Bronstein doch ein wenig erstaunte, da ihm keinerlei Kommunikation zwischen Skubl und seiner Schreibkraft aufgefallen war. Er ertappte sich bei dem Gedanken, dass Skubl ihr schon vor Bronsteins Eintreffen eingeschärft haben mochte, sie solle ihn eine halbe Stunde stehen und dann erst zu ihm lassen.

Bronstein öffnete also die Tür und rang sich ein devotes »Guten Morgen« ab. Skubl versuchte den Eindruck zu erwecken, als sei er in ganz bedeutendes Aktenstudium vertieft. Scheinbar aus seinem hochwichtigen Tun gerissen, murmelte er ein nachlässiges »Bronstein, da sind Sie ja endlich«, um dann gleich wieder in seine Papiere zu starren. Seine rechte Hand winkte den Oberst zu sich, der vor dem wuchtigen Schreibtisch Aufstellung nahm und sich fragte, ob ihm wenigstens nun Platz angeboten werden würde.

Offenkundig nicht. »Ich habe Sie rufen lassen«, begann Skubl endlich, wobei er seinen Blick nun doch auf den Oberst ausrichtete und seinen Kopf mit den ineinander verschränkten Händen abstützte, »weil ich eine durchaus delikate Aufgabe für Sie habe.« Bronstein wartete schweigend ab. »Sie werden sich ab Montag täglich um 7.30 Uhr im Landesgericht 1 einfinden und sich dort bei Kriminalrat Berger melden.«

»Um dort was zu tun, Herr Präsident? Wenn die Frage gestattet ist …«

Skubl lehnte sich zurück. »Sie werden ja gehört haben, Bronstein, dass dort am Montag der Prozess gegen diese Hochverräter beginnt, diese, na, wie nennen die sich jetzt?

Na, ist ja auch egal, diese Umstürzler halt. Und das ist ein wenig heikel.«

Bronstein verkniff sich weitere Worte und hielt still. Skubl sah, dass er von sich aus fortfahren musste, was ihm sichtlich nicht behagte. »Das Ausland, das … nun ja, das ist uns ja nicht gerade freundlich gesinnt, nicht wahr. Diese Franzosen. Und die Engländer, die vergötzen ja ihr eigenes politisches System, nicht wahr. Die huldigen diesem Fetisch Demokratie. Und jetzt …« Skubl tat, als suchte er etwas auf seinem Schreibtisch, dies ganz eindeutig in der Absicht, Zeit zu gewinnen, um seine Gedanken ordnen zu können, »unterstellen die uns natürlich unausgesprochen, dass wir gegen diese Revoluzzer ungerechtfertigt vorgehen. Der Herr Bundeskanzler hat daher angeregt, dass wir den Prozess offen unter Teilnahme ausländischer Pressevertreter führen.«

Bronstein stand immer noch da wie ein Wachsoldat und rührte sich nicht. »Und Sie kennen ja die Stimmung in manchen Teilen der Bevölkerung. Da gibt es leider viele Schwarzseher im Moment. Und Defätisten. Die wollen uns schlecht aussehen lassen bei unseren Nachbarn. Wir können also nicht riskieren, dass da einer im Publikum Stimmung gegen uns macht oder gar einen Affront provoziert.« Bronstein unterdrückte ein Grinsen. Die Staatsmacht hatte vor ihrem eigenen Volk die Hosen voll. »Und deshalb«, Skubl rutschte wieder nach vorne und stützte sich mit beiden Armen an der Tischplatte ab, »halten wir es für vernünftiger, das Publikum, nun, ein wenig vorzuselektionieren.«

»Und dabei soll ich behilflich sein, Herr Präsident?«

Skubl schüttelte den Kopf: »Sie sollen nicht behilflich

sein, Bronstein, Sie sollen Publikum sein. Gemeinsam mit weiteren Kollegen aus den Reihen der Exekutive.«

»Mit Verlaub, Herr Präsident, wie lange soll das gehen? Ich habe immerhin einen Mordfall zu lösen«, erinnerte Bronstein.

Skubl legte für einen Augenblick die Stirn kraus, dann kam offenbar die Erinnerung zurück. »Ach ja, dieser Lumpenproletarier da von der Peripherie. Nun ja, der ist ja wohl weiter nicht von Belang, würde ich meinen. Die Presse hat den Fall nicht groß aufgegriffen, also brauchen wir da nicht mit voller Kraft … ich meine, der wird ja in ein, zwei Wochen auch noch tot sein, oder?«

»Wie darf ich das verstehen, Herr Präsident? Soll in der Zwischenzeit der Kollege Cerny allein ermitteln? Oder wollen Sie, dass wir uns erst nach Ende des Prozesses wieder der Sache annehmen?«

Cerny schien dem Präsidenten ein guter Ausweg zu sein. »Ja, sehen S', Bronstein, das ist die Lösung. Lassen S' den Cerny ermitteln, der muss eh Erfahrung sammeln, wenn er in fünf, sechs Jahren Ihre Nachfolge antreten will, und Sie, Sie üben sich als Schauspieler und setzen sich da ins Auditorium. Am besten in eine der hinteren Reihen, da haben Sie das übrige Publikum gut im Blick, weil wir werden vermutlich nicht verhindern können, dass nicht doch der eine oder andere echte Zaungast den Weg in den Schwurgerichtssaal findet.«

Bronstein hatte Mühe, seine Überraschung zu verbergen. Nicht nur, dass man ihn, einen Obersten der Sicherheitsdirektion, dazu abkommandierte, einen Hurra-Patrioten zu spielen, er sollte offenbar auch noch die anderen Anwesenden bespitzeln. Weit war es nicht mehr her mit diesem Staat! »Wie Herr Präsident befehlen«, sagte er daher lakonisch, »und mein Bericht?«

»Den liefern S' jeden Tag nach Verhandlungsschluss direkt dem Berger ab.«

»Nein, ich meinte jenen im Fall Binder.«

»Binder?«

»Der Lumpenproletarier, Herr Präsident.«

»Ach so. Der ist mir rechtschaffen gleichgültig. Es genügt völlig, wenn Sie am Ende Ihrer Ermittlungen einen Abschlussbericht abfassen und den lassen S' mir dann auf dem Dienstweg zukommen. Das ist vollkommen ausreichend in dieser Sache.«

»Wie Herr Präsident wünschen.«

Skubl forschte kurz in Bronsteins Gesicht nach, ob sich da ein Funken Aufsässigkeit finden mochte und entschied sich dann, Bronstein mit einer kurzen Handbewegung zu entlassen. Der verbeugte sich knapp und sah zu, dass er wieder in sein Büro kam.

»Jetzt haben wir den Salat«, begann er, kaum dass er dieses betreten und Cernys ansichtig geworden war. »Der Skubl delegiert mich zu dem Sozi-Prozess nächste Woche und meint, die Ermittlungen in der Binder-Sache sollst du allein führen, weil die sind, um unseren verehrten Herrn Präsidenten zu zitieren: rechtschaffen gleichgültig.«

Cerny zeigte eine erstaunte Miene. »Gleichgültig? Was soll das heißen?«

»Das soll heißen«, rekapitulierte der Oberst, während er sich schwerfällig auf seinen Sessel fallen ließ, »dass es in diesem Staat wurscht ist, ob ein Prolet abgekragelt wird oder nicht. So ein Toter kümmert die da oben ungefähr so sehr wie das Schicksal eines Baumwollpflückers in Louisiana.«

»Und was machen wir da jetzt?« Bronstein zuckte mit den Achseln. »Ich, wie du siehst, gar nix. Du musst jetzt in die Bresche springen. Und dabei musst du irgendetwas finden, mit dem wir weitermachen können. Ich hab' mir da auch schon etwas überlegt.« Cerny war sichtlich ganz Ohr. »Schau. Der hat ein hübsches Zeiterl in Wöllersdorf g'sessen. Dort wird er aber nur zu seinesgleichen Kontakt g'habt haben, das können wir also getrost vergessen. Aber im Vorjahr ist er ja bis Weihnachten ganz normal im G'fängnis g'wesen. Dort rennen heutzutag' aber ned nur Sozis und Kummerln herum, sondern auch jede Menge Nazis. Vielleicht ist er ja dort irgendwem in die Quere kommen, der sich jetzt, nachdem beide wieder draußen sind, für irgendetwas, was im Häfen passiert ist, g'rächt hat.«

Cerny meldete deutlich Zweifel an dieser Theorie an: »Die Suppe ist schon ziemlich dünn, David, aber bitte, in unserer Lage dürfen wir wirklich nichts unversucht lassen.« Er klatschte mit den Händen auf seine Oberschenkel. »Ich schau mir das gleich einmal an. Mit wem hat er dort g'sessen und wie lang, wer war sonst noch in seiner Nähe und ist jetzt wieder auf freiem Fuß und so weiter.«

»Sehr gut. Mach das. Und ich red' einmal mit dem Gruber, der den Binder voriges Jahr eingekastelt hat. Vielleicht fällt dem noch was ein, weil ich denk' mir, die haben den Binder sicher auch jetzt zeitweise observiert.«

So gingen beide ihres Weges, um sich eine gute Weile nach der Mittagspause wieder zu treffen. Bronstein hatte eine gravierende Niederlage einzugestehen, denn von Gruber war rein gar nichts gekommen, das auch nur im Entferntesten verwertbar gewesen wäre. Auch hatte ihm Gruber auf den Kopf zugesagt, dass sie Binder seit seiner Entlassung aus dem Gefängnis nicht mehr beachtet hätten, weil ihre Kapazitäten bei Weitem nicht ausreichten, jedem Oppositionellen nachzuspüren. »Er hat wirklich g'sagt, da müssten sie mehr Leut' haben als Graz Einwohner, weil in Wien jeder zweite ein Oppositioneller ist. Das hat der wirklich und wahrhaftig g'sagt, der Gruber. Das musst du dir vorstellen.«

Bronstein war sichtlich beeindruckt von dieser Aussage. Er zündete sich eine »Donau« an. »Na ja, wurscht«, meinte er dann, »wie war's bei dir?«

»Ned sehr viel besser, muss ich ehrlich sagen«, begann Cerny. »Der Binder ist anfangs in einer Viererzelle g'wesen mit einem G'werkschafter, einem Sozi und einem Kommunisten. Dann, im November, ist der G'werkschafter freikommen. Müller hat der g'heißen, und stattdessen haben s' ihnen tatsächlich einen Nazi in die Zelle g'steckt. Mit dem soll es mehrmals Brösel gegeben haben, sagen die von der Justizwache. Und, und jetzt kommt's«, Cerny zeigte ein triumphierendes Lächeln, »der ist tatsächlich vor zwei Wochen auslassen worden.«

Auch Bronsteins Miene hellte sich auf. »Das sind ja einmal gute Neuigkeiten. Wie heißt der Kerl?«

Cerny sah kurz auf seinen Notizzettel: »Knoflacher. Bertram Knoflacher. Geboren 1912 in der Steiermark, seit 1932 in Wien ansässig. Laut Anklageschrift seit März 33 bei den Nazis, angeblich sogar irgendwie in den Putsch vorvorigen Sommer verwickelt. Jedenfalls im September vorigen Jahres zu sechs Monaten verurteilt wegen versuchter Sabotageakte.«

»Versuchte Sabotageakte? Hat er eine Eisenbahn in die Luft gesprengt oder was?« Bronstein war neugierig geworden.

»Nein, angeblich hat er bei einem Regierungsauto den Motor ruiniert. Verteidigt hat er sich vor Gericht damit, er hätt' das Benzin abzapfen wollen. Aber das war so ein Powidl, das hat ihm natürlich niemand abg'nommen, der sich auch nur ein bisserl mit Autos auskennt. Na ja, jedenfalls ist damals weiter nix passiert, und so hat er sechs Monat' gekriegt. Ich hab schon«, fuhr Cerny fort, »mit den Kollegen vom Staatspolizeilichen Büro geredet, und die haben g'meint, der Knoflacher wohnt jetzt bei einem Gesinnungsgenossen in …« Cerny machte eine dramatische Pause.

»… Simmering«, vollendete Bronstein den Satz. »Genau. Er könnte also zur fraglichen Zeit tatsächlich beim Binder gewesen sein und sich für die seinerzeitigen Wickel revanchiert haben.«

»Gut. Den schauen wir uns einmal näher an.« Bronstein blickte auf die Uhr. »Adress' hast?« Cerny bejahte. »Na, dann fahren wir noch schnell dorthin. Das geht sich noch aus vor dem Feierabend.«

Das Haus, in dem Knoflacher untergeschlüpft war, hatte fraglos schon bessere Zeiten gesehen. Der Verputz fiel in großen Teilen von der Fassade, die leer stehenden Geschäftslokale links und rechts des Haustors waren mit Brettern vernagelt, und gleich neben dem Eingang lagen die Scherben eines Dachziegels, der sich wohl erst kurz zuvor gelöst hatte. Cerny und Bronstein sahen sich an, dann betraten sie das Innere des Zinshauses.

Gleich im ersten Stock wurden sie fündig. »Kraus &

Maresch« stand an jener Tür, deren Adresse Knoflacher als Wohnort gegenüber der Behörde angegeben hatte. Bronstein klopfte an. Es brauchte eine geraume Weile, bis ihnen geöffnet wurde. »Herr Maresch?«, fragte er.

»Kraus. Rüdiger Kraus«, antwortete ein blonder Schnösel von vielleicht 20 Jahren, »Cand.phil., ich studiere bei Professor von Srbik Deutsche Geschichte.« Bronstein trat, ohne von Kraus dazu aufgefordert worden zu sein, an diesem vorbei in die Wohnung. »Und der Herr Maresch studiert dann bei Professor Menghin, nehm ich an«, replizierte er gallig. »Ist der Herr Knoflacher zugegen?«

Kraus ließ ein verächtliches Schnauben vernehmen. »Volksgenosse Knoflacher ist damit beschäftigt, seinen Lebensunterhalt mit ehrlicher Arbeit zu verdienen. So wie wir alle hier. Im Gegensatz zu gewissen anderen Elementen.« Cerny hob instinktiv den Zeigefinger. »Aufpassen, gelt. So eine Beamtenbeleidigung bleibt nicht ungesühnt. Und Sie können Ihren Volksgenossen fragen, wie das so ist im Tschumpas.« Kraus' Augen flackerten wild, doch er schaffte es, auf ein Widerwort zu verzichten.

»Also, wo finden wir ihn, den Knofel?«, fragte Bronstein leichthin, den Namen des Verdächtigen bewusst mit einem Dialektausdruck für eine Gewürzpflanze verwechselnd.

»Er verkauft beim Vater des Volksgenossen Maresch Kolonialwaren«, kam es eisig retour.

»Und wo ist das?«

Kraus nannte die Adresse. Ohne ein Wort des Grußes verließen die beiden Beamten die Wohnung.

»Kolonialwaren Maresch«, schrie ihnen ein Schild in gotischen Lettern schon von Weitem entgegen. Vor der

Tür plauderte ein feister Fettwanst mit aufgezwirbeltem Schnurrbart mit einer ältlichen Frau in einem Trachtenkostüm, während er ihr anscheinend ein Päckchen Zucker in die Tasche stopfte. »Herr Maresch?«, vergewisserte sich Bronstein, als sie die beiden erreicht hatten. Dieser nickte. »Es heißt, bei Ihnen arbeitet ein Herr Knoflacher. Ist das richtig?«

Maresch deutete ins Ladeninnere. »Der muss da hinten irgendwo sein. Wahrscheinlich im Magazin unten. Einfach die Treppe runter.«

Bronstein fühlte sich ein wenig mulmig, als er sich die filigrane Wendeltreppe abwärts zwängte, und atmete erst wieder freier auf, als er sich erneut auf festem Boden sah. Knoflacher schlichtete in einer Ecke Konservendosen in ein Regal, während er über die Schulter darauf hinwies, dass Unbefugten der Zutritt verboten sei.

»Keine Sorge, Knoflacher, wir sind befugt«, statuierte Bronstein selbstbewusst, was Knoflacher nun doch dazu veranlasste, sich umzudrehen. Bronstein zeigte ihm seine Kokarde. »Wir haben ein paar Fragen.«

»Ned scho wieder!«

»Es geht um Ihre Zeit im Gefängnis«, ignorierte Bronstein Knoflachers Einwand. »Sie waren dort mit einem Sozialdemokraten namens Hans Binder in einer Zelle.«

Knoflachers Miene verfinsterte sich noch einmal. »Der alte Trottel! Was hab ich mit dem zu schaffen?«

»Es heißt, Sie hatten mehrmals Konflikte mit ihm.«

»Ja. Weil der Depp nicht kapiert hat, dass uns nur der Führer retten kann. Euer Regime ist am Ende. So oder so. Nur ein starkes Deutschland kann uns eine Zukunft bieten. Und da glaubt der Narr immer noch an die Weltrevolution. Was wir brauchen, ist eine nationale Erhebung und nicht irgendeinen bolschewistischen Zinnober!«

»Ihre politischen Ansichten stehen für den Moment nicht zur Debatte«, schnitt Bronstein dem Jüngling das Wort ab, »uns interessiert viel mehr, dass Sie gegen den Herrn Binder tätlich geworden sind. Mehrmals sogar, wie man hört.«

»Weil er provoziert hat in einer Tour. Lächerlich g'macht hat er mich, der alte Tatterer. Das hab ich mir natürlich nicht g'fallen lassen können.«

»Und deshalb haben Sie ihn, kaum, dass Sie aus dem Gefängnis draußen waren, ermordet.«

Knoflacher fuhr hoch. Wilder Hass flackerte in seinen Augen. »So ein Blödsinn!«, schrie er, »ich weiß ja nicht einmal, wo der Trottel wohnt.« Mühsam fand er seine Beherrschung wieder. »Außerdem hätt' ich gewettet, dass der immer noch im Häfen ist. Oder schon wieder, je nachdem.«

»Und wie kommen Sie zu dieser Annahme?«

»Na, weil er ein Roter ist. Und die hasst ihr noch mehr als uns. Das heißt«, Knoflacher wischte sich mit dem Handrücken über die Stirn, »hassen tut ihr uns allesamt gleich, aber wir haben halt ein paar Volksgenossen, die uns nach Möglichkeit helfen. Die Roten aber, die haben niemanden. So viel zur Solidarität.« Dabei lachte Knoflacher, und seine Miene begann sich zu entspannen. »Glauben Sie mir, Ihr System wird nicht mehr lange Bestand haben. Ein paar Monate noch, vielleicht ein Jahr. Aber gleiches Blut kommt in ein gleiches Reich, das ist so sicher wie das Amen in der Kirche. Warum also hätte ich mich an dieser Zwiderwurzn vergreifen sollen? Übers Jahr kommt der nach Dachau oder nach Börgermoor, und dort bringen s' ihm dann das Arbeiten bei. Also warum sollt' ich mich da zum Richter aufschwingen? Das erledigt schon die Volksgemeinschaft, und zwar schneller, als Ihnen lieb ist.«

Bronstein verspürte das dringende Bedürfnis, dem jungen Frechdachs eine zu schmieren. »Wo waren Sie am Mittwoch zwischen 5 und 6 Uhr morgens?«, fragte er stattdessen.

»Im Bett. Wie jeder ordentliche Mensch. Da können S' den Hermann und den Rüdiger fragen.« Knoflacher verschränkte die Arme vor der Brust und gab sich betont selbstbewusst.

»Auf jeden Fall halten Sie sich zu unserer Verfügung«, bemühte sich Bronstein um das letzte Wort.

Als sie wieder auf der Straße standen, wollte Bronstein nicht länger an sich halten: »Diese Pimpf gehen mir so was auf die Nerven. Am liebsten hätt' ich ihm eine geklescht.« Er sah Cerny genau in die Augen: »Kannst du dir vorstellen, dass diese Arschwarzen im Reich drüben wirklich das Sagen haben? Allein bei dem Gedanken graut's mir.«

»Wenn wir nicht aufpassen, dann haben die bei uns auch bald das Sagen«, warf Cerny ein.

»Ah ja?« Bronstein verbarg sein Erstaunen nicht, »weil der Blödian da drinnen das glaubt, oder was?«

»Nein, weil es sich unsere Regierung mit allem und jedem verscherzt.« Cerny blickte schnell nach links und nach rechts, um festzustellen, ob ihnen jemand zuhörte, dann wandte er sich wieder Bronstein zu. »Die westlichen Demokratien, die haben uns schon nicht gemocht, als wir selber noch eine Demokratie waren. Jetzt, in dieser ständestaatlichen Form, sind wir denen nur noch mehr zuwider. Na und unsere sogenannten Verbündeten, die Ungarn, die Italiener, die Polen, die tanzen doch letztlich alle nach der Pfeife von den Marmeladingern. Der Mussolini wär' gern der neue Imperator Augustus, aber real langt's ja nicht einmal dazu, ein paar schlecht bewaffnete Neger in der Steppe niederzuwerfen. Der wird sich sicher nicht mit dem Hitler anlegen. Und wen hat Österreich dann noch? Den Papst! Und die Schweizergarde wird nicht kommen, um uns vor den Nazis zu schützen.«

Bronstein sah eine kleine Weile ungläubig zu Cerny hin, dann schüttelte er den Kopf. »Du kannst einem aber auch wirklich Mut machen. Na servus.«

Bronstein zog seine Taschenuhr hervor. »Auf das hinauf brauch ich jetzt was zum Essen. Ist eh schon fast Mittag.«

Cerny warf einen raschen Blick auf seine Armbanduhr. »Komisch. Meine muss stehen geblieben sein. Bei mir ist's erst halber elfe.« Der vorwurfsvolle Unterton war nicht zu überhören.

Bronstein überging ihn dennoch. »Sag ich ja. Mittag«, verkündete er vergnügt.

Sie hielten auf eine Gastwirtschaft zu, die sich auf der anderen Straßenseite nur wenige Meter von Mareschs Geschäft befand. Bronstein stürmte regelrecht in die Gaststube, Cerny folgte ihm leicht resigniert nach. »Grüß Sie«, tönte der Oberst in den Raum, »haben wir vielleicht schon was zum Essen?«

Der Wirt konsultierte kurz die große Wanduhr, wiegte dann skeptisch mit dem Kopf. »Ein bisserl müsserten die Herren noch warten. Der Koch ist zwar schon da, aber bis der Herd richtig warm ist und so weiter, tät's schon noch ein halbes Stunderl dauern.«

Bronstein machte eine wegwerfende Geste mit seiner Rechten. »Ah, das macht gar nix. Dann nehm' ich einmal ein großes G'mischtes und so eine Bierbrezn da. Und was haben S' dann für mich?«

Der Wirt dachte kurz nach: »Ein Surschnitzel könnten S' haben. Ist heute frisch 'reinkommen.«

Bronstein rieb sich den Bauch. »Hervorragend. Das nehm ich. Mit einem Erdäpfelsalat dazu, wenn's recht ist.«

Der Wirt nickte nur und drehte sich dann zu Cerny. »Für mich ein Himbeerkracherl, bitte.«

Bronstein lachte laut. »Der war gut!« Cerny aber blieb ernst. »Das war jetzt ein Witz, oder?«, versuchte Bronstein sich zu vergewissern.

Cerny aber verneinte. »Es ist noch ein wengerl früh für Alkohol, weißt.« Auch hier war der Vorwurf kaum zu überhören.

»Blödsinn. Für Alkohol ist es nie zu früh. Und auch nie zu spät.« Cerny beharrte dennoch auf seiner Bestellung. Bronstein schnappte sich eine Brezn und hatte sie in bemerkenswerter Geschwindigkeit aufgegessen. Er nahm eine zweite und aß auch diese, wenn nun etwas langsamer und beinahe ein wenig verspielt, indem er zuerst die obere Hälfte konsumierte und dann einzelne Stücke aus dem Rest herausbrach, die er sich in kleinen Bissen einverleibte.

»Ich will ja nix g'sagt haben, David, aber ich denke mir manchmal, du solltest dich ein bisserl z'rückhalten mit dem Essen. So viel ist ned g'sund, weißt …«

Bronstein sah seinen Assistenten von der Seite an. »Bist jetzt mein Eheweib, oder was? Ein gutes Bapperl haltet Leib und Seele z'samm!«

Cerny nickte. »Ja, ein gutes Bapperl. Aber es kommt eben auch hier auf die Dosis an.«

»So ein Unfug aber auch. Hörst, ich bin fast 53, da darf ich ja wohl allein entscheiden, was ich ess und wie viel. Und außerdem, wenn's wahr ist, was ihr zwei da orakelt's, dann bin ich ohnehin bald auf Diät. Also lass mich das schöne Leben noch genießen, bevor Antoni am letzten ist.«

»Ich wollt's ja nur g'sagt haben«, schränkte Cerny ein, »aber wunder dich dann nicht, wennst beim Stiegensteigen ab dem zweiten Stock keuchst wie eine Dampflok.«

Bronsteins Gesicht hellte sich auf: »Siehst. Du sagst es ja selbst, dass das positive Auswirkungen hat.« Cerny riss die Augen auf und sah überrascht zu seinem Chef. »Na ja«, klärte der ihn auf, »jetzt keuch ich schon im ersten Stock. Also wär' der zweite eindeutig eine Verbesserung.« Sprach's, und nahm einen langen Schluck von seinem Bier.

»Außerdem ist ein Mann ohne Wampe gar kein richtiger Mann«, setzte er dann fort, »schau dich einmal an, Cerny. So schmalpickt, wie du bist! Du hast ja überhaupt keine Reserven. Wenn wieder einmal Hungerjahre kommen, dann fallst du uns doch sofort um.« Cerny hätte eine ganze Menge darauf zu erwidern gewusst, doch blieb er stumm, da er seinem Chef die Lust auf dessen Mahl nicht endgültig verderben wollte. Immerhin hatte der alte Mann nicht mehr viele Freuden in seinem Leben, wenigstens die sollte er also genießen können.

Und wie zur sichtbaren Bestätigung seiner Gedanken zeigte sich auf Bronsteins Antlitz eine nahezu kindliche Begeisterung, als der Wirt den Teller mit dem Surschnitzel in die Gaststube trug. Die Wangen des Obersts leuchteten hell, und die Zunge wanderte erwartungsvoll die Lippen hin und her. Eilig griff Bronstein zu Messer und Gabel, er schnitt flink ein bemerkenswert großes Stück aus dem Fleisch heraus, das er sodann zum Mund führte. Er schloss genießerisch die Augen und ließ gleich darauf einen Laut vernehmen, der kaum als jugendfrei zu bezeichnen war. Cerny verkniff sich ein Schmunzeln und sah sicherheitshalber nach unten, um den Oberst und sich selbst nicht in eine peinliche Situation zu bringen.

Überraschend schnell war der Teller leer geputzt. Bronstein ließ es zu, dass ihm ein halb lauter Rülpser entfuhr, dann trank er den verbliebenen Rest seines Biers aus, ehe er sich eine »Donau« anzündete. »Ich hab natürlich darüber nachgedacht, ob wir die zwei Nazi-Buben nach dem Alibi von diesem Knofel fragen sollen, aber ich denke mir, das bringt nix. Die täten es auch dann bestätigen, wenn's nicht stimmen tät'. Da kommen wir also vorläufig nicht weiter.« Cerny wusste nicht, was an dieser Vermutung falsch sein sollte.

»Also wieder leere Kilometer. Ich sag dir, mir geht der Fall mittlerweile ganz gehörig gegen den Strich. Zum Glück ist morgen Samstag. Und ich hab kein Journal. Ein wenig Ablenkung wird mir da wirklich guttun.« Bronstein verfiel ins Sinnieren. Was, so fragte er sich, sollte er mit einem langen Wochenende anfangen. In den Prater gehen? Bei der Kälte? Eher nicht.

»Was wirst du eigentlich machen?«, fragte er den Kollegen. Cerny zuckte mit den Achseln. »Weißt eh, mit Kindern bist ohnehin immer angehängt. Wahrscheinlich werden wir am Samstag die einen Großeltern besuchen und am Sonntag die anderen. Sicher eine Ablenkung, aber Erholung schaut anders aus.« Dabei bemühte er sich um ein unschuldiges Lächeln. »Dabei würde ich mir wirklich gerne wieder einmal eine Ausstellung ansehen, und wenn's nur die alten Meister im Kunsthistorischen wären.« Aha, dachte Bronstein, das war eine Idee. Im Museum war's nicht kalt, ein Buffet hatten sie dort auch, und in Gegenwart der großen Kunst mochten die Untiefen der menschlichen Seele tatsächlich vergessen werden. »Vielleicht geh ich ja an deiner statt hin«, überlegte Bronstein laut. »Ja, mach das. Da haben wir wenigstens am Montag in der Mittagspause einmal ein gehobeneres Gesprächsthema.«

»Mir geht die Tatzeit immer noch nicht aus dem Kopf«, griff Bronstein unvermittelt den Fall wieder auf. »Wieso gerade 5 Uhr früh? Wer hat den Binder da geweckt? Und weshalb ist er in sein Kabinett gegangen? Wollte er tatsächlich etwas holen? Und wenn ja, was?«

»Also viel kann es nicht gewesen sein. Die Kollegen haben zwar das Bücherversteck unter dem Boden gefunden, aber er wird ja wohl kaum in sein Kabinett gegangen sein, um seinem Gast um 5 Uhr früh das Kommunistische Manifest auszuhändigen. Und sonst war in dem Zimmer rein gar nichts, das von Interesse hätte sein können.«

»Außer natürlich, es war deshalb nicht mehr da, weil der Täter es mitgenommen hat«, warf Bronstein ein. Er zündete sich eine weitere »Donau« an. »Vielleicht haben wir bisher einfach nur in die falsche Richtung gedacht, und es geht gar nicht um etwas Politisches, sondern um irgendetwas Ökonomisches. Nehmen wir ganz einfach einmal an, der Binder hat etwas verwahrt, was für irgendjemanden von großer Wichtigkeit ist. Eine Art Pfand, oder, wer weiß, ein Beweisstück, irgendwas in der Richtung. Und ganz früh am Morgen kommt jemand und will das im

Schutze der Nacht abholen. Binder aber verlangt einen Preis dafür. Der Täter will aber nicht zahlen, und Zeugen braucht er vielleicht auch keinen, und schon ist's um den Binder geschehen. Und wir merken nichts, weil es sich bei diesem Gegenstand um etwas handelte, wovon wir uns einfach keine Vorstellung machen können.«

»Na ja, als Hypothese geht das durch«, ließ sich Cerny vernehmen, »aber warum macht er das um 5 Uhr früh? Zu einer Zeit also, wo das Haustor noch fest verschlossen ist. Wie kommt er rein? Der Binder hat im zweiten Stock gewohnt. Wie hat der Täter ihn von seinem Eintreffen verständigt? Das passt alles irgendwie nicht zusammen.«

Bronsteins Miene verdüsterte sich wieder. »Hast leider recht. Wie man's dreht und wendet, das mit der Uhrzeit geht sich nicht aus. Es muss einer vom Haus g'wesen sein.«

»Oder, haben wir uns eigentlich schon erkundigt, wer aller einen Haustorschlüssel hat?«

»Stimmt«, gab Bronstein zurück. »Das wollten wir doch gestern schon machen, aber dann haben wir irgendwie darauf vergessen.« Und nach einer Pause: »Wer kann das eigentlich wissen?«

Cerny grinste: »Die Hausmeisterin, würd' ich sagen.«

»Sie bleibt mir also doch nicht erspart«, seufzte Bronstein. »Na, dann bringen wir's hinter uns.«

Sie gingen die kurze Strecke zur Dommesgasse zu Fuß und hielten diesmal direkt auf die Hausmeisterwohnung zu. Wie von Bronstein erwartet, öffnete eine verhärmte Alte. »Guten Tag, wir hätten eine Frage an Sie.«

»Na endlich, ich hab' schon glaubt, Sie lassen mich ganz aus. Einen jeden in dem Haus haben S' befragt, aber wirklich einen jeden. Nur mich nicht. Ich bin direkt ein Wengerl beleidigt.«

»Na ja, bislang haben wir uns auf Verdächtige konzentriert, und da kommen Sie ja nicht in Frage«, versuchte Bronstein die Concierge zu besänftigen, »jetzt aber brauchen wir eine Auskunft, die für den Fall von einiger Wichtigkeit sein könnte.«

»Aha«, machte die Alte und sah dabei die Polizisten erwartungsvoll an. »Wissen Sie, wer aller einen Haustorschlüssel hat?«

»Ja.«

Bronstein rechnete mit einer Aufzählung, doch die Hausmeisterin blieb stumm. »Nämlich«, sagte er daher.

»Ach so, Sie wollen auch wissen, wer aller einen hat.«

Bronstein bemühte sich um Haltung. »Ja, das wäre nämlich hilfreich.«

»Na, das müssen S' doch sagen. Dass Sie die Namen haben wollen, meine ich.«

Bronstein drehte den Kopf zu Cerny: »Eine ganz Lustige«, flüsterte er, sah dann aber sofort wieder die Alte an und rang sich dabei ein Lächeln ab.

»Alsdern, der Hausherr natürlich. Der hat, glaube ich, sogar zwei. Dann …«

»Wo wohnt der Hausherr überhaupt?«

»In der Renngassen, in der Innenstadt. Ein jüdischer Unternehmer, der halt auch ein paar Häuser hat. Produziert Zuckerl, Lakritzstangen und so Sachen. Aber wollen S' jetzt wissen, wer einen Schlüssel hat oder nicht?« Die Hausmeisterin schien auf Unterbrechungen nicht sehr erpicht zu sein. »Doch, doch«, beeilte sich Bronstein daher, »fahren Sie bitte fort.«

»Ich natürlich. Ich hab' ja einen Generalschlüssel. Von Berufs wegen, nicht wahr. Außerdem muss ich ja jederzeit aufsperren, wenn jemand nach 21 Uhr und vor 6 Uhr rein oder raus will.«

»Was am Mittwoch aber nicht der Fall war, oder?« Cerny biss sich auf die Zunge, als er den wütenden Blick der Alten sah.

»Wollen S' mich pflanzen? Am besten, ich sag' überhaupt nix mehr.«

»Nein, nein, zählen S' ruhig weiter auf. Alles andere kommt später.«

»Von den Parteien haben nur die Pilonkas und die Feingolds einen Schlüssel, weil die oft früher in die Arbeit müssen oder später von der Arbeit heimkommen. Die Kapfinger hat noch einen Schlüssel von ihrem Seligen g'habt, aber den hat's angeblich vor ein paar Wochen verloren. Wenn S' mich fragen, ist die Alte schon ein bisserl damisch im Hirn. Die wird den verlegt haben in ihrer Wohnung und ihn einfach nimmer finden. Aber wenn Sie mit Ihrer Kavallerie da anrücken, dann bin ich mir sicher, dass der prompt wieder auftaucht.

»Das heißt, es gibt im Ganzen sechs Stück?«, fasste Bronstein zusammen.

»Warten S', da fehlt noch einer. Weil ich weiß genau, der Hausherr hat mir seinerzeit gesagt, es seien sieben Schlüssel. Aber wo der siebente ist, das dürfen S' mich nicht fragen. Das hat mir keiner gesagt.«

Eine halbe Stunde später hatten sich Bronstein und Cerny davon überzeugt, dass die Feingolds und die Pilonkas ihren Schlüssel nach wie vor besaßen, während die alte Frau Kapfinger Stein und Bein schwor, den ihrigen schon vor einer ganzen Weile verloren zu haben, was ihr gleichwohl kein Ungemach bereite, da sie ohnehin das Haus niemals in der Dunkelheit verlasse. Bronstein schlug daraufhin vor, noch in die Renngasse zu fahren, um den Hausherrn mit der Frage zu konfrontieren, ob er noch über seine beiden Exemplare verfügte. Bei dieser Gelegenheit, so fand der Oberst, konnte man ihn auch gleich um seine Einschätzung der Lage ersuchen. Damit, so dachte er, hatte man dann auch fürs Erste genug getan.

Das Palais in der Renngasse wirkte überaus beeindruckend. Kein Wunder, dass jemand, der ein solches Schmuckstück besaß, reich genug war, auch andere Immobilien sein Eigen zu nennen. Allerdings ertappte Bronstein sich bei der Frage, weshalb jemand, der selbst so mondän logierte, ausgerechnet eine derartige Bruchbude in Simmering erworben hatte, denn von einer klugen Investition konnte da wohl kaum die Rede sein. Vielleicht aber würde der Hausherr auch diese Frage beantworten, sagte er sich, und ließ sich dem Fabrikanten melden.

»Meine Herren, Sie erreichen mich zur Unzeit. Ich wollt' eigentlich grad auf meine Domänen im Niederösterreichischen fahren. Pressiert es denn gar ein so, dass das nicht bis zum Montag warten kann?«, kam es reichlich ungnädig aus dem Munde des Zuckerlkönigs.

»Bei allem Verständnis für Ihre Lage, Herr Kommerzialrat, aber Sie würden uns wirklich sehr helfen, wenn Sie uns kurz zwei, drei Fragen beantworten könnten. Es wird auch bestimmt nicht lange dauern.«

»Na dann, in Gottes Namen, nehmen S' halt Platz. Jean, bring den Herrschaften eine Erfrischung. Mir selber einen Kognak, gell, den brauch' ich jetzt auf diese Aufregung.«

Dann wandte er sich wieder den Beamten zu: »Sie müssen wissen, Polizei im Hause, das war, glaub' ich, noch nie der Fall. Ich bin direkt ein wenig echauffiert.«

»Sie werden wissen«, kam Cerny zur Sache, »dass in einer Ihrer Immobilien ein Mord geschehen ist.« Dem entsetzten Blick des Kommerzienrates konnte man sofort entnehmen, dass dies nicht der Fall war. »Sacre Bleu, Sie belieben zu scherzen, will ich hoffen!«

»Leider nein«, übernahm Bronstein, »vorgestern ist einer Ihrer Mieter, ein Herr Hans Binder, in Ihrer Liegenschaft in der Dommesgasse gewaltsam zu Tode gekommen.«

Die Miene des Fabrikanten kam aus dem Staunen gar nicht mehr heraus. »Dommesgasse, sagen Sie? Wo um Himmels willen soll denn die sein?«

»In Simmering.«

»Jetzt machen S' aber wirklich ein Spaßettl mit mir, nicht wahr? Simmering, dass ich nicht lach'! Da soll ich was besitzen?«

»Laut unseren Informationen, ja.«

Der Unternehmer rief nochmals nach Jean. »Ruf sofort beim Vetter durch. Ich glaub', da liegt ein grober Irrtum vor.« Der Diener ging gemessenen Schrittes an den Schreibtisch und betätigte das dortige Telefon. Deutlich hörte man ihn einen Herrn Josef Vetter verlangen, der so die zusätzliche Information durch den Fabrikanten, der Verwalter seiner Domänen war. Nur wenig später trug Jean den Apparat zum Lehnstuhl des Hausherrn und reichte diesem den Hörer.

»Ja, begrüße Sie«, begann dieser jovial, »stören S' Ihnen nicht, dass ich gleich in medias res geh, aber ich hab' da zwei Polizisten bei mir sitzen, die behaupten, ich tät' ein Zinshaus in Simmering besitzen. Da kann es sich doch nur um einen Irrtum … ach, wirklich? … Na, da staun' ich jetzt aber. Tatsächlich? Wie ist denn das passiert?« Noch ehe der Herr Vetter zu einer Erklärung ansetzen konnte, wurde er auch schon unterbrochen. »Wissen S' was, Vetter, kommen S' schnell her. Da können wir das alles in einem Aufwischen erledigen. … Ja, in die Renngasse. Ich bin noch da. Leider.«

Nachdem er abgeläutet hatte, ließ er die Polizisten wissen, dass sich Vetters Kanzlei am Neuen Markt befinde, dieser also sicher recht bald eintreffen werde. »Was wollten Sie sonst noch wissen?«

Bronstein replizierte, man habe sich erkundigen wollen, ob er noch beide Haustorschlüssel zu dem Objekt besitze, doch da ihm offensichtlich nicht einmal bewusst gewesen sei, das Haus überhaupt in seinem Eigentum zu haben, werde man sich gestatten, diese Frage gleichfalls an den Verwalter zu richten.

»Das heißt, mich brauchen die Herrschaften nicht mehr?« Der Fabrikant erhob sich. »Jean, wenn der Vetter kommt, führ ihn in den Salon. Und die beiden Herrschaften hier desgleichen.« Er reichte Bronstein nachlässig die Hand: »Ich darf mich empfehlen. Das Automobil nach Greillenstein wartet schon.« Noch ehe der Oberst Widerspruch anmelden konnte, war der Gastgeber entschwunden.

Der Raum, in den sie nun geleitet wurden, wirkte trotz seiner beachtlichen Größe nachgerade bedrückend düster. Bronsteins Augen benötigten eine kleine Weile, ehe sie sich an die Dunkelheit gewöhnt hatten. Die Wände waren mit einer dunkelgrünen Tapete ausgekleidet, über der große, schwere Ölbilder hingen, die mäßig schöne Menschen porträtierten. Jean machte eine ausladende Geste mit seiner Rechten. »Die Vorfahren unseres gnädigen Herrn. Sie haben das Palais 1816 käuflich erworben. Eine beachtliche Leistung, wenn man bedenkt, dass der Urgroßvater unseres geliebten Herrn noch ein einfacher Bader in Temesvar war.«

»Ich hab' glaubt, der Herr Kommerzialrat macht in Zuckerln«, entfuhr es Bronstein.

»Das stimmt auch. Er ist mit dem Herrn Heller in Favoriten und dem Herrn von Manner in Hernals sozusagen Marktführer auf diesem Gebiet. Krachmandeln und Malzzuckerl«, klärte Jean auf.

»Und das seit 1816?«

Jean gestattete sich ein Lächeln. »Aber nicht doch, die Herren. Süßigkeiten produziert die Herrschaft erst seit 1886. Davor war die Familie im Bankwesen tätig. Doch der Vater unseres jetzigen Herrn hat die Bank verkauft, weil er, wie er sich so formschön auszudrücken beliebte, etwas produzieren wollte, was den Menschen Freude bereitet.«

»Da hat er recht daran getan«, griente Bronstein, der sich gleichwohl darüber wunderte, wie man innerhalb von zwei Generationen zu einem solchen Reichtum kommen konnte. Und als ob Jean die Gedanken des Obersts erraten hatte, fügte er hinzu, der Ahnvater des Geschlechts habe seinerzeit einige wichtige Medikamente für die kaiserliche Armee entwickelt, was ihm vom Herrscherhaus fürstlich gedankt worden war. »Leider hat unsere Herrschaft keinen Nachfolger«, gab sich Jean betrübt. »Der junge Herr ist im Krieg geblieben, und das Fräulein Tochter hat einen Grafen im Niederösterreichischen geheiratet, an den vermutlich einmal die Besitzungen der Herrschaft gehen werden. Aber bis es so weit ist, hat mich hoffentlich schon Gott der Herr in seiner Weisheit zu sich gerufen.« Dem Diener war überdeutlich anzusehen, dass er vom Schwiegersohn des Fabrikanten herzlich wenig hielt.

Eine unangenehme Pause dehnte sich zwischen den drei Männern aus, die durch durchdringendes Läuten abrupt beendet wurde. »Das wird der Herr Vetter sein«, mutmaßte Jean, »wenn mich die Herren entschuldigen wollen.« Bronstein nickte gnädig und versenkte sich in das Bildnis der Mutter des Hausherrn, die auf dem Gemälde so gnadenlos unvorteilhaft aussah, dass der Oberst sich nicht vorstellen wollte, wie hässlich sie erst in Wirklichkeit gewesen war.

Der Verwalter kam mit fliegenden Schritten auf sie zugeeilt und stellte sich, noch ehe er Bronstein die Hand reichen konnte, vor. »Es tut mir leid, die Herren, dass es so lange gedauert hat, aber ich dachte mir, ich bringe gleich alle Unterlagen mit, damit Sie sich ein vollständiges Bild machen können.« Er legte eine dicke Mappe auf den Spieltisch in der Mitte des Salons. »Ich denke, es spricht nichts dagegen, wenn wir uns setzen.«

»Also, wie Sie sich vorstellen können, macht es für einen Unternehmer wenig Sinn, sein gesamtes Vermögen einfach nur einem Bankhaus anzuvertrauen. Daher ist die Familie schon vor zwei Generationen dazu übergegangen, diverse Immobilien zu erwerben, die entsprechenden Gewinn zu bringen versprachen.«

»Ein Zinshaus in Simmering?« Bronstein signalisierte Unglauben.

»Ja, ich weiß schon, was Sie jetzt denken. Aber man muss in Zeiten wie diesen auch kreativ denken. Das Unternehmen besitzt einige solcher Gebäude, zwei in Simmering, eines in Fünfhaus, zwei weitere in Ottakring und schließlich noch eines in Hernals. Die bringen natürlich allesamt nichts ein. Aber sie können steuerlich geltend gemacht werden, und ein Unternehmen muss ja schließlich ökonomisch denken.«

»Ich hab' geglaubt, privater Hausbesitz rentiert sich nicht in Wien. Heißt es doch immer vonseiten der Regierungspartei«, warf Bronstein ein.

»Ja, ja, das stimmte ja auch bis vor zwei Jahren. Aber dank der neuen Gesetze ist die Lage jetzt ja wieder anders. Und daher haben wir großflächig in Zinshäuser investiert. Das von Ihnen angesprochene Objekt in der Dommesgasse gehört allerdings schon seit seiner Errichtung der Firma. Das war«, Vetter blätterte kurz in seinen Unterlagen, »1888. Es war ausgelegt auf 32 Mietparteien, doch haben sich im Laufe der Jahre einige Änderungen ergeben, sodass die Zahl der Parteien heute etwas geringer ist.«

»Der Herr Kommerzialrat hat zu uns gesagt, er wisse von dieser Immobilie nichts.« Vetter lächelte schmal. »Es ist schwer, den Überblick zu behalten, wenn man so viel besitzt. Und der Herr Kommerzienrat lässt mir größtmöglichen Freiraum bei den ökonomischen Entscheidungen, da will ich ihn nicht gleich wegen jeder Bagatelle behelligen. Immerhin habe ich ja die Prokura auf all diese Dinge.«

»Dann wissen ja hoffentlich wenigstens Sie, dass in diesem Haus vorgestern ein Mord geschehen ist«, brachte Bronstein den Grund ihrer Anwesenheit wieder in Erinnerung. »Ja, schreckliche Sache. Aber da wir die Nachbarn des Verblichenen erst gestern delogiert haben, können wir aus dieser Malaise noch das Beste machen. Wir beabsichtigen, die beiden Kleinstwohnungen zusammenzulegen, damit dort eine ehrbare Familie ein ansprechendes Domizil findet.«

»Mit Nachbarn meinen Sie das Ehepaar, das in Wöll…«

»Genau. Umstürzler. Hochverräter. Schrecklich. Solche Gestalten musste man die letzten Jahre aufnehmen, weil sie den Schutz des Rathauses genossen haben. Jetzt weht zum Glück ein anderer Wind. Sie werden sehen, aus der Dommesgasse wird noch ein richtiges Schmuckkästchen werden. Die Gegend dort, die ist gar nicht so unattraktiv, wie Sie vielleicht denken mögen, da lässt sich mit ein bisserl Fantasie so einiges machen daraus.«

Bronstein konnte nicht behaupten, von der Person des Verwalters sonderlich eingenommen zu sein, und er sah sich darin mit Cerny eines Sinnes. Leute wie Vetter gingen, diesfalls wortwörtlich, über Leichen. »Na, das freut uns, dass Sie der ganzen Sache noch etwas Positives abgewinnen können. Was uns nun aber interessiert, ist: Haben Sie noch beide Haustorschlüssel, die sich unseren Informationen zufolge im Besitz des Hausherrn befinden sollen?«

Ohne zu zögern, bejahte Vetter die Frage. »Ich habe sie zwar nicht mitgebracht, Sie können aber versichert sein, dass sie sich an ihrem angestammten Platz befinden. Gemeinsam mit allen anderen Materialien und Dokumenten dieses Objekt betreffend.«

»Und Sie können ausschließen, dass einer dieser Schlüssel kürzlich entwendet und später wieder retourniert wurde?«

Vetter gab sich empört: »Ich bin als überaus seriöser Verwalter bekannt und gerühmt. So ein Fauxpas würde mir nie und nimmer widerfahren.«

»Gut, Herr Vetter. Das war's auch schon. Wir danken für Ihre Kooperation.« Ohne Umschweife erhob sich Bronstein und bewegte sich Richtung Ausgang. »Ich hab gehen müssen«, klärte er Cerny auf, als sie sich wieder im Freien befanden, »ich hab diesen arroganten Schnösel einfach nicht mehr ausg'halten.«

Cerny grinste: »Simma schon zwei.«

In eben diesem Augenblick trat auch Josef Vetter wieder ins Freie. Cerny griff sich an die Stirn und stürzte dann förmlich auf den Verwalter zu. »Herr Vetter, eine Frage noch.« Dieser sah ihn erwartungsvoll an. »Es heißt, es gibt insgesamt sieben Schlüssel zu diesem Haus, die Hausmeisterin konnte aber nur sechs Schlüssel zuordnen. Wissen Sie, wer den siebenten haben könnte?«

Vetter dachte kurz nach: »Ich habe, als ich vor zwölf Jahren die Verwaltung dieses Objekts übernommen habe, nur von sechs Schlüsseln erfahren. Wenn es einen siebenten gab, dann war der zumindest seit 1924 nie Thema.«

Cerny zuckte mit den Schultern. »Auch gut. Aber fragen mussten wir. Einen schönen Abend noch.«

»Abend ist das Stichwort«, sagte Bronstein, der der Unterhaltung schweigend gefolgt war, als sie wieder unter sich waren. »Ich für meinen Teil empfehle mich jetzt ins Wochenende. Wir sehen uns am Montag wieder. Cerny, gehab dich wohl.«

»Du desgleichen.« Während Cerny sich in Richtung Schottentor begab, schlug Bronstein den Weg in die Herrengasse ein, die ihn in beinahe direkter Linie zu seinem

Wohnhaus führte. Unterwegs machte er noch einen kleinen Umweg zu dem kleinen Delikatessenladen neben Dufts Herrenmodengeschäft, wo er sich neben etwas Brot auch Hartwurst, Käse und ein paar Spitzpaprika besorgte. Nach den üppigen Mahlen der letzten Tage, so meinte er, konnte eine etwas frugalere Mahlzeit nicht schaden. Kaum in seiner Wohnung angekommen, öffnete er eine Flasche Erlauer, schnitt sodann den Laib in schmale Schnitten, was er in der Folge auch mit der Hartwurst und dem Käse tat. Schließlich zerteilte er auch noch einen der Paprika und platzierte alles auf einen Teller, den er in die Mitte seines Wohnzimmertisches stellte. Der Wein, so fand er, hatte in der Zwischenzeit genug geatmet, sodass er sich genüsslich ein erstes Gläschen genehmigte. Noch ehe er sich selbst an den Tisch setzte, ging er zu seiner Kommode, hielt in der unteren Stellage Nachschau, zog die »Ungarischen Tänze« von Johannes Brahms hervor und legte die Scheibe auf den Plattenspieler. Bald schon erfüllte anheimelnde Geigenmusik den Raum, und mit erkennbarer Zufriedenheit widmete sich Bronstein seinem Essen.

Die Platte war beim berühmten fünften Tanz angekommen, als auf Bronsteins Teller gähnende Leere herrschte. Der Oberst griff sich seine »Donau«, füllte das Glas noch einmal mit Erlauer auf und lehnte sich entspannt zurück. So einen Abend ließ er sich gefallen.

Allerdings drängte es ihn nach einer weiteren kleinen Weile nach etwas Lektüre, und da er kein Buch in Arbeit hatte, überlegte er, wonach ihm der Sinn stand. Ihm fiel das Gespräch in der Renngasse wieder ein. Wo hatte der Fabrikant seine Domänen? Richtig, in Greillenstein. Da befand sich doch auch das Schloss der Kuefsteins, überlegte Bronstein, in dem Grillparzer zu Gast gewesen war. Irgendeines seiner Stücke fußte doch auf einem Besuch in Greillenstein. Welches war das noch einmal gewesen?

Bronstein erhob sich und ging zu seinen Bücherschränken hin. Im rechten fand er eine Auswahl von Grillparzers Werken. Bei der »Ahnfrau« fiel es ihm wieder ein. Grillparzer hatte eines Abends im Schloss keinen Schlaf gefunden und sich, nur mit einer Kerze bewaffnet, in der Bibliothek niedergelassen, um sich die Nacht dort mit Lesen zu vertreiben. Und plötzlich hatte die Herrin des Hauses vor ihm gestanden, im bleichen Schein der Kerze einem Gespenst gleichend. Dieses Erlebnis, so die allgemeine Legende, hatte den Meister zu seinem Stück inspiriert. Für Bronstein immerhin Grund genug, es wieder einmal zu lesen.

Kurz überlegte er, ob er sich dazu in seinen Lehnsessel verfügen sollte, beschloss dann aber, sich samt Wein und Zigaretten in sein Schlafzimmer zu begeben. Dort ließ er sich, noch halb angezogen, in seinem Bett nieder und schlug das Buch auf. »Erster Aufzug«, hieß es da, verbunden mit der Beschreibung der Szene: »Gotische Halle. Im Hintergrunde zwei Türen. An beiden Seitenwänden, links und rechts, ebenfalls eine Türe. An einer Kulisse des Vordergrundes hängt ein verrosteter Dolch in seiner Scheide. Später Winterabend. Licht auf dem Tische.« Und schon begann der Graf zu sprechen: »Nun, wohlan, was muss geschehen! Fallen seh ich Zweig auf Zweige, kaum noch hält der morsche Stamm.«

Doch nicht nur der morsche Stamm hielt kaum noch, auch Bronstein konnte nur mit größter Mühe noch seine

Augen offen halten. Gähnend legte er das Buch auf den Nachttisch, schaffte es noch irgendwie, sein Beinkleid abzustreifen, und nur wenige Augenblicke später weilte der Oberst unwiderruflich in Morpheus' Armen.

Samstag, 14. März 1936

Eines stand für Bronstein ziemlich schnell fest. Er würde diesen Tag keinesfalls in Wien verbringen. Er brauchte dringend einen Ortswechsel, um den ständigen Grübeleien zu entgehen, die ihn nicht nur in der Sache Binder quälten. Bei einem Mokka und einer »Donau« ging er seine Optionen durch. Er konnte sich auf den Semmering begeben. Doch dort lag der Schnee sicher noch meterhoch, und wenn er etwas hasste, dann Eis und Kälte. Er konnte aber auch mit dem Zug nach Budapest fahren. Doch die Eisenbahn brauchte gute drei Stunden in die ungarische Hauptstadt, da war der Tag praktisch schon wieder vorbei, ehe er die Fischerbastei überhaupt erreicht haben würde. Und so reifte in ihm der Entschluss, stattdessen die Straßenbahn nach Preßburg zu nehmen. Das war immerhin auch Ausland, doch es war in einer runden Stunde zu erreichen.

Gedacht, getan, sagte sich der Oberst. Er packte seine Utensilien ein, zog den Mantel über und machte sich auf den Weg. Bald schon verließ die Garnitur das Weichbild der Stadt, und Bronsteins Blick schweifte über kahle Felder und grüne Wiesen, auf denen der Raureif seine Spuren zog. Vorbei an pittoresken Orten wie Maria Ellend, Haslau, Regelsbrunn oder Wildungsmauer näherte sich die Tramway unaufhaltsam Hainburg. In der Station Wolfsthal stiegen die österreichischen Grenzer zu, die eine, wie Bronstein fand, eher nachlässige Personenkontrolle durchführten. Als sie ihn erreicht hatten, hob er nur seine Kokarde an. Die Männer salutierten und gingen, ohne auch nur eine Frage zu stellen, weiter in den zweiten Waggon, um in Berg den Zug wieder zu verlassen. Die Grenze zwischen der Tschechoslowakei und Österreich war praktisch nicht auszumachen, was Bronstein immer wieder aufs Neue wunderte. Anderswo glich die Trennlinie zwischen zwei Staaten einer erbittert umkämpften Front mit Stacheldrahtverhauen, Wachtürmen und MG-Nestern. Hier stand ein unscheinbarer Meilenstein, der allein dem Kundigen signalisierte, dass er sich nun auf einem anderen Gebiet befand. Langsam rollte die Garnitur durch Kopčany, um dann in Petržalka erstmals auf tschechoslowakischer Seite zu halten. Bronstein hatte immer noch Mühe, sich an den neuen Namen zu gewöhnen, obwohl der Vorort von Preßburg nun schon seit rund 17 Jahren so hieß. Es hatte sich hier auch viel geändert. In Zeiten der Monarchie war die Mehrzahl der Bewohner dieser Siedlung deutschsprachig gewesen, durch massiven Zuzug hatten sich aber zuletzt die Bevölkerungsanteile kräftig verschoben, sodass nun die Slowaken eindeutig die größte Gruppe unter den Einwohnern stellten. Fünf Kilometer zuckelte die Tramway noch durch mehr oder weniger bewohntes Gebiet, ehe sie endlich ihren Zielbahnhof erreichte. Bronstein atmete befreit durch und kletterte aus dem Wagen.

Während er auf der Suche nach einer Stärkung gemächlich in Richtung historisches Stadtzentrum schlenderte, fielen ihm sofort die zahlreichen politischen Plakate auf. Hier warben Kommunisten ebenso wie Nationalisten, Sozialisten wie auch Konservative. Bronstein wurde schlagartig bewusst, dass die Tschechoslowakei immer noch der Demokratie die Treue hielt, weshalb die politische Linke dort knapp 40 Prozent der politischen Mandatare stellte. Auch bei den Tageszeitungen gab es eine beinahe unüberschaubare Vielfalt, was Bronstein vor Augen führte, wie sehr sich sein heimatliches Wien doch in den letzten Jahren verändert hatte.

Endlich war er am Masaryk-Platz beim alten Rathaus angelangt, dem gegenüber sich das berühmte Café Mayer befand, das, wie es hieß, den großen Wiener Kaffeehäusern in nichts nachstand. Dort setzte er sich nieder, bestellte eine Schale Gold und, weil er sich ja quasi auf Urlaub befand, auch gleich ein Stück Torte, ehe er sich das »Prager Tagblatt« zur Hand nahm, das in der Tschechoslowakei nach wie vor in deutscher Sprache erschien. Vielleicht, so dachte sich der Oberst, konnte es nicht schaden, die Dinge einmal von einer anderen Warte aus betrachtet zu bekommen.

Schon die Titelseite hob sich markant von den österreichischen Blättern ab. Im Leitartikel wurde konstatiert, dass Hitler stark unter Druck durch die Westmächte stehe, gleich daneben rapportierte man die aktuellen Standpunkte der Sowjetunion, während am unteren Rand der Seite Mussolinis Desaster in Abbesinien behandelt wurde. Als Bronstein umblätterte, sah er heftige Kritik am Prager Wasser geübt. All diese Themen, so wusste er nur zu gut, wären in Österreich absolut tabu. Kein Wunder, dass die österreichischen Organe so fade waren, sie durften ja kein Ereignis aufgreifen, das kontrovers diskutiert werden konnte. Bronstein beschloss, sich die Zeitung in Ruhe zu Gemüte zu führen, denn eine solche Gelegenheit durfte man nicht ungenutzt verstreichen lassen.

Viel zu schnell war die Torte verzehrt, und Bronstein überlegte ernsthaft, ob er sich, quasi zur Feier des Tages, ein zweites Stück bestellen sollte, als er vor der Tür einen Auflauf wahrnahm. Mehrere, eher ältere Damen warfen sich in Positur und gruppierten sich links und rechts des Eingangs. Bronstein hielt den Ober, der eben seinen Tisch passierte, an und fragte nach dem Grund des Verhaltens der Frauen. »Ach«, entgegnete der Kellner, »der schöne Naci kommt.«

Bronstein konstatierte eine nicht unerhebliche Irritation an sich. Da wähnte er sich in einem freien Land, und dann standen die Frauen Spalier für einen Nazi? Der Bedienstete schien seinen Gedankengang erraten zu haben. »Nein, nein, nicht, was Sie jetzt denken. Ignacko, der schöne Naci. Heißt sich so, weil er Ignaz mit Namen heißt. Aber sehen Sie selbst.«

Just in diesem Moment ging die Tür auf, und ein eher kleiner Mann um die 40, elegant gewandet in Frack und Lackschuhe und mit einem noblen Zylinder auf dem Haupte, betrat die Lokalität. Sofort wandte er seine Aufmerksamkeit den Damen zu: »Küss die Hand«, flötete er wie ein professioneller Film-Charmeur und zauberte hinter seinem Rücken einen Strauß Blumen hervor, aus dem er mit größter Umsicht jeder einzelnen Frauensperson eine Blume überreichte, was einige der Damen zu einem verlegenen, andere zu einem glücklichen, wiederum andere zu einem koketten Lächeln veranlasste. Erst, als der schöne Naci alle seine Blumen verteilt hatte, ließ er sich würdevoll an einem Tisch nieder, auf dem zwischenzeitlich bereits seine Konsumation aufgetragen worden war, dies wohl deshalb, weil der Mann hier sichtlich Stammgast war und stets dasselbe bestellte.

Bronstein lugte verstohlen hinter seiner Zeitung hervor und musterte den illustren Gast. Er hätte nicht behaupten können, dass dieser Mann schön im herkömmlichen

Sinn gewesen wäre, doch vielleicht sprach aus ihm auch nur der Neid, niemals solche Aufmerksamkeit vonseiten der holden Weiblichkeit erhalten zu haben.

Er versuchte sich wieder auf die Lektüre des Blattes zu konzentrieren, doch irgendwie war ihm die Lust vergangen. Bronstein holte seine Taschenuhr hervor, sah auf deren Zifferblatt und signalisierte dann, er wolle zahlen. Irgendwie, so gestand er sich ein, hatte das Lokal seit dem Erscheinen des Herrn Ignaz für ihn, Bronstein, seinen Reiz verloren.

Wenig später querte er den Masarykplatz und überlegte, was er mit seiner Zeit noch anfangen konnte. Am Republikplatz, gleich neben dem Hauptpostamt, fand er eine Trafik, in der er einige Packungen »Sparta« erwarb, ehe er zu dem Ständer mit den Ansichtskarten ging. Er wählte eine besonders schöne Karte aus, die auf der Vorderseite den Martinsdom zeigte, erkundigte sich sodann, ob das Grußporto auch in der Tschechoslowakei galt, und orderte, nachdem seine Frage bejaht worden war, eine dementsprechende Marke, die er sogleich mit seiner Zunge anfeuchtete, um sie umgehend am vorgesehenen Platz anzubringen. Er erbat sich vom Trafikanten einen Stift, malte in ungelenker Handschrift die fünf Worte »Viele schöne Grüße aus Preßburg« auf die Rückseite, zahlte schließlich und warf die Karte gleich in den Briefkasten der Hauptpost, der für Fernsendungen vorgesehen war.

Nachdem er abermals eine Weile durch die Straßen gestreift war, fand er sich in der Michaelergasse wieder, wo ein Lebensmittelladen seine Aufmerksamkeit erregte. Er versorgte sich mit drei Flaschen von Bechers Likör und gönnte sich zudem noch ein kleines Fläschchen Zwetschgenschnaps. Damit, so fand er, hatte sein Besuch auch in ökonomischer Hinsicht seinen Zweck erfüllt. Und da der Tag mittlerweile ohnehin recht fortgeschritten war, dachte er daran, langsam wieder zur Straßenbahn zurückzukehren, ehe er direkt neben dem Michaelertor ein Antiquariat erspähte. In der Auslage lag zentral ein Band aus der seinerzeit berühmten Edition »Die Länder Österreich-Ungarns in Wort und Bild«, die zu den großen Schätzen seines Vaters gehört hatte. Bronstein folgte einem spontanen Impuls und betrat das Geschäft.

Beinahe ehrfürchtig nahm er den schönen, in rotes Leder eingebundenen, Band entgegen und öffnete ihn vorsichtig. Es handelte sich um die 1884 erschienene Ausgabe über das Königreich Galizien und Lodomerien, verfasst von Gymnasialprofessor Julius Jandaurek. »Was soll dieses Buch kosten?«, fragte er mit leisem Bangen in der Stimme, fürchtete er doch, seine restlichen Kronen würden dafür nicht mehr ausreichen. Die Antwort des Antiquars war beinahe eine Beleidigung für Professor Jandaurek, doch Bronstein war froh, so günstig in den Besitz des Buches zu kommen, dass er umgehend die geforderte Summe auf den Tisch legte und den Laden verließ, ehe es sich der Händler vielleicht noch anders überlegte.

Es gab natürlich einen tieferen Grund, warum sich Bronstein ausgerechnet für dieses Kronland begeisterte. Seine Vorfahren stammten von dort. Es war wohl gut 150 Jahre her, seit irgendein Yitzak, Nathan oder Samuel vor eine kaiserliche Kommission gestellt und von dieser mit dem neuen Nachnamen Bronstein versehen worden war. Sein Großvater, an den sich der Oberst freilich kaum mehr zu erinnern vermochte, hatte Kaiser Josef II. stets in hohen Ehren gehalten, da er den Israeliten zwar deutsche Namen verpasst, sie aber gleichzeitig mit denselben Rechten wie alle anderen Untertanen ausgestattet hatte. Und so war es für den Großpapa auch absolut kein Widerspruch gewesen, sich anno 48 auf die Barrikaden zu begeben, denn in seinen Augen verteidigte er dort Aufklärung und Toleranz, Güter, die unter Josefs Neffen so nachhaltig verloren gegangen waren. Bronstein selbst hatte immer wieder das Bedürfnis verspürt, einmal in das Land seiner Vorväter zu reisen, doch als er schließlich nach Lemberg kam, da geschah dies unter Umständen, die er auch 20 Jahre später immer noch allzu gern vergessen würde. Und doch empfand er eine merkwürdige Sentimentalität, als er das Buch in seinem Mantel verstaute und sich darauf freute, es in Ruhe lesen zu können.

Eine halbe Stunde später kletterte Bronstein in den hinteren Waggon einer Straßenbahngarnitur, stellte seine Tasche mit den Flaschen sorgsam zwischen seinen Beinen ab und holte dann das Buch hervor, das ihm, so war er überzeugt, die Fahrzeit amüsant verkürzen würde.

»Die Juden benutzen das Fleisch eines Schlachttieres nur dann, wenn es geschächtet, das heißt von einem jüdischen, in den Regeln des Talmud bewanderten Fleischer getötet worden ist. Solches Fleisch ist koscher, alles andere Fleisch ist tref. Das Gesetz verbietet, solches zu genießen, das ein Nichtjude bereitet oder berührt hat, die aufgeklärten Juden kümmern sich jedoch um das Verbot nicht.«

»Na? Wollen S' überwintern da, oder sind S' so in Ihr Büchl vertieft, dass rundherum alles vergessen haben?« Bronstein schreckte hoch und starrte in das grinsende Gesicht des Schaffners. »Da simma. Weiter geht's ned.

Also ist aussteigen keine schlechte Idee.« Bronstein murmelte eine Art Entschuldigung und schälte sich umständlich aus dem Wagen, nachdem er den Band in seiner Manteltasche verstaut hatte.

Am Weg zu seiner Wohnung fiel ihm auf, dass er seit der Torte nichts mehr gegessen hatte, er also durchaus alles Recht besaß, wieder hungrig zu sein. Dabei war ihm rechtschaffen gleichgültig, ob sein Nachtmahl nun koscher oder tref sein würde, Hauptsache, es mundete ihm. Und wo waren die Chancen dafür besser als im »Smutny«, das er so in kürzester Zeit neuerlich aufsuchte. Er ignorierte die hohen Kosten, die ihm dieser Tag verursachte, und bestellte ein Znaimer Rindschnitzel sowie ein Krügel Gemischtes. Dann zündete er sich eine »Donau« an und suchte im Jandaurek, wo er die Lektüre unterbrochen hatte.

Bronstein las gerade noch, dass es sich bei Andrychow um eine nicht unbedeutende Stadt in hübscher Gegend handelte, ehe der aufgetragene Teller alle Gedanken an Galizien in den Hintergrund drängte. Das Fleisch, umrahmt von cremiger Sauce, sah richtig schön mürbe und saftig aus, wobei die dünn geschnittenen Karotten einen farblichen Kontrapunkt setzten, während die böhmischen Knödel flaumig den Augenschmaus abrundeten. Bronstein trank noch einen Schluck, um sich solcherart ein kleines Weilchen länger an dem verheißungsvollen Anblick zu erfreuen, ehe er endlich das Besteck ergriff, um nun auch den Gaumen zu seinem Recht kommen zu lassen. Rundum satt und zufrieden gönnte er sich nach dem Mahl ein zweites Bier und las den Abschnitt über Krakau, was in ihm melancholische Erinnerungen an das berühmte Kaffeehaus in den Tuchhallen hervorrief, wo er anlässlich eines Aufenthalts in der alten Königsstadt eine besonders schöne Zeit verbracht hatte. Doch sogleich rührte ihn eine Art Trauer an, da ihm bewusst wurde, dieser Besuch lag nun schon über 30 Jahre zurück, und aus dem hoffnungsfrohen Absolventen der juridischen Fakultät war ein alter Mann geworden, auf den nur noch Pensionierung, Siechtum und Tod warteten. Eilig bestellte er einen Obstler, den er in einem Zug hinunterstürzte, ehe er seine Rechnung beglich, um sodann in sein einsames Zuhause zurückzukehren.

Dort stattete er sich mit Rauchwaren und einer guten Flasche Rotwein aus, ehe er sich auf seinem Fauteuil niederließ. Er blätterte in dem Buch auf der Suche nach dem Kapitel über Lemberg und versuchte zu ergründen, ob sich dort auch etwas über die Heimstatt seiner Ahnen finden mochte. Doch zu seiner nicht geringen Enttäuschung hatte Professor Jandaurek nicht ein einziges Wort über Hruszow verloren, zu unbedeutend war es ihm offenbar erschienen. Das kleine Nest lag, soweit er sich erinnerte, irgendwo im Bezirke Drohobycz, unweit der weiten Ölfelder von Stryi, die Bronsteins Landsmann Josef Roth in seinen Romanen so bildhaft beschrieben hatte. Nach dem großen Krieg waren die letzten ihm bekannten Verwandten ausgerechnet nach Sowjetrussland ausgewichen, weil sie unter den Polen nicht hatten leben wollen. Bronstein erinnerte sich daran, dass er noch eine Weile mit seinem Großcousin Ion einen Briefwechsel gehabt hatte. Dieser war ihm stets dankbar dafür gewesen, dass der Oberst ihn im Kriege finanziell unterstützt hatte, sodass er sogar seinen Sohn nach diesem benannt hatte. Der junge David musste nun an die zwölf Jahre alt sein, doch der alte David erinnerte sich nicht mehr daran, wann er zuletzt von ihm gehört hatte. Eine Erkenntnis, die nach einem stärkeren Getränk verlangte. Bronstein stand also auf und ging die Schnapsflasche holen, was ihm umso leichter fiel, als, wie er bei dieser Gelegenheit feststellte, die Weinflasche um ihren gesamten Inhalt gebracht war. Und da er sich ohnehin schon in einer derart merkwürdigen Stimmung befand, begab er sich auch gleich auf die Suche nach jener Schatulle, in welcher er die alten Fotografien aufbewahrte.

Und so kam es, dass der Oberst bis weit nach Mitternacht in Erinnerungen schwelgte. Er nahm ein Bild nach dem anderen zur Hand, betrachtete es ausnehmend lange, trank dabei ein Gläschen Schnaps, und dann noch eines, und innerlich wandelte er sich vom mondänen ständestaatlichen Beamten einer europäischen Metropole zu einem ukrainischen Muschik, dem Wodka, das Wässerchen, dazu diente, die Trauer in ihm zu ertränken.

Sonntag, 15. März 1936

Bronstein erwachte mit heftigen Kopfschmerzen, die es ihm schwermachten, auch nur die Augen zu öffnen. Unter Aufbietung all seiner vorhandenen Kräfte brachte er sich in eine sitzende Position, um sich sofort den Kopf zu halten. Was um Himmels willen war mit ihm geschehen? Er verspürte unbändigen Durst, und so beschloss er, erst einmal etwas Wasser zu trinken, ehe er seine Hausapotheke nach einem probaten Mittel gegen die Schmerzen absuchen würde. Schwerfällig schlurfte er aus dem Schlafzimmer, wobei er aus Gründen der Effizienz gleich die leere Weinflasche, die sich am Nachttisch befunden hatte, mitnahm. In der Küche angekommen, trank er erst einmal in gierigen Schlucken ein großes Glas Wasser aus, ehe er in erschütternder Langsamkeit Richtung Wohnzimmer wankte. Er musste sich endlich dazu durchringen, seine Zugehfrau öfter als nur einmal die Woche kommen zu lassen. Überquellende Aschenbecher kontrastierten mit leeren Flaschen, und Bronstein brachte es nicht fertig, sich einzugestehen, dass der Urheber dieses Chaos ganz allein er selbst gewesen war. Nun, wenigstens erklärte das dieses enervierende Schädelweh, sagte er sich, um sich gleich danach zu fragen, ob wirklich er all diese Zigaretten geraucht und diese Alkoholika konsumiert hatte. Wenn er wieder in Schuss kommen wollte, dann half nur eines: erst ein Aspirin und dann eine ordentliche Portion Frischluft.

Nach zwei Tassen schwarzen Kaffees fühlte sich der Oberst halbwegs in der Lage, einen Spaziergang zu wagen. Er kleidete sich langsam an, schlüpfte schließlich noch in seinen Mantel und begab sich endlich ins Freie. Ohne

Umweg hielt er auf den Stadtpark zu, wo er sich auf einer Bank niederzulassen gedachte, dort lange und intensiv die reine kühle Frühlingsluft zu inhalieren. Dass die kurze Wegstrecke ausreichte, ihn ins Schnaufen zu bringen, beunruhigte ihn ein wenig, und so verzichtete er, kaum, dass er endlich wieder ins Sitzen gekommen war, darauf, sich eine Zigarette anzuzünden. Stattdessen sah er den Enten zu, die tollpatschig um den kleinen Teich herumwatschelten, und bereute es, keine Brotkrumen mitgenommen zu haben, mit denen er die Tierchen hätte füttern können.

Zu seiner eigenen Überraschung fiel ihm erstmals seit zwei Tagen wieder der Fall Binder ein, den er in Preßburg und auch am vergangenen Abend erfolgreich verdrängt hatte. Die Fragen, die sich an die Sache knüpften, waren dieselben geblieben, und Bronstein musste sich eingestehen, sie mit einem veritablen Kater noch weniger lösen zu können als mit klarem Kopf. Letztlich drehte sich doch alles um die vermaledeite Tatzeit. Diese schränkte die Zahl der möglichen Verdächtigen dramatisch ein, doch niemand von denen, welche die Gelegenheit zur Tat gehabt haben mochten, erschien auch nur im Entferntesten ein Motiv zu haben.

Bronstein zündete sich nun doch eine Zigarette an, unterdrückte den dadurch auftretenden Hustenreiz und ging ein weiteres Mal die Optionen durch. Festzustehen schien, dass Binder seiner Partei auch weiterhin die Treue gehalten hatte, sonst wäre die Maly kaum noch zu ihm gekommen. Damit schieden alle Sozialdemokraten als potenzielle Täter aus. Nazis gab es aber in seinem Umfeld praktisch keine, schon gar nicht solche, die eine Gelegenheit gehabt hätten, Binder zu ermorden. Unter den Hausbewohnern schienen selbst jene unverdächtig, die keine Roten waren, denn auch ihnen gebrach es an jedwedem Motiv. Bronstein fluchte laut und sah sich sofort forschend um, ob er bei irgendjemandem dadurch Anstoß erregt haben mochte. Doch außer ihm befanden sich nur die Enten in dieser Ecke des Parks, und denen war Bronsteins Verhalten erkennbar gleichgültig. Blieb noch die Möglichkeit, dass es tatsächlich einen siebenten Schlüssel gegeben hatte. Doch wer sollte sich diesen angeeignet haben, und weshalb sollte diese Person dann ausgerechnet dem Binder Hans nach dem Leben getrachtet haben? Das waren entschieden zu viele Variable, um eine vernünftige Gleichung zu ergeben.

Ermattet lehnte er sich zurück. Das Aspirin hatte zwar teilweise seine Wirkung entfaltet, aber das änderte nichts daran, dass der Oberst sich müde und alt fühlte. Vielleicht taugte er einfach nicht mehr zum Ermittler. Und wie auch? Er verstand diese neue Zeit nicht mehr. In ihr schien jedweder Respekt für den anderen verloren gegangen zu sein. Die Regierung redete umso mehr von Werten, je weniger diese ihr etwas bedeuteten. Früher, in seiner Jugend, war es stets sonnenklar gewesen, wo einer stand. Heute aber traten Leute als Sympathisanten des Regimes auf, die hinter dem Revers schon das Hakenkreuz stecken hatten. Seinerzeit musste vor Gericht bewiesen werden, dass jemand gegen das Gesetz verstoßen hatte, heute wurden die Leute einfach nach Wöllersdorf oder ins Landl gebracht, weil ihnen die Vertreter des Ständestaates nicht trauten. Wie sollte da er, alt und verbraucht, einen Mörder fangen, wenn überhaupt nichts mehr so war, wie es vordergründig den Anschein hatte?

Bronstein fröstelte. Ihm wurde bewusst, wie kühl es eigentlich war, und so machte er sich schleunigst auf den Weg zurück nach Hause. Dort angekommen, setzte er Tee auf und beschloss, erst einmal einen Mittagsschlaf zu halten.

Als er wieder erwachte, waren der Tee kalt und der Tag vergangen. Vielleicht, so dachte er, war es doch keine so schlechte Fügung, dass er ab dem kommenden Tag Publikum spielen musste. Auf diese Weise ersparte er sich das Eingeständnis, dass dieser Fall eine Nummer zu groß für ihn war. Und mit etwas Glück war Cerny der Sache gewachsen. Bronstein fühlte sich mit diesem Gedanken einigermaßen getröstet, und so drehte er sich einfach wieder um, bald danach neuerlich in tiefen Schlummer versunken.

Montag, 16. März 1936

Bronstein kam aus dem Fluchen nicht heraus. Wie gerne hätte er im Präsidium angerufen und sich krankgemeldet. Doch er wusste nur zu gut, dass ihm das dort niemand glauben würde. Also blieb ihm nichts anderes übrig, als sich ins Unvermeidliche zu schicken. Er hatte sich betont nachlässig gekleidet, damit er als Durchschnittsbürger dieses Landes durchgehen mochte, und ging dann gemessenen Schrittes zum Ring, wo er auf die Tramway wartete. Diese brachte ihn nach einer hübschen Weile zur Universität, von wo es nur wenige Meter bis zum Landesgericht waren. Am Eingang wurde er, wie auch alle anderen, die sich dort eingefunden hatten, perlustriert, und es kostete ihn einige Überwindung, nicht lautstark darauf hinzuweisen, dass er als Polizist über solche Vorgehensweisen erhaben sein sollte. Zu seinem Glück dauerte die Prozedur jedoch nicht lange, sie wurde mehr symbolisch in Anwendung gebracht. Er bekam eine Zählkarte und durfte sich sodann in den großen Schwurgerichtssaal des Gebäudes begeben.

Obwohl der Prozess erst eine volle Stunde später beginnen sollte, hatte er Mühe, einen freien Platz zu finden. Er gab zu, das große Interesse überraschte ihn. Drei Reihen vor ihm machte er Kriminalrat Berger aus, der aber nachgerade ängstlich Bronsteins Blick auswich. Etwas weiter links von Berger machte der Oberst den Dezernatsleiter Weber aus, und ganz vorn, gleich in der ersten Reihe, war der Charakterkopf von Major Samsa vom Koat 2 zu erkennen. Bronstein pfiff ganz leise durch die Zähne. Da sind tatsächlich mehr Kieberer versammelt als im Präsidium selbst, dachte er sich. Durchaus amüsiert setzte er sich und wartete erst einmal ab. Er war gespannt, wie Richter Osio die Sache angehen würde. Im Vorjahr hatte der Staat mit einigen alten Schutzbündlern wenig Federlesens gemacht, und unter dem alten Kanzler war, wie Bronstein sich mit großem Unbehagen erinnerte, ein junger Roter sogar hingerichtet worden, weil er erfolglos versucht hatte, einen Mast in die Luft zu sprengen. Nicht wenigen war es damals als eine Art ausgleichende Gerechtigkeit erschienen, dass der Kanzler, der den Jungen für eine derartige Bagatelle dem Tod überantwortet hatte, tags darauf im Zuge des Nazi-Putsches selbst erschossen worden war. Diesmal lagen die Dinge jedenfalls anders. Das Ausland schaute dem Regime auf die Finger, da konnte es nicht mehr so einfach schalten und walten wie ehedem.

Abrupt wurde Bronstein aus seinem Sinnieren gerissen. Hinter dem Präsidium öffnete sich die Tür, und die Mitglieder des Gerichts betraten den Saal. Gleich danach ging auch seitwärts ein Portal auf, durch welches einige Uniformierte die Angeklagten hereinführten. Vorneweg schritt eine junge Frau, die, kaum, dass sie ins Sichtfeld des Auditoriums gekommen war, die geballte Faust erhob, ein auch Bronstein bekannter Gruß der Linken. Diejenigen, die ihr folgten, taten es ihr gleich. Bronstein sah wieder auf die Frau hin, und so fiel ihm gerade noch auf, dass sie eine rote Blume an ihr dunkles Kleid gesteckt hatte, ehe sie auf der Anklagebank Platz genommen hatte.

Auf die Aufforderung des Vorsitzenden hin erhob sich ein Gerichtsdiener und begann mit der Verlesung der Anklageschrift. Unwillkürlich verdrehte Bronstein die Augen. Das, so wusste er aus langjähriger Erfahrung, konnte dauern und war in der Regel unsagbar langweilig, da in solchen Akten selbst die haarsträubendsten Verbrechen in unendlich gestelztem und staubtrockenem Beamtendeutsch geschildert waren, sodass man Mühe hatte, bei einem solchen Vortrage nicht sofort einzuschlummern. Bronstein versuchte sich einzureden, dass ihn das alles ja eigentlich gar nichts anging, er also stattdessen an etwas Schönes denken konnte, doch hin und wieder hörte er dann doch der langatmigen Auslassung des Gerichtsadjunkts zu, was in ihm unweigerlich wieder dem Ermittler zum Durchbruch verhalf.

Laut Anklage hatten sich zahlreiche der nun vorne versammelten Personen regelmäßig in der Kanzlei eines Rechtsanwalts eingefunden, woraus nun die Staatsanwaltschaft schloss, diese habe als geheime Zentrale der illegalen Organisation gedient. Bronstein schmunzelte. Das war eine überaus gewagte Interpretation eines beobachteten Sachverhalts. Jeder Anwalt, der etwas auf sich hielt, würde schon an dieser Stelle sofort Einspruch anmelden, da es ja gerade den Ursinn einer Anwaltskanzlei darstellte, dass man, eines Verbrechens bezichtigt, dort Beistand suchen konnte. Unterstellte man also jenem Anwalt, sein Büro sei die Zentrale einer verbrecherischen Unternehmung gewesen, so musste man konsequenterweise jedem Juristen, der irgendwelche Mörder, Diebe oder Drogenhändler beriet, zum Beitragstäter erklären. Bronstein war sich sicher, dass dieser Punkt der Anklage also keinesfalls Bestand haben konnte. Gleich danach war er gezwungen, sich die Hand vor den Mund zu halten, um nicht durch lautes Loslachen die Aufmerksamkeit des Saales auf sich zu ziehen. Er hatte eben den Satz »Dass diese Zentralstelle für die illegale Führerschaft tatsächlich illegales Druckmaterial besaß, ergab die Hausdurchsuchung, bei welcher im Papierkorb in der Kanzlei ein Rundschreiben der Revolutionären Sozialisten gefunden wurde« vernommen. Ein Rundschreiben? Also ein Bogen bedruckten Papiers? Du meine Güte! Wenn man seinen Papierkorb in der Walfischgasse durchstöberte und zu analogen Schlüssen gelangte, dann war er Eigentümer der Wiener Zeitung, tschechoslowakischer Spion und außerdem Kopf einer groß angelegten Alkoholschmugglerbande.

»Und überdies eine offenbar vom Anwalt verfasste Anweisung an die Revolutionären Sozialisten, wie sie sich vor Gericht verantworten sollten«, hörte er den Adjunkt weiter ausführen. Der Jurist machte also seine Arbeit. War das nun auch schon kriminell? In welchen Zeiten lebte er? Bronstein begann, die Dinge nun gar nicht mehr lustig zu finden. Eine derartig böswillige Übergriffigkeit hätte er der Staatsanwaltschaft nicht zugetraut. Fehlte nur noch, dass man einen Anwalt gleich mit seinen Mandanten auf die Anklagebank setzte. Bronstein ertappte sich dabei, wie er mit dem Kopf schüttelte, und sah gleich darauf betreten zu Boden, um sich nicht gegenüber den übrigen Anwesenden zu exponieren.

Endlich schien der Gerichtsdiener zum Ende zu kommen: »Alle Beschuldigten haben sich somit in den Dienst der Parteiwerbung und Parteiarbeit gestellt, um einerseits die ehemaligen Anhänger der linksorientierten Parteien für die Revolutionäre Einheitspartei zu gewinnen und andererseits eine illegale Parteiorganisation zu schaffen.« Tja, so war das im neuen Österreich. Wenn man sich in den Dienst der Parteiwerbung und Parteiarbeit der Vaterländischen Front stellte, dann bekam man Orden, Geld und angenehme Posten. Doch warb man für eine oppositionelle Gruppierung, dann stand man vor Gericht. Derartiges hatte es nicht einmal unter dem Kaiser gegeben, kam es Bronstein in den Sinn.

Ziel der illegalen Bestrebung sei es gewesen, lautete das Resümee der Staatsanwaltschaft, »die breiten Massen der Bevölkerung zum gewaltsamen Umsturz, der gewaltsamen Änderung der Diktatur« aufzureizen, wodurch der Tatbestand des Hochverrats erfüllt sei. Na bitte, dachte Bronstein, wenigstens gab die Regierung zu, dass Österreich eine Diktatur war. An dieser Stelle, so fand er, war es bedenkenswert, wie es überhaupt so weit habe kommen können. Nicht einmal während des Weltkriegs hatte die Monarchie mit derartiger Macht gegen ihre innenpolitischen Widersacher gewütet. Sicher, dem einen oder anderen slawophilen Politiker war vorgeworfen worden, er wünsche einen Sieg Russlands, und einige hatten sich daraufhin tatsächlich in Festungshaft wiedergefunden, doch keinesfalls war es den kaiserlichen Behörden eingefallen, die Sozialdemokraten, Jungtschechen oder den Südslawischen Klub zu kriminalisieren. Nein, man hatte es sogar zugelassen, dass deren Vertreter im Parlament nicht müde geworden waren, die Regierung auf das Heftigste zu kritisieren, während nur wenige Hundert Kilometer weiter südlich die kaiserlichen Armeen für die Heimat bluteten. Und nun kriminalisierte man ohne Not einen Haufen junger Menschen, bloß, weil sie die Welt in ihren Augen verbessern wollten. War es nicht das Vorrecht der Jugend, radikal, idealistisch zu sein? Gute Güte, hier wurde mit Kanonen auf Spatzen geschossen, und wären nicht die ausländischen Journalisten gegenwärtig, die Regierung würde die armen Leute vielleicht sogar füsilieren. Nur zu gerne hätte Bronstein den Saal verlassen, doch hätte er sich damit unweigerlich exponiert, und das wiederum konnte er sich schlicht nicht leisten.

Eben wurde der erste Angeklagte, ein Franz Rauscher, aufgerufen, der, wie man sogleich erfuhr, Eisenbahner gewesen war. Er rechtfertigte sich damit, dass er nur versucht habe, die bittere Not, die nach dem Februar 1934 herrschte, durch Spenden zu lindern. Außerdem sei es sein Bestreben gewesen, die Rechte der Arbeiterschaft wiederherzustellen. Er sei, erklärte Rauscher mit fester Stimme, 15 Jahre Funktionär der Partei gewesen, und deren Verbot habe weder ihn noch Zehntausende andere geändert. Die Tätigkeit der Sozialdemokratie habe auf wirtschaftlichem, sozialem und kulturellem Gebiet reiche Frucht getragen, und dieses Wirken könne nicht von heute auf morgen ausgelöscht werden, verkündete der Angeklagte, und Bronstein war geneigt, ihm beizupflichten.

»Wir haben immer erklärt«, hörte Bronstein den Mann sagen, »dass wir unversöhnliche Feinde der Nationalsozialisten sind, dass wir den Faschismus in jeder Form, auch den österreichischen Heimwehrfaschismus, auf das Schärfste bekämpfen und dass wir jede Gelegenheit benützen wollen, um die Rechte der Arbeiterschaft, die sie in allen Kulturländern hat, wieder zu erkämpfen.« Bronstein meinte, ein Raunen gehe durch den Saal, und tatsächlich wanderte die Hand des Vorsitzenden zu seiner Klingel. »Ich finde es beschämend«, fuhr Rauscher dessen ungeachtet fort, »dass man heute in Österreich seine sozialistische

Gesinnung nur als Angeklagter im Gerichtssaal bekennen darf«, um, gleichsam als sein persönliches Schlusswort, zu statuieren: »Die Richter mögen nach Verordnungen urteilen, ich habe gehandelt nach dem natürlichen Rechtsempfinden des Volkes.«

Offenbar hatten die Worte ihre Wirkung nicht verfehlt, denn auf der Richterbank herrschte betretenes Schweigen. Alois Osio sah Hilfe suchend nach links und nach rechts, doch niemand fühlte sich bemüßigt, der Aussage Rauschers etwas entgegenzusetzen. Schließlich blieb dem Vorsitzenden nichts anderes übrig, als den nächsten Angeklagten aufzurufen.

Dieser rechtfertigte sich ein wenig defensiver als sein Vorredner, was auch für die nächsten beiden Männer galt, die offenbar ehrliche Enthusiasten waren, aber nicht sonderlich wortgewandt, weshalb im Auditorium ein wenig Langeweile aufkam, dies umso mehr, als sich die Zeiger der Amtsuhr unaufhaltsam der Mittagsstunde näherten.

Trotzdem merkte Bronstein wieder auf, als ein Josef Mohler aufgerufen wurde. Der Name kam ihm bekannt vor, und tatsächlich war jener Mohler einst Mitglied der Gemeindewache gewesen. Ein sympathischer und stets lustiger Zeitgenosse, wie sich Bronstein erinnerte, der sich jedoch gleichzeitig eingestehen musste, seit Jahr und Tag keinen Gedanken mehr an Mohler aufgewendet zu haben, wiewohl ihm doch eigentlich hätte auffallen müssen, dass dieser von einem Tag auf den anderen keinen Dienst mehr versah. Jetzt wusste Bronstein warum. Der Mann war als Sozialdemokrat sofort im Februar 1934 entlassen worden. Mohler sprach davon, dass er sein kleines Mäderl wochenlang ohne Frühstück in die Schule habe schicken müssen, da er nach seiner Entlassung über keinerlei finanzielle Mittel verfügt habe. »In der Schule ist das Kind schließlich ohnmächtig zusammengebrochen«, sagte Mohler mit belegter Stimme, »und unter diesen Umständen habe ich wieder angefangen, für die Partei tätig zu sein.« Wer, so fragte sich Bronstein, mochte ihm das verdenken.

Osio ließ eben den nächsten Angeklagten, einen gewissen Josef Wache, aufrufen, als sich einer der Verteidiger zu Wort meldete. »Herr Dr. Hummer, Sie wünschen?«, fragte Osio, wobei die freundliche Formulierung in direktem Gegensatz zu dem grollenden Ton seiner Stimme stand.

»Ich möchte Sie, Herr Vorsitzender, darauf aufmerksam machen, dass ein zur Verhandlung geladener Zeuge entgegen den Bestimmungen der Strafprozessordnung hier im Saale anwesend ist.«

Osio schien in der Tat verwirrt: »Welcher Zeuge?«

Hummer deutete mit dem ausgestreckten Arm hinter sich. Bronstein reckte gleich zahlreichen anderen Anwesenden den Hals, um zu erkennen, wen Hummer meinen mochte, doch das Rätsel löste sich im Handumdrehen selbst, als Kriminalrat Berger hochroten Kopfes aufsprang und sich eilig anschickte, den Raum zu verlassen.

Nur wenig später tat es ihm das übrige Publikum gleich, denn Osio hatte nach einem Blick auf seine Uhr die Verhandlung für eine Mittagspause unterbrochen. Bronstein schloss sich einer kleineren Gruppe an, die dem Buffet zustrebte, um solcherart an eine Labung zu gelangen. Und während er noch überlegte, was es in der kleinen Wirtschaft wohl an Nahrhaftem geben mochte, wurde er von der Seite angesprochen. Automatisch blickte er sich um und erkannte Oberkommissär Busta, der offenbar gleichfalls zu diesem Prozess abkommandiert worden war.

»Ja, Bronstein, du auch da? Du hast ja mit dem Fall gar nix zu tun«, hörte er Busta sagen.

»Wieso?«, antwortete er, »du vielleicht?«

Busta zuckte mit den Achseln: »Alle Kollegen, die anwesend sind, waren irgendwie in die Geschichte involviert. Drum wundert's mich ja grad so, dass dich auch herg'schickt haben.«

Bronstein bestellte, da er an die Reihe gekommen war, eilig Augsburger mit gerösteten Erdäpfeln, ehe er sich wieder an Busta wandte: »Aber dann dürftet ihr ja gar nicht im Saal sein. Genauso wenig wie der Berger übrigens.«

Busta gluckste. »Ja eh, mich wundert, dass der Verteidiger nicht noch mehr von uns entdeckt hat. Aber der hat wahrscheinlich andere Sorgen. Für mich auch.« Bronstein brauchte eine kleine Weile, ehe er begriff, dass die letzten Worte an die Dame vom Buffet gerichtet gewesen waren.

Mit ihren Tellern marschierten die beiden dann zu einem freien Tisch, wo sie sich ungestört wussten. »Das war vielleicht was, damals«, fing Busta an, »tagelang habe ich vor der Kanzlei von diesem Anwalt, diesem Schick g'standen, um zu beobachten, wer da aller aus und ein geht. Stell dir vor, Bronstein, wir haben sogar ein Heftl bekommen, wo die Bilder von den führenden Sozis drinnen waren. Und wenn jemand dort reingangen ist, dann haben wir nachblättern müssen, ob der drinnen ist.« Genussvoll führte Busta ein Stück Wurst in seinen Mund. Und während er noch kaute, sprach er weiter. »Kalt war's. Saukalt. Und weißt, der Demel ist gleich daneben. Was hätt' ich drum geben, mich dort ein bisserl aufzuwärmen. Aber wenn du im Café bist, dann siehst den Eingang ja nimmer. Also draußen bleiben und weiter frieren. Eine Arschhacken, das kann ich dir sagen.«

»Was ich nicht versteh«, begann Bronstein bedächtig, »warum observiert man eine Anwaltskanzlei? Ich meine, was dort vor sich geht, das ist doch von Gesetzes wegen immun. Also, selbst wenn ein Mörder dort zugibt, dass er ein Dutzend Menschen abgekragelt hat, dürfen wir das nicht verwerten. Wozu also dann der Aufwand?«

»Mich darfst das nicht fragen. Ich verstehe unsere Rechtsordnung schon lange nicht mehr. Aber solang ich meine Gratifikation krieg, mach ich, was man mir sagt. Und, David, das weißt du so gut wie ich, bei uns Beamten ist Nachdenken etwas, was man besser ganz generell unterlässt.« Dabei lachte Busta laut auf. »Damit liegst du zumindest nicht völlig falsch«, pflichtete Bronstein ihm bei.

Erstaunlich schnell war die Pause vergangen, und Bronstein marschierte wieder die breite Treppe nach oben, um sich in der letzten Reihe ein Plätzchen zu suchen. Er kam gerade rechtzeitig, um mitzuerleben, wie sich ein weiterer Angeklagter darüber beschwerte, dass man es ihm nicht erlaubt habe, seine Aussage zu lesen. Der Verhörbeamte habe ihn gezwungen, das Schriftstück einfach so zu unterschreiben und ihm Prügel angedroht, wenn er sich weigere. Das passte, befand Bronstein, gut in das bisherige Bild.

Als Nächster wurde ein Jusstudent mit Namen Bruno Kreisky aufgerufen. Dieser leugnete nicht, gelegentlich Freunde aus der Arbeiterbewegung getroffen und mit diesen selbstverständlich über Politik gesprochen zu haben. Auch bestritt er nicht, verbotene Schriften und Bücher gelesen zu haben. »Jeder Österreicher, der wissen will, was wirklich in der Welt und im Lande los ist, kann ja diese Kenntnisse nur aus den Zeitungen des demokratischen Auslandes oder aus den verbotenen schöpfen«, verkündete Kreisky. »In unserem Land werden nicht nur für das Regime unangenehme Nachrichten unterdrückt, es ist den Zeitungen auch untersagt, andere als die der Regierung genehmen Kommentare zu verbreiten.«

Bronstein sah deutlich, wie Osio die Zornesader anschwoll. »Das gehört nicht hierher«, polterte der Vorsitzende. Kreisky jedoch ließ sich nicht beeindrucken: »Man gebe den Arbeitern das, was sie seit mehr als einem halben Jahrhundert gehabt haben, eine freie Zeitung, und niemandem wird es einfallen, illegale Zeitungen zu lesen, zu verbreiten und zu schreiben.« Auch daran lag, gestand sich Bronstein ein, etwas Wahres.

»Ich habe schon gesagt, dass ich nach wie vor Sozialist bin. Weder die Taten der Regierung noch die aufmerksamste Lektüre nichtsozialistischer und antimarxistischer Werke, wozu ich während meiner Haft ausgiebig Gelegenheit hatte, ließ mir eine andere Lösung als die des Sozialismus als möglich erscheinen. Ich halte weiterhin den Klassenkampf für das einzige Mittel der Befreiung der Arbeiterschaft.«

Bronstein konnte nicht umhin, dem jungen Mann Respekt zu zollen. Er redete sich um Kopf und Kragen, weil er ganz offensichtlich zu seinen Idealen stand, und Bronstein war sich sicher, dass man selbiges kaum von einem Viertel der Funktionäre des Ständestaates behaupten konnte. Und Kreisky erntete auch gleich zustimmendes Gelächter, als er darauf hinwies, dass der von der Regierung eingesetzte

Gewerkschaftssekretär kein Arbeiter, sondern ein Doktor war. »Man hat die Arbeiter wehrlos gemacht, hat ihnen alles genommen und gibt ihnen dafür Versprechungen. Eine echte Demokratie soll kommen, in der 50.000 Arbeiter dasselbe Recht haben wie 50 Unternehmer. Gegeben hat man ihnen eine Gewerkschaft, die keine ist, man gibt ihnen Vertrauensmänner, die kein Vertrauen haben, weil sie ernannt sind und nicht gewählt.«

Kein Wunder, dachte Bronstein, dass die Regierung diesen Mann eingesperrt hatte. Unter demokratischen Vorzeichen würde jemand mit solch brillanter Rhetorik jeden konservativen Gegenkandidaten locker an die Wand spielen. Ginge es in Österreich fair zu, dann wäre Kreisky Bundeskanzler, und die selbst ernannte Volkspartei äße das karge Brot der Opposition. Und wie um Bronsteins Überlegungen zu unterstreichen, setzte Kreisky nach: »Was Millionen in diesem Land nur grollend ertragen, das heißt christlicher Ständestaat.« Ohne sich vom Vorsitzenden unterbrechen zu lassen, fuhr der Student unbeirrt fort. Freimütig bekannte er sich dazu, für eine Revolution zu sein, erläuterte aber unter Berufung auf Lassalle und Marx, dass Revolution schlicht Umwälzung bedeute. »Eine Idee wird zur Gewalt, wenn sie die Massen ergreift. Indem also unsere Idee immer größere Teile des Volkes für sich gewinnt, erlangen wir die Mehrheit und dadurch die Macht. Wir haben jedoch in unserem Lande nicht die Möglichkeit, unsere Idee zu vertreten. Ihre Bekenner wandern in den Kerker. Man gebe uns das, was die Arbeiterschaft Englands, Frankreichs und anderer Länder als selbstverständliches Recht hat: die Freiheit der Idee, und es wird keine illegale Bewegung geben.«

Bronstein wusste nicht, was an diesen Worten falsch sein sollte. Und an der Unruhe, die im Saal entstand, konnte er erkennen, dass auch viele andere, die Kreisky gehört hatten, dessen Ansichten teilten. Wenig verwunderlich also, dass die Richterbank immer nervöser wurde und nach Wegen suchte, Kreiskys Befragung abzukürzen. Immer wieder ließ sich Osio mit einem stereotypen »Das gehört nicht hierher« oder mit einem allgemeinen Ruf »Zur Sache, Angeklagter« vernehmen, doch Kreisky widerstand allen Anfechtungen und kam schließlich sogar auf die außenpolitische Dimension des Verfahrens zu sprechen, womit er wohl endgültig die gesamte Aufmerksamkeit der im Saal verteilten Journalisten hatte.

»Unser Land ist klein und vom Ausland abhängig. Die Rückkehr zur Demokratie muss nicht eine Folge blutiger Kämpfe sein. Es ist auch möglich, dass die Regierung in einem ernsten Moment die breiten Massen des Landes zur Verteidigung der Grenzen aufrufen muss. Aber nur ein demokratisches Österreich wird dieses Volksaufgebot zustande bringen, nur freie Bürger werden gegen Knechtung kämpfen.« Angesichts der latenten Drohung aus dem Norden eine durchaus nachvollziehbare Überlegung, pflichtete Bronstein bei.

»Dass man uns jetzt einen Hochverratsprozess macht, beweist hingegen gar nichts. Unsere Partei war schon früher verfemt und verfolgt, immer wieder stand Victor Adler vor Gericht, viele Male war er in Haft. Und doch, als die große Monarchie zusammenbrach, hat man ihn zum Kaiser gerufen, damit er helfe.«

In dem Bemühen, Kreisky nicht noch mehr Bühne für seine Vorträge zu geben, kürzte Osio die Vernehmung ab.

Tatsächlich schien Kreisky nicht länger Angeklagter, sondern vielmehr Ankläger zu sein, und die Richter hofften wohl innig, dass diejenigen, die als Nächste aufgerufen werden sollten, nicht so wortgewandt sein mochten. Doch auch die beiden Kratkys hielten durchaus tapfer dagegen. Ein Alfred Weißmann wiederum wusste zu berichten, dass er nur gestanden habe, weil man an seiner statt seine völlig unbeteiligte Ehefrau verhaftet und man ihm gedroht habe, sie solange im Kerker schmoren zu lassen, bis er ein Geständnis unterschreibe.

Bronstein war ja gemeinen Verbrechern gegenüber auch nicht immer zimperlich gewesen, aber Sippenhaft war ohne jede Frage das Letzte. Zu so einem Mittel griff man einfach nicht, wenn man auch nur einen rudimentären Begriff von Standesehre hatte. Bronstein schüttelte sich. Abgründe taten sich hier auf, wahre Abgründe. Augenscheinlich war diese Aussage auch Osio peinlich, der schnell den nächsten Angeklagten, einen Andreas Liberda, aufrief, der standhaft geleugnet hatte, an der illegalen Konferenz in Brünn teilgenommen zu haben, die Teil der Beweisführung der Staatsanwaltschaft war. Diese behauptete nun, sie könne Liberdas Anwesenheit anhand seines Passes nachweisen, da er zur fraglichen Zeit in der Tschechoslowakei geweilt habe. Liberda aber brachte schriftliche Zeugenaussagen bei, die belegten, dass er zwar in der Nachbarrepublik gewesen war, aber an einem gänzlich anderen Ort.

Osio bemühte sich um eine verhöhnende Replik. »Ich möcht' nur wissen, warum Sie dann eigentlich da sind?«, bemerkte er mit einem Blick, der nach allgemeiner Zustimmung heischte.

Liberda antwortete postwendend: »Das frag ich mich schon seit 14 Monaten.« Jetzt erst setzte ein allgemeines Gelächter ein, doch es war keinesfalls das vom Vorsitzenden erhoffte. Sichtlich übellaunig erklärte er den Verhandlungstag in dürren Worten für beendet und vertagte die Sitzung auf den nächsten Morgen.

Unmittelbar nach diesen Worten strebte Bronstein dem Ausgang zu. Beim Portier zückte er schnell seine Kokarde und verlangte ein Telefon. »Cerny! Gut, dass ich dich noch erwisch. Ich würd' gern noch ein Sprüngerl vorbeikommen. Hast so lange noch Zeit?«

Bronstein zündete sich entspannt eine »Donau« an, während Cerny eine Schale duftenden Kaffees vor ihm platzierte. »Ich habe mir heute den Fabrikanten ein wenig näher angeschaut. Und ach ja, wir haben den Bericht von der Hausdurchsuchung beim Binder bekommen.« Cerny kramte kurz auf seinem Schreibtisch und förderte ein dünnes Aktenbündel zutage, das er Bronstein hinüberreichte. Der stellte seinen Kaffee ab und nahm das Schriftstück in Augenschein. Wie erwartet bot allein der Inhalt des Geheimfachs unter dem Boden Interessantes. Einige Broschüren von Marx und Engels, ein Band mit Artikeln von W.I. Lenin, dazu Bauers »Aufstand der österreichischen Arbeiter«, eine Schrift, die offenbar aus der Tschechoslowakei nach Wien geschmuggelt worden war.

Bronstein zog die Augenbrauen nach oben und sah Cerny an: »Brueghel? Ich hab' geglaubt, das war so ein flämischer Maler?«

Cerny grinste: »Ja, da haben unsere Kollegen Äpfeln mit Birnen verwechselt. Der Autor, um den es da geht, heißt Brügel. Der hat eine Geschichte der österreichischen

Arbeiterbewegung in mehreren Bänden verfasst. Aber unseren vorwitzigen Kollegen sagte der natürlich nichts, und so kamen sie offenbar zu dem Schluss, es könne nur der Holländer gemeint sein.«

»Ah eh!« Bronsteins Mundwinkel waren ebenfalls in lichte Höhen emporgeschnellt.

»Interessant ist übrigens«, ergänzte Cerny, »dass Binder offenbar eine Art Journal führte. Allerdings sind da praktisch alle Seiten herausgerissen worden. Ob von ihm selbst oder wem anderen können wir natürlich nicht sagen.«

»Oha«, machte Bronstein, »das klingt interessant. Das sollten wir uns kommen lassen und näher untersuchen.« Und nach einer kleinen Pause: »Und was ergab deine Durchleuchtung dieses Zuckerl-Fabrikanten?«

»Nun ja, bei dem ist eigentlich nichts wirklich auffällig. Er steht finanziell gut da und hat einen tadellosen Ruf. Scheint zudem in den einflussreichen Kreisen mehr als wohlgelitten, sitzt in zahlreichen Komitees und Aufsichtsräten, eine wahre Stütze der Gesellschaft.« Cerny konsultierte kurz seine Notizen. »War übrigens schon in der Monarchie führend in christlichen Kreisen tätig und dann Repräsentant der Christlich-Sozialen Partei in der Innenstadt.«

»Der Christlich-Sozialen? Ich hab' geglaubt, der ist Jude«, entfuhr es Bronstein.

»Ja, genau so einer wie du, David! Seine Familie ist schon vor einer halben Ewigkeit konvertiert. Aber du kennst ja unsere Nazis. Religion ist einerlei, in der Rasse und so weiter.« Dabei zeigte sich auf Cernys Gesicht eine missbilligende Miene.

»Ich hab ein bisserl recherchiert. Der war ein echter Intimus vom Seipel, dem verewigten Bundeskanzler. Es heißt, der wollte ihn seinerzeit sogar als Wirtschaftsminister. Aber da hat der abgewunken. Der weiß wahrscheinlich, dass man bessere Geschäfte macht, wenn man nicht so sehr im Licht der Öffentlichkeit steht.« Wieder folgte kurzes Studium der Notizen. »Ja, und er steht in engem Kontakt zu anderen führenden Wirtschaftsgrößen unseres Landes. Mit dem Glickstein zum Beispiel …«

»Dem von der Brauerei draußen in Hernals?«, vergewisserte sich Bronstein. »Genau dem«, bestätigte Cerny, »die beziehen beide ihr Malz vom selben Lieferanten.«

»Also an dem finden wir mit einem Wort nichts, was nicht ganz koscher wäre«, fasste Bronstein den Bericht zusammen. »Aber gut, das war ja auch nicht wirklich zu erwarten. So jemand hat keine Fehde mit einem kleinen Proletarier. Höchstens mit dem Proletariat in seiner Gesamtheit.« Dabei lächelte Bronstein schmal.

»Wie man es auch immer betrachtet, wir stehen immer noch am Anfang«, seufzte Cerny. »Ein paar Tage noch, und wir können den Fall auf Frist legen, weil dann endgültig jede Spur kalt wie eine Hundeschnauze ist.«

»Spur? Welche Spur?«, hielt Bronstein dem entgegen, »da gibt's nicht einmal die Idee einer Ahnung von einer Spur.«

»Wie war's bei Gericht?«, versuchte Cerny einen Themenwechsel.

Bronstein reagierte mit einer wegwerfenden Handbewegung. »Frag ned!« Um dann doch fortzufahren: »Das ist alles eine einzige Farce. Die Justiz macht mehr Werbung für die Roten, als die es je selbst zusammenbringen würden.« Automatisch legte Cerny den Zeigefinger auf die Lippen und ließ seinen Blick in Richtung Tür wandern. »Aber was«, wehrte Bronstein ab, »das hättest du erleben müssen. Was da für Pannen passiert sind. Unsereins hätte man für jede einzelne davon nach Suben strafversetzt, aber die sauberen Kollegen der Staatspolizei sind ja anscheinend sakrosankt.« Bronstein rückte mit seinem Sessel ganz nah an jenen von Cerny heran und erzählte ihm im Flüsterton, was er alles während des Prozesses erlebt hatte.

»Na ja«, bilanzierte Cerny schließlich, »die haben nicht damit gerechnet, dass es zu einer öffentlichen Verhandlung kommt. Daher haben sie einfach irgendwelche Vorwürfe konstruiert und sich gedacht, für ein Schnellverfahren wird's reichen.«

»Ja, sie haben die Rechnung ohne das Ausland gemacht. Aber ich sag dir's, es ist echt Strafverschärfung, da zuhören zu müssen. Mehrmals hab' ich geglaubt, ich muss jetzt aufstehen und laut sagen: So geht das aber nicht, meine Herren.«

»Wenn wir das vor fünf, sechs Jahren gesagt hätten, dann hätte es vielleicht noch Wirkung gehabt. Aber jetzt kannst du ohnehin nichts mehr ändern. Und du musst dir denken, dass es jederzeit noch schlimmer kommen kann.«

»Noch schlimmer?« Bronstein zeigte sich erstaunt. »Du glaubst doch nicht, dass sich der Hitler mit Deutschland zufrieden gibt. Er wird Österreich schlucken. Und dann meine Tschechoslowakei. Und dann, das sag ich dir, Polen. Und die Westmächte werden stillhalten, weil sie genau wissen, dass so kurz nach dem letzten Krieg ein neuer absolut unpopulär ist. Noch einmal lassen sich die Franzosen und Briten nämlich nicht einreden, dass sie für irgendein kleines slawisches Völkchen bluten sollen.«

Bronstein erhob sich. »Cerny, wenn ich dich so reden hör', dann glaub' ich fast, ich brauch einen Schnaps. Reden wir lieber wieder vom Fall. Unser berühmter imaginärer Kollege von der Insel, der sagt doch immer, man muss alles ausschließen, was unmöglich ist, und was überbleibt, das ist dann zwangsläufig die Lösung. Also!«

Cerny sah Bronstein erwartungsvoll an, während der wie ein griechischer Philosoph peripatetisch durch den Raum wanderte. »Wir können ausschließen, dass Binder einem Fememord zum Opfer fiel, denn ganz offensichtlich war er in seinen Kreisen wohlgelitten. Kein Sozi hatte einen Grund, Binder ins Jenseits zu befördern. Richtig so weit?« Der Assistent nickte. »Gut«, fuhr der Oberst fort, »wir können auch ausschließen, dass die gegenwärtig herrschende Partei dem Binder ans Leder ging. Die hätte ihn einfach wieder eingekastelt und ihn irgendwo verrotten lassen. Bleiben aus politischer Sicht also nur die Nazis. Die hätten ein Motiv, aber es gibt keinen Verdächtigten. Immer noch richtig?« Bronstein sah Cerny ein weiteres Mal nicken.

»Also schließen wir einmal ein politisches Motiv aus. Was bleibt: eine Tat aus ökonomischen Gründen scheint auch auszuscheiden. Es ist kaum anzunehmen, dass Binder neben aufrührerischen Schriften irgendwelche sauteuren Preziosen in seinem Versteck hatte …« Erstmals hob Cerny die Hand. »Das können wir aber nicht vollkommen ausschließen, auch wenn es nicht sehr wahrscheinlich klingt. Vielleicht hat er durch Zufall die Beute eines Raubzugs gefunden oder ist sonst irgendwie an ein Vermögen gekommen.«

Bronstein sah ihn mitleidig an: »Geh bitte! Ein Sozi? Niemals. Der hätte die Sore sofort abgegeben. Und selbst wenn er in Versuchung gekommen wäre, dann hätte er zumindest der Maly etwas davon erzählt. Nein, nein, ein Sozi, der hat es nicht mit finanziellen Werten.« Cerny bemühte sich um ein Grinsen: »Stimmt. Weil wenn doch, dann hört er auf, Sozi zu sein.«

»Eben. Können wir diese These also auch abhaken! Bleibt schließlich noch ein privat-amouröses Motiv.« An dieser Stelle setzte sich Bronstein, der des Herumgehens offenbar müde geworden war, wieder nieder. »In dieser Hinsicht wissen wir eigentlich gar nichts über den Mann. Ich meine, der war knapp über 40, da steht man doch noch voll im Saft. Und nach den langen Zeiten im Häfen muss er doch ... entsprechende Bedürfnisse gehabt haben.« Bronstein beugte sich abrupt nach vor. »Haben wir uns überhaupt schon seine Vita genauer angeschaut? War der einmal verheiratet? Hat er Kinder? So, diesen sozialen Hintergrund, den müssten wir ausleuchten, denke ich.«

Cerny begann, auf seinem Schreibtisch nach Papieren zu suchen. Bronstein erriet, was dieser zutage fördern wollte. »Richtig. In den Gerichtsakten müsste das eigentlich eh alles stehen.« Um dann ein »hat die Gattinger nicht g'sagt, der war im Krieg?« hinterherzuschicken.

»Da steht verwitwet«, Cerny hatte die Akten gefunden und auf der ersten Seite zu lesen begonnen. Bronstein sah es förmlich vor sich, das Elend der frühen Jahre, das nun für so viele Menschen zurückgekehrt war. »Wahrscheinlich hat s' einen Tuberer g'habt, die Frau Binder. Oder sie ist im 18er Jahr an der spanischen Gripp', weißt eh«, fasste er seine Mutmaßungen zusammen.

»Und ja, im Krieg war er auch ...«

»Mach es nicht so spannend, Cerny! Sag einfach, was

die Akten über den Binder hergeben.« Bronsteins Geduld näherte sich in riesigen Schritten ihrem Ende. Er war müde, hungrig und vor allem unleidlich, da er mit Niederlagen nicht einmal dann umgehen konnte, wenn sie sich auch nur als potenzielle Möglichkeit am Horizont abzuzeichnen begannen. »Also geboren ist er am 4. Oktober 1892 in …« Durch Bronstein ging ein Ruck. »4. Oktober 92. Hast du mich jetzt am Schmäh oder steht das wirklich da?«

Cerny wusste nicht, worauf Bronstein hinauswollte, und sah ihn irritiert an. »4. Oktober, hörst. Geburtstag vom Milli-Meternich. Da traktieren s' uns ja jedes Jahr damit. Na wurscht, weiter!« Bronstein lehnte sich wieder zurück. »Acht Jahre Volksschule in Simmering, danach Sattlerlehre bis 1909, anschließend bei einem Ledergalanteristen bis zu seiner Einberufung 1911. Dreijähriger Dienst in der Armee, der«, Cerny blätterte um, »1914 gleich im Kriegseinsatz weitergegangen ist.«

Bronstein zeigte sich verwundert. »Der war praktisch sieben Jahr beim Barras? Wo hat der dann die Zeit zum Heiraten gefunden?«

Darauf wusste Cerny auch keine Antwort. »Wir haben da eine Beilage zum Akt, einen Auszug aus der Arbeiterzeitung vom 27er Jahr. Da wird der Binder als Kandidat geführt, und da steht schon verwitwet.«

Bronstein begann unmotiviert seinen Kinnbart zu kraulen. »Gut, hinsichtlich der verschiedenen Ehefrau wird sich wohl auch kein Motiv finden lassen. Aber wer sagt uns, dass der die letzten neun oder mehr Jahre wie ein Mönch gelebt hat?«

»Jedenfalls wird er da in der AZ als Gemeindebediensteter geführt. Das deckt sich mit dem Gerichtsakt, wo man den Binder als gewesenen Gemeindebediensteten bezeichnet. Versehen mit dem Zusatz, derzeit arbeitslos.«

Bronstein nickte. »Gut, das passt. Den werden die Hahnenschwanzler im 34er Jahr kassiert und nach Wöllersdorf gesteckt haben, und so hat er natürlich seine Hackn verloren. Dann haben s' ihn auslassen, eine neue Arbeit hat er natürlich nicht g'funden, und kurz darauf war er ja schon wieder im Tschumpas. Also eigentlich können wir uns auf die letzten paar Wochen konzentrieren.« Bronstein unterbrach sich für ein kurzes Sinnieren. »Trotzdem. Ich lass die Option mit einer Tat aus amourösen Motiven noch nicht ganz fallen.«

Cerny schüttelte den Kopf. »Was ist los, David, dass du da gar so fixiert bist auf das? Der Binder war ein braver Sozialdemokrat. Der trinkt nicht, der raucht nicht, der hat keine Weiberg'schichten.«

»Aber es ist die einzige Variante, die wir noch nicht gänzlich ausschließen können«, beharrte Bronstein. »Wir sollten uns diese Maly noch einmal zur Brust nehmen. Ich hab so das G'fühl, die hat uns beim ersten Mal bei »Weitem nicht alles g'sagt.«

»Ja, gut, probieren können wir's. Aber nicht mehr heut'. Finster ist's schon worden, und ich will nach Hause.« Und als ob erst Cernys Worte Bronstein bewusst werden ließen, dass die Nacht den Tag bezwungen hatte, erhob sich der Oberst aus seinem Sessel. »Drum hab ich gar so einen Hunger«, statuierte er. »Na gut. Ich muss ja da morgen wieder aufs Gericht, aber gleich danach komm ich her, und dann schau'n wir, wie wir mit der Sache weitermachen können. Ich hab' irgendwie das Gefühl, wenn wir da nicht schnell richtige Fortschritte machen, dann lässt uns der Skubl den Fall einfach zu den Akten legen, und das war's dann. Dann bleibt der Mord am Binder ewig ungesühnt. Also sollten wir uns ein bisserl am Riemen reißen.«

»Sehr wohl, Chef. Gleich ab morgen. Aber für heute: Schönen Feierabend.«

Bronstein zwinkerte mit dem Auge: »Ja, du mich auch.«

Der Oberst verließ das Präsidium und hielt, einer spontanen Eingebung folgend, ein Taxi an. Er nannte dem Fahrer die Adresse der Maly und stand wenig später vor deren Tür. Schnell atmete er noch einmal durch, dann klopfte er an. Umgehend wurde ihm aufgetan.

»Sie?«

Bronstein lächelte verlegen. »Sie erinnern sich also an mich?« Die Maly zog die Mundwinkel nach unten. »Wie sollte ich nicht? Sie sind derjenige, der im Fall vom Hans rein gar nichts weiterbringt. Wie von mir erwartet, übrigens.«

»Sie tun mir unrecht«, entgegnete Bronstein mit der unschuldigsten Miene, die er auf Lager hatte, »wir geben uns die allergrößte Mühe, doch ist dieser Fall so etwas von verworren, dass selbst der Hercule Poirot seine liebe Not mit ihm hätte.«

»Gut«, lenkte die Maly ein, »wollen wir das einmal glauben. Aber warum kommen S' dann mitten in der Nacht zu mir?«

Bronstein war seine Verlegenheit überdeutlich anzumerken. Er suchte nach Worten, druckste herum, atmete noch einmal tief ein und zwang sich, der Maly direkt in die Augen zu sehen. »Da alle unsere Versuche, Licht in die Sache zu bringen, gescheitert sind, müssen wir es jetzt anders angehen. Vielleicht führt uns die Person des

Opfers zu seinem Mörder. Daher müssen wir so viel wie nur irgend möglich über Hans Binder in Erfahrung bringen. Und so wollte ich Sie fragen, ob Sie mir nicht sagen können, was Sie alles über ihn wissen. Vielleicht bei einem Essen irgendwo. Ich hab' nämlich ganz schrecklichen Hunger. … Ich würde Sie selbstverständlich einladen«, fügte er eilig hinzu.

Die Maly trat instinktiv einen Schritt zurück. »Ja sind S' jetzt ganz narrisch worden? Damit das ganze Grätzl sieht, dass ich mit einem Kieberer ausgeh? Da können S' gleich im Amtsblatt verlautbaren lassen, dass ich eine Konfidentin der Staatspolizei bin.«

»Ich weiß, das hat sich ein wenig unschicklich angehört. Aber ich meine es wirklich genau so, wie ich es g'sagt hab'. Man könnte quasi das Dienstliche mit etwas Angenehmem verbinden.« Wieder suchte er nach den passenden Worten. »Aber ich verstehe natürlich, dass eine solche Vorgangsweise vielleicht ein wenig heikel für Sie sein könnte, weil es doch … zumal um diese Uhrzeit … äh … also, ich … was ich sagen will, ich …« Bronstein stand da wie ein begossener Pudel und ruderte sinnlos mit den Armen herum. »Ich kann Sie natürlich auch hier befragen … aber: Haben S' vielleicht was zum Essen zu Hause?« Bronsteins Blick changierte endgültig ins Flehende.

»Servas«, die Maly drehte ihre Augen demonstrativ nach oben, »mit der Kieberei ist es echt nimmer weit her.« Bronstein reagierte auf diesen Satz, indem er schuldbewusst zu Boden sah. Die Maly schnappte mit einem langen Seufzer ihren Mantel. »Na, kommen S' schon, Sie Held der Exekutive. Wenn ich Sie jetzt verhungern lass', dann hängen mir Ihre Kollegen gleich einen Mord auch noch an.« Und Bronstein strahlte wie ein Kind vor dem Christbaum.

Eine halbe Stunde später saßen die beiden in einem gutbürgerlichen Gasthaus auf der Simmeringer Hauptstraße. Vor Bronstein dampfte ein Schweinsbraten mit Kraut und Knödel, während die Maly eine Gemüsesuppe löffelte. »Sie haben beim letzten Mal gesagt«, begann der Oberst vorsichtig, »Sie waren gemeinsam mit Herrn Binder in der Sozialistischen Arbeiterjugend. Der Binder war aber seit dem 11er Jahr beim Barras. Wie geht sich das also aus?«

Die Maly legte das Besteck beiseite. »Er war in Erdberg stationiert. Da hat er bis zum Ausbruch des Krieges trotzdem regelmäßig an den Sitzungen teilnehmen können. Erst im 14er Jahr ist er dauerhaft ausg'fallen, aber da hab ich dann auch die Ortsgruppe übernommen. Noch etwas?« Die letzten beiden Worte klangen spitz, und dementsprechend fühlte Bronstein sich auch von ihnen getroffen.

»Schauen Sie, Frau Maly, in den Akten steht, der Herr Binder war verwitwet. Wir finden aber nichts über eine Frau Binder …«

»Die Hanni. Ja, ewig schad' um sie.« Erstmals an diesem Abend bekam Bronstein die warmherzige Seite der Maly zu Gesicht. »Die war auch bei uns in der SAJ. Hat beim Vondracek g'hackelt, dem Änderungsschneider, der was früher dort drüben sein G'schäft g'habt hat. Der hat dann im 16er Jahr auch einrücken müssen und is' nicht mehr z'rückkommen aus dem Krieg. Die Hanni und der Hans, die haben im August 14 noch schnell g'heiratet, wegen dem Krieg und so. Da war die Obrigkeit recht nachsichtig damals, da war 's ned so happig mit dem Aufgebot und so weiter. Jedenfalls«, die Maly nahm den Löffel wieder zur Hand, »hat die Hanni damals schon Tuberkulose g'habt, und sie hat dem Hans g'sagt, sie will ned als Jungfrau sterben. Also haben s' g'heiratet, die zwei.«

Die Maly aß langsam ihre Suppe weiter und schien nicht gewillt, ihren Ausführungen weitere Worte hinzuzufügen. »Und wann ist sie dann gestorben, die Hanni?«, setzte daher Bronstein die Unterhaltung fort. »Anfang 18. Wie der Hans z'ruckkommen ist, war sie schon fast ein Jahr unter der Erd'.«

»Und der Hans hat danach nie mehr … mit einer Frau … was … ang'fangen?«

»Der war dann mit der Partei verheiratet«, kam es leichthin retour, »dabei hätt' es durchaus einige gegeben in der Sektion, die sich gewünscht hätten, der Hans hätt' auch noch Augen für etwas anderes als für Bücher und Zeitungen.«

»Apropos, wie kommt es eigentlich, dass Sie …«

Die Maly ließ den Löffel laut klirrend in ihren Teller fallen. »Werden S' jetzt bloß ned unverschämt!«

Unwillkürlich zuckte der Oberst zusammen. »Ich mein' ja nur, weil … bei Ihnen müssen die Männer ja auch … Schlange stehen … so rein prinzipiell, meine ich jetzt.« Deutlich spürte er, wie seine Wangen glühten, und er war sich sicher, dass die merkwürdige Färbung des Geschirrs dem markanten Rotton geschuldet war, der von seinen Wangen ausging. Umso überraschter war er, als ihm die Maly plötzlich ihre rechte Hand hinhielt.

»Greifen S'«, sagte sie, »damit S' g'spüren, wie mich das kalt lasst.« Natürlich folgte er der Aufforderung nicht, da er wusste, sie war rein rhetorisch gemeint gewesen.

»Männer! Das fehlte mir noch zu meinem Glück. Wenn mich so was interessiert hätt', dann hätt' ich gleich Kindermadl werden können.«

»Meinen Sie nicht, dass Sie meinem Geschlecht da ein wenig Unrecht tun?«

»Ach was! Ihr seid's doch alle gleich. Allerweil habt's die Bappn offen, redet's unsereins das Blaue vom Himmel runter, aber wenn's dann um das wirkliche Leben geht, dann heißt's nur mehr, Schatzl, hol mir ein Bier oder Mausl, wann is denn das Essen fertig. Nein, da haltert ich mir lieber einen Schäfer, der redet wenigstens ned in einer Tour.«

»Verstehe.« Bronstein versuchte aufgeräumt zu wirken. Doch gegen seine innere Unruhe kam er nicht an. So sehr er sich auch sagte, es wäre ratsam, es einfach dabei bewenden zu lassen, gegen seine Neugier kam er nicht an. »Wollen Sie damit sagen, in Ihrem Alter hat man keine … äh, Bedürfnisse mehr …«

Gefühlte acht Nanosekunden später hatte der Oberst eine ziemlich gute Vorstellung davon, wie ein Blick aussah, der töten konnte. Malys Augen hatten sich zu ultraschmalen Schlitzen verengt, und ihre ganze Haltung brachte zum Ausdruck, dass Bronstein nur einen Mikrometer davon entfernt war, ihre Hand an seiner Wange zu spüren. Und zwar nicht auf eine angenehme Art. Die Maly brachte ihre Garderobe in Ordnung und machte Anstalten sich zu erheben.

»… nach einer Beziehung!«, ließ Bronstein sich lauter als nötig vernehmen, »nach einer Beziehung, meinte ich. Verzeihen Sie mir bitte, ich bin in derlei Dingen so furchtbar ungeschickt, ich wollte in keiner Weise indiskret wirken.« Wenigstens blieb sie sitzen, sah ihn aber nach wie vor mit funkelnden Augen an. »Ich stelle mich da immer so fürchterlich ungeschickt an, weil ich …«

Er kam ins Stocken, sie ließ ihn freilich nicht vom Haken, »… weil Sie …?«

Bronstein räusperte sich. »Einfach schon viel zu lange allein bin. Ich bin einfach nicht geübt in solcher Art Konversation.«

»So, und jetzt sollen mir die Tränen kommen oder was?«

Wenn Bronstein ob seines Geständnisses auf Mitleid gehofft hatte, sah er sich getäuscht. »Sie reden sich leicht«, entgegnete er trotzig, um zu verbergen, wie sehr er von ihrem Kommentar getroffen war, »Sie sind noch jung. Aber werden Sie einmal so alt wie ich, dann werden Sie wissen, wie sich Einsamkeit anfühlt.«

»Tja, dann hätten S' halt nicht Kieberer werden dürfen! Als Lehrer, als Arzt oder Apotheker sähe die Sache sicher anders aus.«

»Das glaub ich nicht.« Bronstein hörte sich resignierter an, als es ihm lieb war.

»Doch. Sie sind ja an sich ganz herzeigbar. Für Ihr Alter halt.« Bronstein begann unwillkürlich zu lächeln. Mit derart viel Zuwendung war nicht zu rechnen gewesen. »Und an Ihren Manieren müssten wir arbeiten. Aber als Kieberer sind S' prinzipiell ein hoffnungsloser Fall in solchen Zeiten.« Und schon war das Lächeln wieder erstorben.

»Ich verstehe, dass Sie uns derzeit nicht über den Weg trauen. Aber glauben Sie mir, ich teile viele Ihrer Vorbehalte. Und genau deshalb ist es mir auch so wichtig, den Mörder von Herrn Binder zur Strecke zu bringen. Doch muss ich gestehen, dass ich in den fast 30 Jahren meiner Laufbahn noch nie einen solch schwierigen Fall zu lösen hatte. Es gibt einfach keinen einzigen Anhaltspunkt, und das lässt mich verzweifeln.«

In der Folge konnte sich der Oberst dabei beobachten, wie er der Maly haarklein jedes Detail ihrer bisherigen Überlegungen berichtete. Er erzählte ihr, welche Spuren sie bislang verfolgt und wieder verworfen, welche Theorien sie entwickelt und als falsch abgehakt hatten, und auch, dass sie schließlich eine Beziehungstat als letzte noch verbleibende Option ansahen.

»Und nur darum frage ich Sie hier nach diesen Dingen aus. Wir können uns einfach nicht mehr vorstellen, was sonst noch zu diesem Verbrechen geführt haben könnte.«

»Also wenn Sie angenommen haben sollten, ich hätte was mit dem Hans gehabt, dann sind Sie absolut auf dem Holzweg. Und soweit ich ihn gekannt habe, kann ich es auch vollkommen ausschließen, dass es irgendeine Frau in seinem Leben gegeben haben könnte.«

Bronstein insistierte darauf, seinen Gedankengang erläutern zu dürfen. »Was uns so stutzig macht, das ist die Tatzeit. 5 Uhr morgens. Eine Stunde, bevor die Hausmeisterin das Tor aufsperrt. Da gibt es, zumal niemand von außerhalb einen Schlüssel zum Haus besitzt, nur zwei Möglichkeiten. Entweder jemand aus dem Haus hat die Tat begangen, was wir aber in Anbetracht der übrigen Bewohner ausschließen, oder jemand war über Nacht bei Binder, beging am frühen Morgen die Tat und hat das Haus dann um 6 Uhr morgens verlassen.«

»Sie vergessen, dass ich bei ihm war«, gab die Maly zu bedenken.

»Ja, aber nur bis 10 oder 11. Was, wenn nach Ihnen noch jemand bei ihm zu Gast war?«

Jetzt kam das Mitleid. In Form eines milden Lächelns. »Sie vergessen, dass Hans keinen Schlüssel besaß. Hätte er nach mir noch Besuch empfangen, die Hausmeisterin würde davon wissen.«

»Nicht notwendigerweise!« Bronstein hob triumphierend den Zeigefinger der rechten Hand. »Jemand könnte vor dem Tor gewartet haben, bis jemand, zum Beispiel Sie, das Haus verließ, und sich dann schnell hineingeschlichen haben, ohne dass die Hausmeisterin etwas davon merkte.«

»Mich hat die Hausmeisterin hinauslassen müssen. Ihre Theorie könnte nur stimmen, wenn der Pilonka nachlässig war. Der kommt oft spät am Abend hundemüde aus dem Gasthaus, wo er arbeitet, nach Hause. Aber selbst dem hätte es auffallen müssen, wenn hinter ihm jemand das Stiegenhaus raufgeht.«

Bronsteins Optimismus verflüchtigte sich. Die Maly hatte recht. »Aber Sie werden mir zustimmen, dass es absurd ist anzunehmen, jemand der Hausbewohner wäre, zumal um diese Uhrzeit, zu Binder gegangen, um ihm den Garaus zu machen.« Die Maly machte eine Geste, die man als Zustimmung werten konnte. »Und dass«, begann der Oberst nach einer kleinen Weile von Neuem, »jemand bei ihm Schutz gesucht hat? Unterschlupf, weil er verfolgt wird? So jemand hätte doch danach getrachtet, nicht aufzufallen. Und Binder hat später bemerkt, dass derjenige, den er bei sich beherbergte, ein Verräter ist. Es kommt zum Streit, und Binder …«

»Powidl. So etwas hätte ich sicher gewusst. Außerdem hätte der Hans niemanden bei sich unterkommen lassen, den er nicht ganz genau kennt. Gerade in solchen Zeiten, wo es mehr Spitzel als ehrliche Leut' gibt.«

Bronstein ließ seine Hände auf den Tisch fallen. »Ich weiß nicht mehr weiter. Ich bin am Ende meiner Weisheit. Mir fällt keine Lösung ein. Überhaupt keine.«

»Ich gebe zu, das ist alles sehr eigenartig. Und genau darum habe ich auch beschlossen, Ihnen zu helfen.« Es schien tatsächlich so, als gingen die Mundwinkel der Maly ganz klein wenig nach oben. »Also im Rahmen des Schicklichen«, ergänzte sie sogleich. Sie nahm einen kleinen Schluck aus ihrem Wasserglas und schien sich zu sammeln. »Wir haben natürlich untereinander über die Sache gesprochen …«

»Sie meinen, die Genossen?« Bronstein las im Gesicht seines Gegenübers, dass er eben eine sehr dumme Frage gestellt hatte, und beschloss, vorderhand still zu sein. »Niemand von uns kann sich erklären, was da vorgefallen ist. Sie sind also mit Ihrer Ratlosigkeit beileibe nicht allein.«

»Gibt es Ihrerseits wenigstens irgendeine Theorie?« Der Oberst klang beinahe flehentlich.

»Wir können es uns nur so erklären, dass Hans über irgendetwas gestolpert ist, das er nicht sehen oder hören durfte. Und zwar, ohne es zu wissen, denn sonst wäre er besorgt gewesen und hätte zumindest mich ins Vertrauen gezogen. Aber er war ganz normal, das heißt, er wusste gar nicht, dass er irgendjemandem gefährlich werden konnte. Aber dieser Jemand wusste es und hat Hans ausgeschaltet, bevor der überhaupt begriff, worum es eigentlich ging.«

Bronstein richtete sich instinktiv gerade. »Das ist der erste brauchbare Ansatz in dieser ganzen vertrackten Sache.« Er sah die Maly mit großen Augen an. »Ich bin

Ihnen wirklich sehr zu Dank verpflichtet. Darauf sind wir einfach nicht gekommen.«

Gleich darauf verflog seine Euphorie allerdings wieder: »Andererseits würde das aber bedeuten, dass dann wieder jeder verdächtig ist.«

»Nicht ganz. Das Problem mit den Schlüsseln dürfte die Zahl der potenziellen Täter dennoch einschränken, meinen Sie nicht, Herr Inspektor?«

»Oberst. Mein Amtstitel ist Oberst. Es gibt gar keine Inspektoren bei der Polizei, die haben alle noch irgendein schmückendes Zusatzwort davor. Rayonsinspektor, Revierinspektor, Chefinspektor, …«

»Ja, aber für unsereinen ist das wurscht, Herr Inspektor. Bei uns sind das alles Kieberer. Und die sind selten Haberer, wenn S' verstehen, was ich mein'.« Bronstein hoffte inständig, die Maly würde diesen Satz noch relativieren, und sie tat ihm den Gefallen, indem sie anfügte: »Aber Sie, Sie könnten möglicherweise eine Ausnahme sein.«

Bronstein zeigte dem Kellner an, dass er zu zahlen wünsche. Mehr, so wusste er, würde dieser Tag für ihn nicht mehr bereithalten. Darum war es sinnvoll, an dieser Stelle einen Schlusspunkt zu setzen, ehe er sich selbst den Abend mit einer unbedachten Bemerkung wieder verdarb.

»Sie haben mir wirklich außerordentlich geholfen, Frau Maly. Ich werde Sie selbstverständlich über den Verlauf der Ermittlungen regelmäßig in Kenntnis setzen. Wenn Sie gestatten, dann darf ich mir erlauben, Sie noch nach Hause zu geleiten?«

Die Maly verfolgte, wie Bronstein die Rechnung beglich, und stand dann auf. »Sind S' mir nicht bös, Herr Inspektor mit irgendeinem schmückenden Zusatzwort, aber nach

Hause gehe ich besser allein. Wir wollen es ja nicht übertreiben, gell.«

Ihr Tonfall ließ keinen Widerspruch zu, und so blieb Bronstein nichts anderes übrig, als ebenfalls aufzustehen und ihr die Hand zu reichen. »Dann danke ich noch einmal und wünsche Ihnen noch einen schönen Abend.« Sie nickte leicht und verließ dann das Lokal. Der Oberst aber wartete noch einen kleinen Moment, ehe er sich an der Budel erkundigte, ob das Lokal über ein Telefon verfügte. Als seine Frage bejaht wurde, ersuchte er, ihm ein Taxi zu rufen, was auch prompt geschah. Müde ließ er sich in den Fond fallen und war froh, als er vor seinem Haustor ankam.

Kaum in den eigenen vier Wänden, streifte er seine Überbekleidung ab und strebte ohne weitere Verzögerung seiner Bettstatt zu. Es war dies einer jener Tage gewesen, mit denen man zufrieden sein durfte. Und genau damit wollte er es bewenden lassen. Kurz überlegte er, ob er noch ein wenig lesen sollte, doch entschloss er sich dazu, gleich das Licht zu löschen und auf erholsamen Schlaf zu setzen.

Dienstag, 17. März 1936

Überaus widerwillig machte sich Bronstein gegen 8 Uhr früh auf den Weg ins Landesgericht. Verdrossen stapfte er zur Straßenbahnstation, wartete, bis eine Ringlinie des Weges kam, und setzte sich missmutig auf einen Einzelsitz. Er war fest entschlossen, stur aus dem Fenster zu sehen, als er das Gespräch zweier Männer hinter sich vernahm, die ganz offensichtlich, wenn auch mit überaus gedämpften Stimmen, über den Prozess redeten.

»Hast es g'hört, wie tapfer sich unsere Leut' gestern verantwortet haben?«, begann der eine, »freilich«, antwortete der andere. »Die Genossen halten sich glänzend, und der Schuschnigg, der schaut blöd aus der Wäsch'.« Wieder der eine.

»Genau. Und im Ausland können s' jetzt nicht länger ignorieren, was da bei uns vorgeht. Der Schuschnigg kann baden gehen mit seinem Witz-Regime.« Erneut der andere. »Kredit kriegt er jedenfalls keinen mehr in der Schweiz oder in Paris. Und ohne Geld ist der Tiroler Hinterwäldler aufg'schmissen. Weil ohne Gerstl folgen ihm nicht einmal die Maulhelden von den Sturmscharen.«

»Und dann wird er endlich kapieren, dass er ohne uns keinen Tag gegen die Nazis überlebt. Der Mussolini, der lässt ihn eh schon hängen …«

»Kein Wunder, der blamiert sich g'rad in Abessinien drunten bis auf die Knochen. Der hat jetzt andere Sorgen als den Innsbrucker Kerzlschlucker.«

Bronstein hätte den beiden gerne länger zugehört, aber schon rief der Schaffner die Station Universität aus, und der Oberst musste die Tramway verlassen. Die beiden

Arbeiter konnte er gut verstehen. Auch er selbst wäre nie auf die Idee gekommen, diesen verschrobenen Anwalt jemals zu wählen. Aber da er mit dieser Haltung bei Weitem nicht alleine dagestanden hatte, hatten die Christlichen die Wahlen ja auch abgeschafft.

Sogleich schalt er sich selbst. »Bronstein, hör auf zu politisieren, das passt nicht zu dir. Wennst dich mit Politik beschäftigen willst, dann hättest nicht Polizist, sondern Pfarrer werden müssen.« Er erschrak über den missbilligenden Blick einer Passantin, der ihm erst offenkundig werden ließ, dass er tatsächlich laut mit sich geredet hatte. Fest presste er die Lippen zusammen und sah zu, dass er ins Landesgericht kam. Dort setzte er sich wie schon am Vortage in die letzte Reihe und stellte fest, dass die Journalistenplätze schon lange vor Beginn des Verhandlungstages bis zum Bersten gefüllt waren. Offensichtlich hatte sich das Verhalten der Angeklagten nicht nur in der Arbeiterschaft herumgesprochen.

Als Erster wurde ein gewisser Roman Felleis vernommen, der laut Anklage der Anführer der Revolutionär-Sozialistischen Jugend war. Der fuhr genau dort fort, wo seine Genossen am Tag zuvor geendet hatten. Auch er verteidigte sich brillant und erinnerte das Regime daran, dass es schon sehr bald die Hilfe der Arbeiterschaft brauchen werde, wenn erst die braune Gefahr über Österreich hereinzubrechen drohe, da Hitler immer noch nicht darauf verzichtet habe, Österreich dem Deutschen Reiche einzugliedern. Der Angeklagte sprach laut und deutlich, jedes einzelne Wort schien zentnerschwer zu wiegen: »Gegen die zehnfache Übermacht kann sich Österreich nicht einmal mit dem vollen Einsatz seiner geringen Kräfte wehren, denn in Österreich selbst ist ja ein Teil der Bevölkerung nicht gegen, sondern für diese braune Invasion, und die wirklich wirksamste Abwehrkraft, die Arbeiterschaft, ist verbittert und steht den Sorgen dieses jetzigen Staates gleichgültig, ja vielfach mit heimlicher Schadenfreude gegenüber.«

Damit verriet nun dieser Felleis bei Weitem nichts Neues. Jeder, der mit offenen Ohren durch die Wienerstadt ging, musste mitbekommen, wie verhasst das ständestaatliche Regime allerorten war. Gut, irgendwo in den alpinen Regionen, wo die Menschen noch nicht wussten, was elektrischer Strom, ein Automobil oder ein Telefon war, da mochten sie von diesem Miniaturdiktator begeistert sein, doch in den Städten war es höchstens eine klitzekleine Schicht an Privilegierten, die dem christlichen Faschismus positiv gegenüber stand.

»Die Arbeiter werden in Zukunft nur dann für diesen Staat einstehen, wenn er wieder zur Heimstätte für ihre Rechte, für ihre Freiheit geworden ist. Gebt uns Freiheit, dann könnt ihr unsere Fäuste haben.«

Auch diese Sätze waren so unvernünftig nicht, gestand sich Bronstein ein, in dem sich mehr und mehr die Erkenntnis breitmachte, dass dieser ganze Prozess ein einziger Witz war. Bislang hatte die Anklage noch keinem einzigen dieser Männer vorgeworfen, mit der Waffe in der Hand gegen die Regierung tätig gewesen zu sein, und niemand, auch die eingefleischtesten Hahnenschwanzler nicht, konnte vergessen haben, dass die Gewalt genau von der Gegenseite ausgegangen war. Dollfuß hatte die Sozialdemokraten solange bis aufs Blut gereizt, bis diese ganz einfach reagieren mussten, und genau diese Reaktion hatte der Milli-Metternich zum Anlass genommen, mit Kanonen in die Gemeindebauten schießen zu lassen. So gesehen war der Widerstand, den diese Kreisky, Jonas, Felleis und so weiter leisteten, ja nachgerade besonnen und nobel. Hätte er, Bronstein, hier etwas zu sagen, er würde die Angeklagten allesamt heimschicken. Doch ihn fragte natürlich niemand.

Gleich darauf riss ihn der Angeklagte aus seinen Gedanken. »Was hat denn der 12. Februar den Polizisten gebracht? Eine schlechtere Diensteinteilung und Verkürzung der Bezüge. Verschlechterung der Arbeitszeit …« Bronstein meinte, ein Seufzen in den Reihen zu vernehmen. Tatsächlich hatte Felleis einen wunden Punkt berührt. Die Regierung sparte überall außer bei sich selbst, und er selbst hatte nur das Glück, schon so lange bei dem Verein dabei zu sein, dass er von den massiven Nachteilen, unter denen die jungen Kollegen litten, nicht mehr betroffen war. Doch wer vermochte andererseits zu sagen, was diesem Regime noch alles einfiel. Vielleicht befand man höheren Orts, Polizeibeamte könnten auch noch mit 60 Dienst tun. Oder mit 62. Und vielleicht hebelte man einfach das Dienstrecht aus und setzte eine Höchstgrenze für Pensionen an, sodass seine Rente plötzlich nicht mehr zum Leben reichte. Bronstein zwang sich, seine Grübeleien einzustellen, denn sonst lief er Gefahr, sich gleich zu den Angeklagten hinzuzugesellen.

Das Schicksal der Polizei sei mit jenem der Arbeiterschaft untrennbar verknüpft, sie dürfe daher nicht wieder blindlings auf Arbeiter schießen, bloß weil diese um ein größeres Stück Brot kämpften. In Madrid habe man der Polizei jüngst auch einen Feuerbefehl gegeben. »Aber die einsichtigen Polizisten weigerten sich zu schießen und verbrüderten sich mit der Menge. Und sie haben damit sehr recht gehandelt, denn eine Schießerei wäre wahrscheinlich auch das Signal zu einem Putsch der Rechten gewesen, den die Linke nicht kampflos hingenommen hätte.« Die besonnene Polizei habe Spanien damit einen erbitterten und blutigen Bürgerkrieg erspart, erklärte Felleis und erntete dafür gezischte Zustimmung aus dem Publikum, die der Vorsitzende sogleich mit seiner Klingel zum Verstummen brachte.

Es war nun schon bald Mittagszeit, und Bronstein wollte eigentlich nur noch an die frische Luft, um seine Gedanken wieder halbwegs ordnen zu können. Doch das Gericht befand, es sei noch Zeit, die Hauptangeklagte zu vernehmen, und so wurde schließlich Marie Emhart in den Saal geführt. Schon tags zuvor war dem Oberst aufgefallen, wie dürr und ausgemergelt die Frau aussah, und das, obwohl sie wahrscheinlich erst knapp über 30 war. Bronstein erfuhr auch sogleich den Grund für Emharts Erscheinung. Osio bot ihr nämlich an, angesichts ihrer TBC-Erkrankung im Sitzen befragt zu werden. »Meine Krankheit hat auch während der 14 Monate Haft keine Rolle gespielt«, gab sie kühl zurück. Unmittelbar danach begann sie ihre eigentlichen Ausführungen mit dem Satz »Ja, ich bin eine begeisterte Sozialistin.« Was Bronstein aus prozesstaktischen Erwägungen heraus als reichlich unklug erschien, wandelte sich jedoch nur allzu schnell in ein flammendes Plädoyer gegen die Regierung. Emhart erzählte, wie der Umstand, dass es in ihrer Jugend noch keinen Achtstundentag, noch keine Sozialversicherung, kein Arbeitsinspektorat, keine Betriebsräte gegeben habe, weshalb die Arbeiter damals jedweder Willkür schutzlos preisgegeben waren. »Die Erfahrung hat mir gezeigt, dass nur eine organisierte Arbeiterschaft Einfluss auf sozialem und wirtschaftlichem Gebiet erkämpfen kann.« Sie wäre niemals auf die Idee gekommen, illegal tätig zu sein, wenn die Regierung nicht all diese Rechte, die durch die Republik auf die Arbeiter gekommen waren, wieder abgeschafft hätte. »Man hat uns aller Freiheiten beraubt, die Rede- und Pressefreiheit unterbunden. Wir Sozialisten haben den Boden der Legalität nicht verlassen, wir sind in die Illegalität gedrängt worden.«

Doch die herrschenden Gesetze könnten ihr nicht ihre Überzeugungen nehmen. Sie stelle ihre Kraft auch in den Dienst der illegalen Bewegung. »Und wenn ich mich deswegen jetzt verantworten muss, so will ich sonst gar nichts sagen als, ja, ich bin Sozialistin, ich bin es mit jeder Faser meines Herzens und mit der ganzen Kraft meines Geistes, weil ich gegen Elend und Not, gegen Hunger und Arbeitslosigkeit, gegen Willkür und Ausbeutung, gegen Faschismus und Krieg bin. Ich bin für eine gerechte Weltordnung, für Freiheit und Frieden.«

Die beklemmende Stille, die diesen Worten folgte, machte den Vorsitzenden sichtlich verlegen. So leise, dass er beinahe nicht gehört wurde, verkündete er die Mittagspause und verließ dann eilends, mit eingezogenem Kopf das Präsidium. Bronstein konnte es ihm nicht verdenken.

Und er verspürte nicht die geringste Lust, noch einmal sein Mittagmahl mit einem Kollegen einzunehmen. Er brauchte Zeit für sich selbst, um das eben Gehörte zu verarbeiten. Es war doch tatsächlich merkwürdig, dass es eines Prozesses wie diesen bedurft hatte, um ihn, den

Oberst der Wiener Polizei, dazu zu bringen, darüber nachzudenken, wie falsch alles in diesem Staat lief. Zum zweiten Mal im Leben eines Menschen wurde die Bevölkerung dazu aufgerufen, Opfer zu bringen. Doch wozu? Vor 20 Jahren mochte derlei noch eine gewisse Berechtigung gehabt haben, wiewohl die Tschechen und Slowaken, die Slowenen und Kroaten, die Serben, Ruthenen und Polen das wohl damals schon anders gesehen hatten. Jetzt aber gab es schon überhaupt keinen Grund, warum man zentrale Freiheitsrechte, die sich das Volk im Gefolge der Katastrophe des Weltkriegs rechtschaffen erworben hatte, Stück für Stück wieder zurücknahm. Und umso weniger, als das Volk im Gegenzug ja überhaupt nichts für seine Opferbereitschaft erhielt! Stiegen etwa die Löhne? Gab es vielleicht mehr erschwingliche Waren? Konnte man zur Erholung ans Meer fahren? Nichts von alledem! Die Sozis hatten sichtlich so unrecht nicht: die da oben lebten in Saus und Braus, und der breiten Masse verordneten sie eine unendliche Fastenzeit. Von Gerechtigkeit konnte man da wahrhaftig nicht sprechen.

Dazu passten auch Skubls abschätzige Worte über Binder. Wäre der Tote ein Graf, ein Pferdestallbesitzer oder ein Fabrikant gewesen, Skubl stünde jeden Tag vor ihrem Büro auf Anschlag und verlangte umgehend Ergebnisse. Doch ein Arbeiter mehr oder weniger zählte nicht im neuen Österreich. Da zählte nur das Volksganze. Und das Volksganze war nichts als die Summe seiner Führer. Eigentlich musste einem schlecht werden.

Bronstein fand direkt gegenüber des Gerichtsgebäudes einen öffentlichen Fernsprecher und rief von dort aus Cerny an, der auch prompt abhob. »Du, ich habe vor, den Nachmittag zu spritzen. Wir haben Wichtigeres zu tun. Warst du schon auf Mittagspause?« Cerny verneinte. »Gut, dann treffen wir uns im Herrenhof. Sagen wir in 20 Minuten?«

Oberkellner Albert erspähte Bronstein, noch ehe er die Tür vollends durchschritten hatte. Eilig legte er die aktuelle Ausgabe der »Wiener Zeitung« auf Bronsteins Tisch und sah diesen angesichts der Uhrzeit fragend an. »Ja, für ein Frühstück ist's ein Wengerl spät. Bringen S' mir ein Paar Frankfurter und ein resches Semmerl dazu«, erklärte sich Bronstein, ehe er sich in seinen Sitz fallen ließ und seine »Donau« zutage förderte. Und da von Cerny noch nichts zu sehen war, griff sich der Oberst die Zeitung und begann lustlos in ihr zu blättern. Die internationalen Berichte waren von ausgesuchter Belanglosigkeit, die Seite 6 aber erweckte umgehend sein Interesse. »Verhöre im Sozialistenprozess«. Sofort begann Bronstein den entsprechenden Artikel zu lesen, doch brauchte es nur eine kurze Weile, bis der Oberst zu dem Schluss kam, einem anderen Verfahren beigewohnt zu haben als jenem, von dem in der Zeitung die Rede war. Nur zu gut erinnerte er sich an die gelungenen Ausführungen des Studenten Kreisky, die in dem Blatt aber nachgerade grauenhaft verkürzt und inhaltlich maßgeblich verfremdet waren. Schenkte man diesen Zeilen Glauben, dann war dieser Kreisky nicht einmal in der Lage gewesen, auf die einfachsten Fragen zu antworten und habe beständig nur behauptet, von nichts zu wissen. Kein Wunder, dass der Zweispalter nicht namentlich gezeichnet war, wer auch immer ihn verfasst hatte, er taugte wesentlich mehr zum Märchenonkel als zum Journalisten.

»Grüß dich, David. Na, tust Zeitung lesen?« Bronstein nickte nur.

»Ein Mensch, der Zeitung liest, erfährt, die Lage völlig ungeklärt. Da dies seit Adams Zeiten so gewesen, wozu dann noch die Zeitung lesen!«

Bronstein sah Cerny staunend an: »Wo hast denn das her?« Cerny orderte beiläufig eine Schale Gold und sagte dann zu seinem Chef: »Aus einem Büchel, das mir meine Frau zu Weihnachten geschenkt hat. So ein Münchener Reimeschmied, Roth mit Namen. Dürft' aber nicht mit dem Josef aus Galizien verwandt sein.«

»Ja, München und Galizien, das geht sich nicht aus«, bestätigte Bronstein mit immer leiser werdender Stimme, da er Oberkellner Albert mit seinen Würsteln dahereilen sah. Und während er sich gieriger als gewollt über die Speisen hermachte, informierte er Cerny über seine vortägige Unterredung mit der Maly. »Die Idee, der Binder war Opfer eines Umstandes, der ihm selbst gar nicht bewusst war«, nuschelte er, »hat was, finde ich. Da können wir eventuell ansetzen, zumal wir«, wieder unterbrach er sich, um in Ruhe einen Bissen zu kauen, »das Feld der Verdächtigen dennoch weiter kleinhalten können, da ja«, es folgte ein weiterer Bissen, »nur ganz wenige einen Schlüssel haben.«

»Ja, aber leider genau die, die vollkommen unverdächtig sind. Was soll denn die Wewerka oder der Pilonka ang'stellt haben, dass sie sich ausgerechnet vor dem Binder g'fürchtet hätten, und das dann gleich so sehr, dass sie zu einem extremen Mittel wie einem Mord greifen.« Cerny schüttelte bedächtig den Kopf. »Nein, da muss mehr mitspielen. Die Ausgangsidee, die halte ich für plausibel, aber mit den Hausbewohnern kann es nichts zu tun haben, dafür sind die alle viel zu kleine Fische – und auch zu harmlose.«

Bronstein hatte endlich sein Mahl beendet und schob den leeren Teller von sich. Während er sich eine weitere »Donau« anzündete, sann er über Cernys Aussage nach. »Weißt du, ich habe das erste Mal überhaupt das Gefühl, einem Fall nicht gewachsen zu sein. Normalerweise denkst du einfach nach, und nach einer Weile kommst du auf die Lösung. Aber hier? So etwas habe ich überhaupt noch nicht erlebt.«

Cerny blieb stumm, schien dadurch seinem Chef beizupflichten.

»Ich hab' mir ja sogar schon überlegt«, fuhr dieser fort, »noch einmal an den Tatort zu fahren und diese Alte, diese Kapfinger, zu befragen. Aber ehrlich, was soll das bringen? Die erzählt uns im besten Fall irgendwelche Schnurren aus dem 24er Jahr, aber es gibt einfach nichts, was dafür spräche, dass sie uns der Lösung des Falles näherbrächte.«

»Vielleicht brauchen wir so etwas wie Abstand zu der Sache. Wir haben uns verrannt«, meinte Cerny nach einer kleinen Weile, »und daher finden wir nicht mehr aus diesem Labyrinth heraus.« Er putzte beiläufig ein Brösel von Bronsteins Jacke, »vielleicht sollten wir einfach noch einmal ganz von vorne anfangen. Das Leben des Binder penibel durchleuchten. Vielleicht gibt es irgendein Geheimnis, das schon lange zurückliegt, das aber kürzlich wieder an Relevanz gewann.«

»Also doch nicht Zeuge von etwas, was ihm gar nicht bewusst war?«, hakte Bronstein nach. »Doch, vielleicht schon, aber eben anders als wir glauben. Was weiß ich, vielleicht gab es vor langer Zeit ein Ereignis, das alle schon vergessen glaubten und das jetzt wieder aufs Tapet gekommen ist.«

»Geh bitte, Cerny, was soll denn das sein?« Bronstein verhehlte seinen aufkommenden Ärger nicht. »Nehmen wir einmal an, der Pilonka zum Beispiel war irgendwann in finanziellen Nöten und hat sich bei den Hahnenschwanzlern … also bei der Heimwehr«, verbesserte sich Cerny sofort, »verdingt. Du weißt ja, die haben fünf Schilling gezahlt, wenn man bei ihren Aufmärschen dabei war. Und jetzt, jetzt hat er auf einmal Grund zu der Annahme gehabt, der Binder ist hinter dieses Geheimnis gekommen, auch wenn dem gar nicht so war …«

»Ah schon was! Das ist vielleicht degoutant, aber noch lange kein todeswürdiges Verbrechen«, wandte der Oberst ein. »Aber erinnere dich, wie die Arbeiter diesen einen Überläufer behandelt haben!«, rief Cerny seinem Chef den Vorfall vom ersten Tag ins Gedächtnis, »der Pilonka wäre erledigt. Er verlöre seine Arbeit, könnte seine Familie nicht ernähren, fände nirgendwo mehr Rückhalt und wäre, wenn du so willst, verloren.« Cerny sah Bronstein erwartungsvoll an: »So eine Perspektive lässt einen vielleicht doch zu einer solch extremen Handlung greifen.«

»Du meinst, weil er ruiniert gewesen wäre? Ja, da kann man schon auf so eine Idee kommen. Aber sagt dir nicht auch deine eigene Erfahrung als Kieberer, dass zwischen dem Gedanken an eine solche Tat und der tatsächlichen Ausführung derselben Welten liegen? Immerhin hat der Mensch eine natürliche Hemmung, was das Töten anbelangt.«

»Für gewöhnlich ja«, gab Cerny zu, »du darfst aber nicht vergessen, dass der Krieg diese Hemmung bei einer ganzen Generation außer Kraft gesetzt hat. Vielleicht war der Pilonka auch einmal bei der Armee, und wenn du Dutzende Menschen abgeknallt hast, dann kommt es auf einen mehr oder weniger auch nicht mehr an.«

Bronstein kraulte seinen Kinnbart. »Was schlägst du also vor?«

Cerny kratzte sich an der Schläfe. »Bisher haben wir nur Nachschau gehalten, was wir über den Binder haben. Vielleicht sollten wir im Archiv nach Akten über Pilonka, Wewerka, Feingold und so weiter forschen. Vielleicht ergibt sich ja da ein Hinweis.«

»Akten abstauben! Genau das, was ich mir schon die ganze Zeit erträumt habe«, kommentierte Bronstein gallenbitter. Doch da ihm keine bessere Idee einfiel, rief er schließlich nach dem Zahlkellner, beglich die Rechnung und erhob sich dann. »Na, dann marschieren wir einmal ins Verlies.«

Ein Griff zur Zigarettenschachtel erwies sich als sinnlos. Keine einzige »Donau« war darin mehr zu finden. Dafür quoll der Aschenbecher auf der breiten Ablage gleichsam über. Bronstein war selbst überrascht, wie viele Glimmstängel er geraucht hatte, während er mit immer größer werdenden Widerwillen die Aktenstapel durchackerte. Automatisch förderte er seine Taschenuhr zutage und stellte fest, dass es bereits 18 Uhr vorbei war, weshalb draußen wohl schon tiefe Finsternis herrschte, was ihnen hier in diesem Kellerloch naturgemäß entgangen war. »Jetzt weiß ich, warum ich einen Hunger hab'. Hast du gesehen, wie spät es ist?«

Cerny streckte sich. »Ja, aber ich habe mir gedacht, wir machen das hier fertig. Dann haben wir wenigstens so oder so Klarheit.«

»Also ich hab' rein gar nix gefunden«, hielt Bronstein die Fakten fest. »Das Blattl über den Wewerka ist ein Meldezettel, sonst gar nichts. Und beim Feingold schaut's ned anders aus.«

»Der Pilonka ist leider auch Fehlanzeige. Der war zwar im Krieg, aber als Koch. Und als Sozialdemokrat ist er eigentlich nie aktenkundig geworden. Scheint also insgesamt ein eher harmloser Zeitgenosse zu sein. Ich hab' mir dann noch den Stepanek angesehen …«

»Wer, bitte, ist der Stepanek?«

Cerny verdrehte die Augen. »Na der, der neben der Gattinger wohnt. Aber der ist Jahrgang 1878, in dem Alter machst keinen Blödsinn mehr.«

Bronstein blies pfeifend Luft aus. »Also wieder alles für die Würscht! Ich sag' dir's, ich könnt' schreien vor Zorn. Das geht mir alles so etwas von auf die Nerven. Ich glaub', ich brauch jetzt was Ordentliches zum Essen, sonst krieg ich den Gizi.«

Entnervt wünschte er Cerny einen schönen Abend und flüchtete regelrecht aus dem Präsidium. Erst, als er sich der Walfischgasse näherte, spürte er, dass er wieder ein wenig ruhiger wurde. Er steuerte die kleine Gastwirtschaft im Nebenhaus an, wo er sich einen Stefaniebraten servieren ließ, den er mit einer halben Flasche Tokajer hinunterspülte. Letzterer verfehlte nicht die beabsichtigte Wirkung, und leicht benebelt stand ihm der Sinn nach Zerstreuung. Er ging also nur auf einen Sprung in seine Wohnung, wo er überraschend beschwingt die

Garderobe wechselte und sich mit einer neuen Schachtel Zigaretten ausstattete, ehe er mit einem grauenhaft misstönenden »Heut geh ich ins Maxim« wieder dem Haustor zustrebte.

Wieder auf der Straße wandte er sich nach links und legte die wenigen Meter zum »Moulin Rouge« zurück, das sich in den letzten Jahren, wie es hieß, zu einer recht brauchbaren Revue-Bar entwickelt hatte. Zwar kostete eine kleine Erfrischung eine überaus stattliche Summe, doch bestand für den Oberst keinerlei Veranlassung, mit seinem Geld allzu sehr hauszuhalten. Das letzte Hemd hatte bekanntlich keine Taschen, und da war es doch allemal vernünftiger, sich, und sei es auch kostspielig, ein wenig zu amüsieren.

So bestellte sich Bronstein, nachdem ihm ein Einzeltisch gleich neben der Bühne zugewiesen worden war, eine kleine Flasche Sekt, zündete sich vergnügt eine Zigarette an und wartete darauf, dass der kleine, dicke Grünbaum hinter dem Vorhang hervorkommen und seine Spaßettln machen würde. Tatsächlich verging erfreulich wenig Zeit, als Grünbaum auch schon beschwingt auf die Bretter trat und sein »Ich hab das Fräuln Helen baden sehn« zum Besten gab. Der Applaus war kaum verklungen, da sprudelte Grünbaum auch schon vor den verschiedensten Kalauern über, sodass Bronstein sich bald den Bauch vor Lachen hielt. Er fächelte sich frische Luft zu und meinte, Tränen in den Augenwinkeln zu haben.

Diese trockneten aber umgehend, als der Mann am Pianino einen Charleston intonierte. Der freilich war nicht der Grund für Bronsteins jähes Erstarren. Es waren die leicht bekleideten Damen, die zu der forschen Musik merkwürdige Verrenkungen vollführten, von denen sich Bronstein sicher war, dass sie bei ihm umgehend zu gröberen Verletzungen geführt hätten. Sein Blick hing eine ganze Weile an den nackten Schenkeln, ehe er sich auf das Wippen an den weiblichen Rippen konzentrierte. Bronstein registrierte eine nennenswerte Trockenheit in seinem Mund und goss sich eilig Sekt nach. Und als eine der Tänzerinnen das Couplet mit einem formvollendeten Spagat abschloss, sodass Bronstein freie Sicht auf ihre Unterhose hatte, da fürchtete er ernsthaft, sein Kopf glich farblich einem Paradeiser. Eilig wandte er sich ab und orderte eine weitere Flasche Sekt.

Es ging hart an Mitternacht, als ein livrierter Diener Bronstein aus dem Lokal half. Der Oberst hatte schwere Schlagseite und versuchte lallend Worte des Dankes zu äußern. Und obwohl sein Wohnhaus keine 100 Meter entfernt war, schien er völlig die Orientierung verloren zu haben. Er stellte sich an den Straßenrand, wo er erst nach links, dann nach rechts torkelte. Unter Aufbietung all seiner Kräfte hob er den Arm in der Absicht, ein Taxi anzuhalten. Dabei verlor er ein weiteres Mal das Gleichgewicht und musste mitten auf die Straße treten, um nicht umzufallen. Gerade in diesem Augenblick kam mit hoher Geschwindigkeit eine Mietdroschke daher, und ohne Frage wäre es zu einer Kollision gekommen, wenn nicht ein junger Bursche, der die Situation aus nächster Nähe beobachtet hatte, rasch hinzugesprungen und Bronstein zurück auf das Trottoir gezogen hätte.

»Aufpassen, Opa!«, sagte der Jüngling, dem der Schrecken deutlich ins Gesicht geschrieben stand, »so was ist schnell eine Fahrkarte nach Simmering.«

Der Oberst war zu betrunken, um die Anspielung zu verstehen. »Simmering! Immer wieder Simmering«, lallte er und sah seinen Retter mit einem Ausdruck erschütternder Blödigkeit an. Der zeigte sich fassungslos ob des Zustands des Alten. »Es ist besser, wir gehen jetzt heim ins Bett und schlafen unseren Rausch aus, nicht wahr«, erklärte er apodiktisch. »Wo wohnen wir denn?«

Bronstein brauchte eine Weile, um den Sinn der Frage zu erfassen. Unschlüssig wankte er bald in die eine, bald in die andere Richtung, ganz so, als sei die Antwort eine extrem knifflige, die erst eingehendes Nachdenken erfordere. Schließlich bewegten sich seine Mundwinkel langsam nach oben, und der Glanz in seinen Augen bekam etwas Triumphierendes: »Walfischgasse! Walfischgasse Nummer 7«, kam es aus seinem Mund, ganz so, als verkündete er eben die Kür eines neuen Papstes. Dabei grinste er über das ganze Gesicht und machte Anstalten, den jungen Retter zu umarmen.

Der entwand sich ihm und schüttelte den Kopf. »Opa, hörst, das ist ja gleich hinter dir. Dann gemma aber stante pede wieder nach Hause, gell. Weil so, so wirst ned alt!« Um leise hinzuzufügen, »zumindest nimmer älter!«

Tatsächlich gelang es dem Helfer, Bronstein zu seinem Haustor zu bugsieren, wo er dem Oberst den Schlüssel aus der Hand nahm, um das Tor zu öffnen. »Welcher Stock?«, fragte er eine Spur lauter, als es angemessen gewesen wäre.

»Belle Etage«, kam es genießerisch zurück.

»Na Gott sei Dank, wenigstens nur eine Treppe«, bilanzierte der andere. Einige Augenblicke später war schließlich auch die Pforte zur Wohnung geöffnet, der Jüngling schob Bronstein in sein Vorzimmer, wobei er dessen wehleidiges »Ich mag aber noch nicht heim« ignorierte. Er drückte dem Oberst wieder die Schlüssel in die Hand, schickte noch ein »Und sauf ned so viel« hinterher und sah dann zu, dass er wieder seiner Wege ging.

Mittwoch, 18. März 1936

Am nächsten Morgen fühlte sich Bronstein, als sei er von einem Zug überrollt worden. Jeder einzelne Muskel, sämtliche Knochen und alles, was sonst noch zu seinem Leib gehörte, schienen in offener Rebellion. Er bekam kaum die Lider auf, und die Kopfschmerzen waren dazu angetan, ihn vor Qual aufschreien zu lassen. Gleichzeitig verspürte er eine extreme Trockenheit im Mund und empfand darob das dringende Bedürfnis, eilig etwas zu trinken. Doch dazu wäre es nötig gewesen, sich aus der Bettstatt zu erheben. Und dies war nun eine Unternehmung, die alles andere als leicht ins Werk zu setzen war. Mühsam rollte sich der Oberst auf die Seite und brauchte dann mehrere Anläufe, um wenigstens in eine Art sitzende Position zu kommen, wobei er sogleich dagegen ankämpfen musste, nicht sofort wieder nach hinten auf das Bett zurückzusinken. Er umfasste den Kopf mit beiden Händen, und seinem Mund entrang sich ein lautes, trostloses Stöhnen.

»Bronstein, Bronstein«, sagte er sich schließlich, »jetzt reiß dich gefälligst zusammen!« Und als ob dieser eine Satz die Lage grundsätzlich geändert hätte, gelang es ihm nun tatsächlich, sich zu erheben. Mit unsicheren Schritten begab er sich in die Küche, wo er ein Glas zweimal hintereinander mit Wasser füllte, das er sich umgehend einverleibte, um sodann langsam in Richtung der Toilette zu wanken.

Eine gute halbe Stunde später hatte er sich halbwegs wieder ins Reich der Lebenden zurückgeholt. Er saß an seinem Küchentisch, trank in kleinen Schlucken einen Espresso und rauchte langsam und versonnen eine »Donau«. Den

Kopf hatte er in die Innenseite der linken Hand gestützt, und seine bleierne Müdigkeit verhinderte hochfliegende Gedanken.

»Bronstein, so geht das nicht weiter.« Wieder sprach er mit sich selbst. »Du brauchst endlich eine Frau!« Und nach einem kurzen Moment, in dem ihm die Absurdität dieses Gedankens selbst bewusst wurde, »oder wenigstens irgendeinen Sinn in deinem Leben, der dir dabei hilft, es mit dem jeweils nächsten Tag aufzunehmen.«

Mit einem Ausdruck schier grenzenloser Trauer, die freilich weitaus ihm selbst als dem Anblick vor ihm galt, besah er sich die Reste seines Frühstücks. Ein leeres Kaffeehäferl, ein halb volles Wasserglas und ein Aschenbecher mit drei ausgedämpften Zigarettenresten darin. Mit Jelka an seiner Seite würde er jetzt wohl Semmelbrösel, Marmeladeflecken und Butterspuren konstatieren, sagte er sich und bat inständig darum, dass seine Augen wegen einer verbliebenen Rauchschwade tränten. Und so sehr er sich dagegen anstemmte, so hartnäckig er sich auch abmühte, den folgenden Gedanken aus seinem Kopf fernzuhalten, so nahm er dennoch immer übermächtiger in ihm Gestalt an: »Bronstein, du bist eine lächerliche Existenz.«

Es überraschte ihn wohl selbst, dass er plötzlich mit der Faust auf den Tisch schlug. »Bronstein! Du versinkst nicht in diesem Sumpf der Verzweiflung. Du ziehst dich da an deinem eigenen Haarschopf wieder heraus, verdammt noch einmal.« Um gleich darauf wieder in düsteres Brüten zu versinken.

Und so wäre es wohl noch eine gute Weile geblieben, wenn nicht ganz plötzlich das Telefon geläutet hätte. Bronstein schreckte hoch und warf einen schnellen Blick auf die Küchenuhr. War sein Fehlen im Gericht aufgefallen? Wollte das Präsidium etwas von ihm? Oder, schlimmer noch, hatte er sich am Vorabend so gehen lassen, dass nun eine Beschwerde vorgebracht wurde? Da das Läuten nicht und nicht enden wollte, wuchtete sich Bronstein endlich hoch und schlurfte in schwerfälliger Trägheit zum Apparat.

Es erwies sich als sein Glück, dass er am ersten Prozesstag mit Busta zu Mittag gegessen hatte. Diesem war aufgefallen, dass Bronstein die Nachmittagssitzung des Dienstags geschwänzt hatte, und teilte ihm daher mit, dass die nächste Sitzung erst für den Nachmittag des Mittwoch angesetzt war. Der Oberst nahm diese Nachricht dankbar zur Kenntnis. Er konnte noch ein Weilchen weiterschlafen.

Und so kam er leidlich ausgeruht am frühen Nachmittag ins Gericht, wo er neben Busta zu sitzen kam. »Was steht denn heute an?«, fragte er leichthin.

»Die Zeugen werden befragt. Das sind aber nur zwei, darum hat der Osio g'meint, der Nachmittag reicht.«

»Nur zwei Zeugen?« Bronstein war ehrlich erstaunt. »Die Suppe ist ja noch dünner, als ich bislang geglaubt hab'.«

Busta teilte seine Ansicht. »Ja, denn das sind nur der Haslinger und der Berger.«

»Willst mich rollen? Die Staatsanwaltschaft baut ihre gesamte Anklage auf die zwei Vernehmungsbeamten auf? Na servas, so was tät' ich mich im Leben nie trauen.«

Busta sah sich verstohlen um, dann beugte er sich leicht in Bronsteins Richtung und dämpfte seine Stimme bis an den Rand der Hörbarkeit. »Du, die sind jetzt schon petschiert Ende nie. Es heißt, die ausländischen Zeitungen zerreißen uns wegen der Sache da in der Luft. Angeblich soll sich der Osio schon beim Winterstein persönlich beschwert haben, dass man ihn da reingeritten hat. Der Kanzler hat extrich intervenieren müssen, dass der Osio nicht alles hinschmeißt.«

»Das wundert mich nicht. Er …« Weiter kam Bronstein nicht, da das Präsidium den Saal betrat und gleich darauf die Sitzung wieder aufnahm. Als Erster trat Kriminalrat Haslinger in den Zeugenstand und wurde von einem der Verteidiger gefragt, ob es erlaubt sei, einem Beschuldigten mit dem Hinweis, ein anderer Verdächtiger habe bereits alles gestanden, ein Geständnis zu entlocken, auch wenn dies nicht den Tatsachen entspreche. Bronstein schluckte. Zu dieser fraglos unerlaubten Methode hatte er mitunter auch gegriffen. Er konnte sich nur damit rechtfertigen, sie stets nur zu einem guten Zweck eingesetzt zu haben, doch wohl fühlte er sich nicht dabei.

Wie auch der Haslinger nicht, der sich wand wie der sprichwörtliche Aal. Von Anfang an von den Verteidigern in die Enge getrieben, kam aus seinem Munde ein stereotypes »Ich kann mich nicht erinnern«, was einen überaus erbärmlichen Eindruck machte.

Dieser wurde jedoch alsbald durch den Auftritt Bergers in den Schatten gestellt, der erklärte, es sei nicht so tragisch, wenn ein Protokoll nicht vom Vernommenen unterzeichnet worden sei. An dieser Stelle schnappte sogar Busta nach Luft. Wäre so etwas tatsächlich nicht so tragisch, dann konnte die Polizei ab sofort die reinsten Fantasiegeständnisse zu Papier bringen. Selbst Osio blieb ob dieser Unverfrorenheit schlicht der Mund offen. Anscheinend merkte nun auch Berger selbst seinen Fehler und flüchtete gleich Haslinger in eine Art General-Vergesslichkeit. Doch da platzte Osio der Kragen, und er ließ es zu, dass Bergers Auslassungen in den Akten verlesen wurden. Berger wurde in seinem Sessel immer kleiner, und Bronstein fand, der selbstherrliche Staatspolizist wirkte mit einem Mal wie ein Kleinganove von jener Art, die er oder Cerny zum Frühstück verspeisten. Vorne am Präsidium gab sich der Vorsitzende keine Mühe mehr, seinen Zorn zu verbergen. Ohne seine Beisitzer zu konsultieren, vertagte er die Sitzung auf den folgenden Tag und stürmte förmlich aus dem Saal. Bronstein aber ließ das eben Erlebte noch ein kleines Weilchen in sich nachwirken, ehe er ebenfalls in Richtung Ausgang strebte.

Kurz überlegte er, ob er sich noch einmal ins Präsidium begeben sollte, doch kam er zu dem Schluss, dort würde letztlich nur Ungemach auf ihn warten, das es nach Tunlichkeit zu vermeiden galt. Vor allem, so gestand er sich ein, würde er dort nur noch mehr über den vertrackten Fall Binder nachdenken, was seine ohnehin schon gedämpfte Stimmung nur noch düsterer werden lassen würde. Er schlenderte daher langsam zum Schottentor, wo er sich in ein Kaffeehaus setzte, um eine Schale Gold zu bestellen. Während er auf diese wartete, überlegte er, wann er zuletzt in einer Kriminalsache hatte kapitulieren müssen. Ihm fiel tatsächlich keine einzige Causa ein. Nun war es natürlich nicht so, dass er eine geniale Spürnase war, die immer alles gelöst hätte, doch in der Regel waren die Gewalttaten in Wien eine recht einfache Übung für die Exekutive.

Ein Außenstehender, so sagte er sich, würde es kaum für möglich halten, wie viele Kapitalverbrechen sich quasi von selbst aufklärten, weil der Mörder sich voller Reue selbst stellte. Bei anderen Gelegenheiten waren die Täter so stümperhaft vorgegangen, dass es keinerlei Mühe kostete, sie zu überführen. Und es war tatsächlich etwas Wahres dran, an dem, was der alte Nechyba immer gesagt hatte: einen Mord klärte man entweder innerhalb der ersten 24 Stunden oder aber nie auf. Hie und da war freilich noch Kommissar Zufall behilflich, dann mochte ein Fall auch später noch gelöst werden können, doch in der Sache Hans Binder hatte er da seine berechtigten Zweifel. Binder war nun seit über einer Woche tot, und mit jeder Stunde, die verging, wurde es unwahrscheinlicher, dass es ihnen noch gelingen würde, Licht in die Angelegenheit zu bringen.

Ob er sich noch einmal mit den Pilonkas, Wewerkas, Kapfingers befassen sollte? Konnte es wirklich etwas geben, das sie bislang übersehen hatten? In Bronstein stieg ein dumpfer Zorn auf. Er war einfach zu alt für seinen Beruf geworden. Zu alt für diese gesamte Zeit, dachte er sich unmittelbar danach. Das war einfach nicht mehr seine Welt, er fand sich nicht mehr zurecht in dieser Gegenwart. Seine Eltern hatten ihm ein klares Empfinden dafür anerzogen, was Recht war und was Unrecht. Er war mit Begriffen wie Ehrlichkeit, Gerechtigkeit und Wahrheitsliebe groß geworden. Alle diese Werte schienen nun nicht mehr zu gelten. Seit er denken konnte, hatten die Sozialdemokraten im Parlament gesessen. Sicher, man hätte niemals einen von denen zu sich nach Hause eingeladen, aber man akzeptierte sie, so wie man eben auch Konservative, Liberale und Nationale respektierte. Die Monarchie, sicher nicht ein Hort der Freiheit und der Liberalität, hatte ihnen ihre Zeitungen, ihre Versammlungen und ihre Ämter belassen, und es hatte sich rasch gezeigt, dass die Herren Renner,

Bauer, Adler und Konsorten bei Weitem nicht so finstere Gesellen waren, wie so mancher Fabrikant geglaubt haben mochte. Und man musste keineswegs selbst ein Roter sein, um anzuerkennen, dass sich Reumann und Seitz um die alte Wienerstadt in vielfacher Hinsicht verdient gemacht hatten. Selbst er, der Oberst Bronstein vom Mord, frequentierte immer wieder Einrichtungen, die von den Sozis geschaffen worden waren. Und was genau hatten die Vaterländischen dem Land gebracht? Da konnte er noch so lange nachsinnen, ihm würde nichts einfallen.

Doch das war eben der Zug der Zeit. Es lag noch keine 20 Jahre zurück, da waren die Menschen überall in Europa der Gängelung, der hohlen Phrasen und des Kriegsgerassels umfassend überdrüssig. Wer hätte anno 1920 gedacht, dass eineinhalb Jahrzehnte später genau dieselben dummen Reden geführt wurden, die 1914 in die Katastrophe geführt hatten? Warum wurden die Menschen nicht aus Erfahrung klüger? Oder, genauer gefragt, warum ließen sich die Klugen andauernd von den Dummen ins Eck treiben? Weil es hieß, der Klügere gibt nach?

Während er einen weiteren Kaffee bestellte, dachte er zurück an die Diskussionen, die sie im Präsidium vor zehn Jahren geführt hatten. Damals waren die Polen aus dem demokratischen Konsens in Europa ausgeschert und hatten ein autoritäres Regime etabliert. Das war achselzuckend zur Kenntnis genommen worden, weil es ja in Ungarn und vor allem in Italien nicht anders aussah. Drei Jahre später hatte der König von Jugoslawien eine Diktatur errichtet, und heute, heute war man als Demokrat auf dem Kontinent bereits so etwas wie ein Exot. Die Demokratie, so verkündeten die Politiker aller Orten, könne die enormen Probleme, vor denen man stehe, nicht lösen. Es brauche eine starke Hand, die Ordnung schaffe. Der Worte seien genug gewechselt, Taten seien gefragt. Und wohin genau sollte das führen? Ging es den Polen, den Ungarn oder den Italienern nun vielleicht besser? Nein! Es durfte nur nicht mehr offen thematisiert werden, das war der einzige Unterschied. Bronstein erinnerte sich seiner Jugend, daran, dass er in jungen Jahren Abenteuerromane verschlungen hatte, die von Leuten handelten, die irgendwo an fernen Gestaden Meister ihres eigenen Schicksals waren. Vielleicht sollte er einfach alles hinschmeißen und auswandern. So wie dieser seinerzeitige Landwirtschaftsminister, dieser Andreas Thaler, der vor drei Jahren einfach mit einigen Bauernfamilien in den brasilianischen Urwald gefahren war, um dort ein völlig neues Leben aufzubauen. Angeblich florierte die Siedlung sogar, wenngleich auf einem Niveau, das er, Bronstein, keine Woche aushalten würde. Aber für einen Tiroler Bergfex waren die Annehmlichkeiten wie Strom, Badewanne oder Kaffeehaus ohnehin jenseits seiner Vorstellungswelt, dachte der Oberst mit einem leichten Schmunzeln auf seinen Lippen.

»So, Bronstein, jetzt reiß dich mal wieder zusammen! Wenn du weiter so grübelst, dann fällt dir vielleicht noch ein, dass du ein alter Hagestolz bist, der es in seinem Leben zu keiner Familie mehr bringen wird, der einsam und allein seine Seele aushauchen und dann ohne irgendeine Anteilnahme eingegraben werden wird.« Zwar hatte Nechyba immer gemeint, ein guter Kieberer habe keine Freunde, aber es war dann vermutlich besser, kein guter Polizist zu sein, dafür aber nicht gar so allein sein zu müssen. Die

Vorstellung, ein weiteres Mal in irgendein Gasthaus zu gehen, um dort ganz für sich ein Abendmahl einzunehmen, hatte etwas Erschreckendes. Kurz durchzuckte den Oberst die Idee, er könnte sich unter dem Vorwand, den Fall noch einmal zu besprechen, selbst bei Cerny einladen. Doch sofort war ihm bewusst, wie töricht diese Überlegung war. Also blieb ihm weiter nichts übrig, als einen weiteren einsamen Abend zu überstehen.

Viel zu früh für seinen Geschmack hatte er sich zu Bett begeben. Daher war er naturgemäß nicht müde genug, um zügig einzuschlafen. Und je länger er sich wach von einer Seite auf die andere wälzte, desto eindringlicher bahnten sich die ewig gleichen Grübeleien wieder ihre Bahn in sein Gehirn. Es konnte doch unmöglich alles im Leben sein, kam es ihm in den Sinn, in der Früh aufzustehen, den ganzen Tag über mehr oder weniger erfolglos Verbrecher zu jagen, dann einsam zu essen und anschließend allein ins Bett zu gehen. Das war so unendlich trostlos, da musste es ganz einfach eine Alternative dazu geben.

Als er lange nach Mitternacht immer noch Löcher in die Finsternis starrte, kletterte er leise fluchend wieder aus dem Bett. Er nahm sich noch eine »Donau« und ging in die Küche, wo er seine Sparbücher aus der blechernen Keksdose holte. Penibel zählte er die Beträge zusammen, die dort eingetragen waren. Wenn er sehr bescheiden lebte und sich wo niederließ, wo ein niedriges Preisniveau herrschte, dann mochte er mit seinem Geld fünf bis sieben Jahre ganz gut über die Runden kommen. Aber wollte er mit 60 schon abtreten? Vor allem, was wenn er krank wurde und so unerwartete Kosten entstanden? Und wohin sollte er überhaupt gehen?

Früher hätte er diese Frage mit Leichtigkeit beantworten können. Egal, ob Triest oder Abbazia, ob Pula oder Zara, überall war es schön, überall sprach man Deutsch, und überall wehte Österreichs Fahne. Jetzt war das alles Ausland, und nirgendwo legte man auf Österreicher sonderlichen Wert. Vielleicht Menton? Wenn man sich dort als Antifaschist deklarierte, war man dort wohlgelitten. Allerdings könnte er dort mit seinen Ersparnissen maximal drei bis vier Jahre durchhalten. Er packte die Kontobücher zurück an ihren Platz, rauchte sich eine weitere Zigarette an und fand, ein Schnaps als Schlafmittel konnte nicht schaden. Mit dem Glas in der Hand begab er sich zurück in sein Schlafzimmer, wobei sein Blick auf das Buch über Galizien fiel, das er am Wochenende zuvor gelesen hatte. Wie es dort jetzt wohl aussehen mochte? Polen war, den Gerüchten zufolge, recht billig. Aber dort würde man sich dann wieder an seinem Namen Bronstein stoßen oder zumindest daran, als Österreicher einstiger Unterdrücker zu sein. Maler müsste man sein, seufzte er innerlich, dann konnte man einfach in die Südsee abdampfen wie dieser Gauguin und dort nackte Schönheiten malen. Er aber tat sich schon mit Tatort-Skizzen schwer, also war es mit Palmen, Sonne und Rum Essig.

Er stellte seinen Wecker neu, da er davon ausging, keineswegs von selbst zur rechten Zeit aufzuwachen, und legte sich dann doch wieder hin. Wenn ich auch nicht einschlafe, sagte er sich, so ruhe ich dennoch ein wenig. Und das braucht es auch, denn sonst holt mich Morpheus morgen im Schwurgerichtssaal, und das wäre eine nicht auszudenkende Peinlichkeit. Er verschränkte die

Hände hinter seinem Kopf und starrte von Neuem an die Decke. Tatsächlich gelang es ihm, einen Gedanken nach dem anderen auszublenden, solange, bis ihm sein Geist endlich gestattete, Ruhe und damit eben auch Schlaf zu finden.

Donnerstag, 19. März 1936

Das Einzige, das Bronstein noch dabei half, seine dienstliche Weisung nach Anwesenheit im Sozialistenprozess zu erfüllen, war die Tatsache, dass nur noch ein einziger Zeuge, ein Polizeispitzel, und die Schlussplädoyers ausständig waren. Allgemein wurde damit gerechnet, dass die Richter am Freitag, rechtzeitig vor dem Wochenende also, das Urteil verkünden würden. Spätestens dann konnte sich Bronstein endlich wieder seinen eigentlichen Aufgaben widmen.

Das Wissen, jemand sei ein Spitzel, lässt die betreffende Person von Beginn an in einem ungünstigen Licht erscheinen. Doch der »Zeuge Stöckl«, der da am Morgen hereingeführt wurde, wirkte auch optisch derart abstoßend, dass Bronstein fand, der Mann hatte seinen Beruf verfehlt. Er hätte in jedem Film den Bösewicht spielen können, denn allein mit seiner Erscheinung wirkte er als Finsterling absolut überzeugend. Klein, dick, eine niedere Stirn, ein verschlagener Blick. So stellte sich Bronstein einen Kinderschänder oder einen Frauenmörder vor. Und nach den ersten Sätzen Stöckls wusste der Oberst, Intelligenzbestie war der Mann keine.

Unumwunden gab Stöckl nämlich zu, die anderen nur verpfiffen zu haben, weil er sich dadurch eine Verbesserung seiner eigenen Lage erhofft habe. Hinsichtlich seiner früheren Aussagen verhedderte sich Stöckl rettungslos in Widersprüche, schien er sich doch nicht gemerkt zu haben, welche Behauptungen er an früherer Stelle aufgestellt hatte. Schließlich hatte Vorsitzender Osio genug von diesem Trauerspiel und fragte Stöckl auf den Kopf zu, welche politische Überzeugung er habe. »Gar keine«, kam es postwendend. Und nachdem er damit primär hämisches Gelächter erntete, setzte er hinzu: »Bin ich halt vaterländisch.«

Bronstein hatte beinahe schon Mitleid mit der Staatsanwaltschaft. Er konnte sich aus seiner langjährigen Praxis an keinen Fall erinnern, der so dramatisch aus dem Ruder gelaufen wäre. Jeder Staatsanwalt mit einem kleinen Rest an Standesehre hätte spätestens an dieser Stelle aufstehen und die Anklage zurückziehen müssen. Doch mit der Ehre war es so eine Sache in Zeiten wie diesen.

Seine Aufmerksamkeit begann abzuschweifen. In der Reihe vor ihm erkannte er zwei altgediente Staatspolizisten, die ihm zuvor noch nicht aufgefallen waren. Wahrscheinlich hatten sie sich an den Tagen zuvor jeweils in einer anderen Reihe platziert. Sie schienen in ein Gespräch vertieft zu sein und schenkten dem Geschehen vorne an der Richterschranke sichtlich keinerlei Beachtung.

»Ich versteh' ja gar nicht, warum wir die eingekastelt haben«, begann der eine eben, »und sie jetzt auch noch vor Gericht stellen. Damit blamieren wir uns doch nur. Es gäbe viel elegantere Möglichkeiten ...« Dabei erkannte Bronstein, wie der Mann eine vielsagende Miene präsentierte. Der andere aber, den Bronstein nur von der Seite sah, begehrte nun offenbar zu wissen, worin diese Möglichkeiten denn bestehen konnten. »Schau«, flüsterte wieder der Erste, gerade so laut, dass Bronstein es noch hören konnte, »wir haben zwei Gruppen von entschlossenen Gegnern. Die Sozis auf der einen, die Nazis auf der anderen Seite. Beide hassen uns von ganzem Herzen. Es gibt für die überhaupt nur eine Gruppe, die sie noch mehr hassen als uns.«

Bronstein vermochte nicht zu sagen, ob der Kollege nun nur eine rhetorische Pause gemacht oder wirklich darauf gewartet hatte, dass der andere ihm das gewünschte Stichwort gab. »Die Sozis hassen von allen die Nazis am meisten und umgekehrt. Warum also da gegen die einschreiten? Sollen die sich doch gegenseitig an die Gurgel gehen, dann haben wir unsere heilige Ruhe.«

Bronstein war in seiner langen Dienstzeit fraglos viel Zynismus im Korps untergekommen, und doch meinte er, dass dieser in der jüngeren Vergangenheit überhandgenommen hatte. Doch war dies wohl kein Wunder. Nur noch unverbesserliche Optimisten und Tagträumer machten Pläne für die Zukunft, alle anderen bauten ihre Hoffnungen allein darauf, dass der Weltuntergang einfach noch so lange auf sich warten ließ, bis sie selbst ihr Leben gelebt hatten. Hinter uns die Sintflut, lautete das Motto allerorten, und wenn er ehrlich war, dann gestand sich der Oberst ein, dass er selbst auch nicht anders dachte, selbst wenn ihm das Wasser beinahe schon bis zum Hals stand.

Vorne am Präsidium vertagte Osio die Sitzung auf den folgenden Tag, wobei er erklärend hinzufügte, dass nunmehr Anklage und Verteidigung Gelegenheit zu ihren Plädoyers gegeben werde, ehe sich das Gericht zur Beratung zurückziehen werde. Mit etwas Glück würde der Prozess also schon in wenigen Stunden beendet sein, sagte er sich, während er das Gebäude wieder verließ. Er verspürte keine sonderliche Lust, noch einmal ins Präsidium zu gehen, und so begab er sich ohne weiteren Umweg nach Hause, wo er sich mit einem guten Buch und einer Flasche leichten Landweins einen schönen Abend zu machen gedachte. Unterwegs erwarb er noch ein wenig Hartwurst und ein halbes Brot, was ihm als ausreichend für das Abendmahl erschien.

Freitag, 20. März 1936

Mit einer gewissen Erleichterung rief sich Bronstein am Morgen die Tatsache ins Gedächtnis, dass der unselige Prozess an sein Ende gekommen war. Anklage und Verteidigung würden ihre Resümees präsentieren, dann war die ganze Angelegenheit, zumindest für ihn, erledigt. Danach war er frei, und zwar nicht nur für das Wochenende.

Der Staatsanwalt hatte wahrlich keine guten Karten, und ihm war deutlich anzusehen, wie ungern er sich seiner Aufgabe entledigte. Da war kein Feuer erkennbar, keine innere Überzeugung, kein unbändiger Wille, vor dem Gericht den Sieg davonzutragen. Dennoch kam es selbst für den Oberst überraschend, wie kurz der Mann sich fasste. Als Bronstein sich eben überlegte, ob er sich einmal kurz aus dem Saal stehlen sollte, war schon Heinrich Steinitz, der Verteidiger, am Wort.

Der schien Bronsteins Gedanken vom Mittwoch gelesen zu haben, denn er begann damit festzuhalten, dass sich die Gesinnung der Angeklagten nie geändert habe, sondern lediglich die Verhältnisse, unter denen sie ihre Gesinnung lebten. Und er wies darauf hin, dass die Aussagen der Angeklagten sich in nichts vom Hainfelder Programm anno 1889 unterschieden. »Es ist weder der kaiserlichen Regierung des alten Österreich noch den Regierungen der Republik eingefallen, diese Betätigung als Hochverrat anzuklagen.« Bronstein ertappte sich dabei, wie er nickte. Der Mann dachte so wie er.

Das Tun der Angeklagten sei in ganz Europa kein Hochverrat, und daran ändere auch der Versuch nichts, ein weiteres Mal die österreichischen Gefängnisse zu füllen. Und

Steinitz schloss mit einer Warnung an die Regierung, dass über Europa Ereignisse hereinbrechen könnten, die das ganze Ergebnis dieses Prozesses über den Haufen werfen könnten. Beinahe war Bronstein an dieser Stelle geneigt gewesen, »Richtet nicht, auf dass Ihr nicht gerichtet werdet« in den Saal zu rufen, doch zu seinem Glück besann er sich rechtzeitig eines Besseren.

Die Regierung, so fuhr die Verteidigung indessen fort, habe den Menschen ihren gesamten Lebensinhalt geraubt. Dabei sollte man den Sozialdemokraten dankbar dafür sein, dass sie die Arbeiterschaft erzogen und auf ein beachtliches geistiges Niveau gehoben habe.

Genau das fuchst die da oben ja so, dachte Bronstein. Jahrhundertelang beruhte die Herrschaft der Mächtigen nur darauf, dass das Volk dumm genug war, sie als gottgegeben zu akzeptieren. All das war in den letzten Jahrzehnten ins Wanken geraten, und daher sehnten sich die Befürworter des Ständestaates in genau die Zeit zurück, wo der Herr Herr und der Knecht Knecht war. Darum ging es in dieser Auseinandersetzung in Wirklichkeit. Nur darum.

»Der Angeklagte Weißmann ist, wie ich auf meiner Uhr feststellte, im Ganzen 1 Minute 45 Sekunden vernommen worden – und das nach 14-monatiger Untersuchungshaft und bei einer Anklage wegen eines Verbrechens, auf das zehn bis 20 Jahre Kerker stehen«, bemängelte der Verteidiger inzwischen und redete sich offenkundig in Furor: »Österreich ist eine Diktatur, das ist ein eindeutiger Begriff wie etwa der Begriff des rechten Winkels in der Geometrie. Natürlich kann sich ein Winkelverein bilden von Leuten, die behaupten, dass ein rechter Winkel nur 80 Grad hat, und man kann mich sogar dazu zwingen, diesem Verein beizutreten. Aber an der Geometrie ändert das gar nichts.«

Bronstein fragte sich, ob der Verteidiger diese Worte auch ausgesprochen hätte, wenn keine internationalen Gäste zugegen gewesen wären, doch der Mann setzte noch eins drauf: »Eine geistige Strömung, die im Kulturkreis der ganzen Welt existiert, soll durch eine Hochverratsklage niedergehalten werden. Aber auch das wird vorübergehen, wie alle anderen derartigen Versuche gescheitert sind. Es wird nicht lange dauern, bis diese Strömung wieder erlaubt und anerkannt ist.«

Angesichts der Weltlage eine durchaus mutige Ansage, kam es dem Oberst in den Sinn. Zwar waren die Sozialdemokraten noch vor wenigen Jahren in zahlreichen Ländern an der Regierung gewesen, doch mittlerweile galt das nur noch für einige versprengte Nationen ohne sonderliche politische Bedeutung. In Frankreich und in England befanden sie sich in Opposition, in Amerika waren sie schlicht inexistent, und in Mitteleuropa wurden sie praktisch überall verfolgt. Das politische Pendel schwang nach rechts, und das würde es wohl auch noch eine ganze Weile tun, von einem »nicht lange« zu sprechen, war da wohl eher kühn.

Dass die Vertreter der Arbeiterschaft auf der Anklagebank säßen, bedeute lediglich, dass das System nicht in Ordnung ist, lautete das Resümee des Verteidigers. »Politische Prozesse sind keine Angelegenheit eines Tages, sie sind eine Sache, die vor dem Gericht der Geschichte bestehen muss. Und die Geschichte endet nicht mit dem Jahre 1936.«

Mit sichtlicher Zufriedenheit über seinen Vortrag schickte sich der Anwalt an, sich wieder zu setzen, als zwei Reihen vor Bronstein eine Frau aufsprang und »Freiheit« rief. Entsetzt registrierte Bronstein, dass es sich um die Maly handelte, die sich irgendwie Zugang zum Prozess verschafft haben musste. Ihr Ruf war kaum verklungen, als sie auch schon von zwei Uniformierten gepackt wurde. Der eine drehte ihr die Hände auf den Rücken, der andere fixierte ihr Genick und drückte ihr so den Kopf nach unten. Noch ehe sie ein weiteres Wort aussprechen konnte, zerrte die Wache sie aus dem Saal. Bronstein erhob sich so unauffällig wie möglich und hastete ebenfalls vor die Tür. Am Gang sah er, wie einer der Männer die Maly grob zu Boden warf, während ihr der andere in die Seite trat.

»Meine Herren, das geht aber auch anders!« Bronstein hatte versucht, gebietend zu klingen, doch es hörte sich, wie er zugeben musste, eher flehentlich an.

»Gusch, Jud!«, kam es postwendend von einem der Polizisten. Bronstein wurde puterrot und kam ganz nahe an die beiden, die immer noch damit beschäftigt waren, die Maly zu quälen, heran.

»Ich muss doch sehr bitten«, sagte er nun schon in einem etwas herrischeren Ton, den er durch Vorzeigen seiner Kokarde unterstrich, »ich bin Polizeioberst David Bronstein, und ich verlan…«

Der Uniformierte sah ihn kurz hasserfüllt an: »Ich weiß, wer du bist. Und drum sag ich auch: halt die Goschen, du Jud!«

Bronstein war sprachlos. Mit verdatterter Miene stand er da und wusste einfach nicht, wie er auf diesen Affront reagieren sollte. »Das wird ein Nachspiel haben«, meinte er endlich, »ich werde mich über Ihr Verhalten beschweren.«

»Ja, tu das«, entgegnete nun der zweite Wachmann, »beim Salzamt, depperter Trottel.«

Die zweite Beleidigung war genau eine zu viel. Wie in Trance sah Bronstein, wie er ausholte und dem Mann eine schallende Ohrfeige verabreichte. Der torkelte überrascht zurück und musste mit den Armen herumrudern, um nicht das Gleichgewicht zu verlieren. Der zweite Polizist kam ihm sogleich zu Hilfe, und dieser kurze Moment reichte der Maly, um sich aufzurappeln und über die Stiegen hinab Richtung Ausgang zu flüchten. Das entging dem Duo nicht, und sie wollten die Wachhabenden unten am Ausgang durch Zuruf dazu bringen, die Maly aufzuhalten. Bronstein aber setzte nach und gab nun dem zweiten einen kräftigen Stoß, durch den beide Uniformierte auf dem Boden landeten. Bronstein sah gerade noch, wie die Maly durch das Tor ins Freie entschwand, während er schon wieder zurück in den Saal hetzte, da er sich nur dort vor der unausweichlichen Rache der Nazi-Polizisten sicher wähnte.

Dort hörte er gerade noch, wie Vorsitzender Osio mit dem Hinweis, das Urteil werde am folgenden Dienstag verkündet, die Sitzung schloss. Und Bronstein begann unweigerlich zu transpirieren. Hektisch sah er sich im Publikum um und war überaus dankbar, in einer der vorderen Reihen Busta zu erkennen. Sofort stürzte er auf diesen zu und gab sich erfreut, diesen wiederzusehen, eine Haltung, die in diesem Augenblick gar nicht so weit von der Wahrheit entfernt war. Scheinbar vertraut wandte er sich mit diesem zum Gehen, wobei er wortreich erklärte, keine Einwände dagegen zu haben, dass sich Bustas Kollege Gartlinger ihnen anschloss. So strebten sie zu dritt dem Ausgang zu, und Bronstein war sich sicher, dass die anderen beiden von den zwei Polizisten, die sie hasserfüllt anstarrten, nicht einmal ansatzweise Notiz nahmen. Bronstein aber konnte es sich nicht verkneifen, diesen, als er definitiv außerhalb ihrer Reichweite war, wie ein kleiner Knabe die Zunge zu zeigen.

Wieder im Freien begab er sich ohne Umschweife ins Präsidium, wo er aber entgegen seiner Erwartung Cerny nicht antraf. Routinemäßig warf er einen Blick auf seinen Schreibtisch, registrierte mit Erleichterung, dass sich dort keine neuen Schriftstücke fanden, und sah dann zu, dass er nach Hause kam, ehe noch irgendjemand auf die Idee kommen konnte, ihm noch eine Arbeit umzuhängen.

Zu Hause allerdings verfiel er rascher, als es einem lieb sein konnte, aufs Neue dieser lähmenden Melancholie, die ihn schon die ganze Woche über immer wieder angerührt hatte. Vor ihm lag ein ganzes Wochenende, für jeden normalen Menschen ein Grund zur Freude, doch er saß nur da und fragte sich, wie er die viele Zeit totschlagen konnte. Verzweifelt ging er in Gedanken die Verzeichnisse all jener Menschen durch, die er kannte, doch es war nicht eine einzige Person darunter, die er danach hätte fragen können, ob sie bereit wäre, mit ihm etwas zu unternehmen.

Er musste sich also unausweichlicherweise mit sich selbst beschäftigen. Was konnte er tun? Er konnte zum Zentralfriedhof fahren und dort probeliegen. Doch jetzt im Winter war dort sicherlich noch alles gefroren und er käme nicht einmal rein in eine Grube. Er konnte aber auch gleich auf den Dachboden hinaufsteigen und sich dort aufhängen. Aber nein, bei seiner Statur riss sicher der Strick, und dann lag er zwei Wochen im Spital, weil er sich durch den Fall den Knöchel brach. Ob er stattdessen den Kopf in den Gasherd legte? Auch keine so gute Idee. Ihm taten doch immer die Knie so weh, und wenn er da mit seinen angeschlagenen Gelenken am Boden herumturnte, dann war das zu schmerzhaft, um es lange genug in der erforderlichen Position auszuhalten. Erschießen? Dazu müsste er sich freilich erst einmal erinnern, wo er seine Dienstwaffe überhaupt deponiert hatte. Und seine Zugehfrau würde ihn noch über den Tod hinaus verfluchen, weil er ihr bei seinem Abgang einen derartigen Saustall hinterlassen hatte. Womit auch das Aufschneiden der Pulsadern ausschied. Nach einem unendlich langen Seufzer griff er schließlich zur Zeitung. Vielleicht gab es ja in der Nähe irgendeinen Kinofilm, den man sich ansehen konnte. Wenigstens zwei Stunden ließen sich damit erfolgreich überstehen. Auf Seite 13 wurde er fündig. Dort wurde der neue Film mit Jean Gabin, »La Bandera«, beworben. Ein pittoreskes Abenteuer voll orientalischen Zaubers. Gabin spielt darin einen Ganoven, der, nachdem er einen Mord begangen hat, unter die Fahnen der Fremdenlegion flüchtet. Die Geheimpolizei ist ihm aber auch dort in Person eines Mannes namens Lucas auf den Fersen. Zudem verlieben sich beide in die geheimnisvolle Aisha. Bronstein zückte seine Uhr, schnappte Portemonnaie und Zigaretten und war auch schon auf dem Weg zu den Lichtspielen.

Ihn fröstelte ein wenig, als er aus dem Kinosaal wieder ins Freie trat. Die kalte Wiener Abendluft kontrastierte auf äußerst unangenehme Weise mit den heißen Wüstenwinden, in denen Gabin eben noch zum Helden gereift war. Aber wenigstens konnte Bronstein sich sicher sein, dass sich gegenüber keine Rif-Kabylen verschanzt hatten, die ihre langen Arabergewehre schon auf ihn anlegten.

Mehr noch als Gabins eiserne Nerven hatte ihn die schöne Aisha beeindruckt, und er bedauerte aufrichtig, sich den Namen der Schauspielerin nicht gemerkt zu haben. Von so einer Frau konnte man eigentlich nur träumen, im wirklichen Leben traf man derartige Wesen nicht, kam es ihm in den Sinn. Doch sogleich schämte er sich für diesen Gedanken, denn immerhin hatte er Jelka kennengelernt, und die stand der arabischen Tänzerin wohl in nichts nach. Und so beschloss Bronstein, nach einem Schlummertrunk nicht von Frau Aisha, sondern von Jelka zu träumen, und mit diesem Vorsatz ging er zu Bett.

Samstag, 21. März 1936

Er war ehrlich überrascht, wie früh er erwachte. Es hatte anscheinend so seine Vorteile, wenn man sich nicht bis zur absoluten Besinnungslosigkeit betrank. Diese Erkenntnis freilich enthob ihn noch nicht des Problems, was er nun mit dem Wochenende anfangen sollte. Er konnte unmöglich noch einmal ins Ausland fahren, in Wien wollte er allerdings auch nicht bleiben. Und so beschloss er, sich zum Westbahnhof zu begeben, um dort ins nähere Umland zu fahren. Körperliche Ertüchtigung würde ihm nicht schaden, vor allem kämen in der frischen Luft seine Lungen wieder in Schwung, und auch das Blut würde besser zirkulieren, als wenn er immer nur auf einem Sessel saß.

Am Bahnhof angekommen, kaufte er ein Hin-und-retour-Billet nach Neulengbach und erfuhr, dass schon wenige Minuten später ein Zug in exakt diese Richtung aufbrechen würde. Er verzichtete daher darauf, sich noch mit Proviant einzudecken und begab sich auf schnellstem Wege zum avisierten Bahnsteig. Der Schaffner sah ihn kommen und hielt ihm generös die Tür zum letzten Waggon auf. Bronstein kletterte die Plattform hoch und ließ sich dann erleichtert im ersten freien Abteil nieder. Er steckte sich eine »Donau« an und registrierte mit Wohlgefallen, dass der Zug langsam anfuhr.

Vorbei an Penzing und Hütteldorf gelangten sie alsbald nach »Hawei«, wie die Wiener den Doppelort Hadersdorf-Weidlingau in Anspielung an die Südseeinsel nannten. Dort kam auch der Schaffner in das Abteil, um Bronsteins Fahrkarte zu zwicken. Der Oberst nahm sie mit einem leichten Nicken wieder entgegen und fuhr dann fort, aus dem Fenster zu sehen, wo sich auf den Wiesen immer wieder kleine Schneeflecken erkennen ließen.

In Purkersdorf hatten sie einen längeren Aufenthalt, nachdem sie zuvor an der Station Purkersdorf Sanatorium einfach vorbeigefahren waren. Bronstein vermochte auch nicht zu sagen, warum es diese überhaupt noch gab, denn die Zeiten, in denen sich die Wiener Hautevolee dort eingefunden hatte, waren mit dem Ende der Monarchie, vor allem aber mit dem Tod seines Gründers zehn Jahre später unwiderruflich vorbei gewesen. Was Bronstein überaus schade fand, denn er hatte einmal die Gelegenheit gehabt, durch die überaus mondänen Hallen zu wandeln, und wusste daher nur zu gut, welches Meisterwerk Josef Hoffmann und Kolo Moser da geschaffen hatten.

Doch es blieb keine Zeit für das Schwelgen in Erinnerungen. Schon hatte der Zug wieder Fahrt aufgenommen und strebte nun den Bahnhöfen Tullnerbach und Pressbaum zu. Erstmals an diesem Tage holte Bronstein die Taschenuhr aus seinem Gilet und überprüfte solcherart, wie lange die Fahrt noch dauern würde. Als sie an der etwas verwildert und wohl auch verödet wirkenden Haltestelle von Dürrwien zu stehen kamen, da atmete Bronstein auf. Bald, schon sehr bald, würde er sein Reiseziel erreicht haben. Im Geiste memorierte er die Reihe der noch fehlenden Stationen: Rekawinkel, Eichgraben-Altlengbach, Unter Oberndorf, Maria Anzbach und Hofstadt. Sie ließen sich nun schon an den Fingern einer Hand abzählen.

Es war also an der Zeit, sich Gedanken darüber zu machen, wie er den Tag in der kleinen Marktgemeinde verbringen wollte. Zuerst, so dachte er, konnte er über Tausendblum auf einer ruhigen, beschaulichen Landstraße nach St. Christophen wandern, eine Distanz von leidlich fünf Kilometern, die er also in einer guten Stunde würde bewältigen können. Dort gab es eine alte Wehrkirche, die, wie er von einem früheren Besuch wusste, einen kurzen Besuch lohnte. Danach konnte er sich in einer Wirtschaft eine kleine Atzung genehmigen, ehe er an der Ruine der alten Burg vorbei ein wenig durch den Wald marschieren konnte. Machte er dabei alles richtig, dann kam er beim Gasthaus Rebl wieder auf die Landstraße, wo er sich mit einem Vierterl für seine Leistung belohnen konnte. Danach warteten dann noch einmal drei Kilometer auf ihn, um bei der Bahnstation wieder die Heimreise anzutreten.

Tatsächlich verspürte der Oberst in sich so etwas wie Vorfreude auf die beabsichtigten Unternehmungen, und so dämpfte er die Zigarette aus, stand auf, schob das Fenster hinunter und streckte seinen Kopf in Fahrtrichtung hinaus. Sofort schlug ihm der kalte Wind entgegen, doch er dachte nur daran, endlich seinen Zielbahnhof in der Ferne auszumachen, sodass er sich um die frostige Kühle weiter nicht kümmerte. Zuerst war er sich nicht sicher, ob ihm sein Wünschen einen Streich spielte, doch eine kleine Weile später gab es keinen Zweifel mehr daran, dass die schwarzen Bretter in der Ferne das Wartehäuschen der Bahnstation bildeten. Bronstein sagte sich, dass er die Burg an einem Märztag ohnehin nicht aufsuchen konnte, und so folgte er einem spontanen Impuls. Er verließ den Zug schon in Neulengbach-Markt, was die Wanderung nach Sankt Christophen um einen guten Kilometer kürzer werden ließ.

Mit flottem Schritt ging er unter der Eisenbahnbrücke durch, und schon nach wenigen Metern hatte er die schüttere Häuserzeile hinter sich gelassen. Vor ihm befand sich freies Feld, noch dazu ebenes Gelände, das mit der klaren Winterluft dafür sorgte, dass er den Turm der Christophener Kirche schon von großer Weite aus erkennen konnte. Er schlug den steinigen Feldweg neben dem kleinen Bach ein, von dem er vermutete, es handle sich um die Laaben, und kam sich ein klein wenig vor wie bei einer von Schuberts berühmten Landpartien. Und der Gedanke war alsogleich Vater der Tat: »Das Wandern ist des Müllers Lust«, kam es aus voller Brust aus Bronstein, während er weiter kräftig ausschritt, »das muss ein schlechter Müller sein, dem niemals fiel das Wandern ein, das Wandern.«

Doch schon bei der zweiten Strophe kam er ins Stocken. Irgendetwas mit dem Wasser? Oder waren es die Räder? Nein, die kamen im dritten Vers. Bronstein beschloss, es war ohnehin zu kühl für eifrigen Gesang, und setzte seinen Spaziergang folglich schweigend fort. Nach einer guten halben Stunde bedauerte er, keinerlei Wegzehrung bei sich zu führen, doch war der Kirchturm mittlerweile schon so deutlich zu sehen, dass er die Uhrzeit am Zifferblatt ablesen konnte. Weit zu gehen hatte er ergo nicht mehr. Und diese Erkenntnis gab ihm neue Kraft.

Er kam an eine kleine Brücke, auf der sich eine steinerne Christophorus-Statue befand. Sie führte ihn direkt in die winzige Hauptstraße des Ortes, in der sich kaum ein Dutzend einstöckige Häuser befanden. Gleich linker Hand gab es ein Gasthaus, am Ende der Häuserzeile auf der gegenüberliegenden Seite sah er ein zweites. Bronstein erstaunte das nicht. Zumal in kleinen Gemeinden war es Usus, die politischen Lager auch in der Gastronomie zu trennen. Auf diese Weise lebten auch am Land immer zwei

Wirten von den Dörflern. Der eine bewirtete die Arbeiter, der andere die Bauern, weshalb der eine der rote, der andere aber der schwarze Gastwirt war. Zumeist wurde dies sogar im Namen der Wirtschaft sichtbar. Hieß der eine »Zum schwarzen Adler«, war der andere sicher ein »Zum roten Hahn« oder dergleichen, wobei sich Bronstein fragte, wie es sich dann mit jenen Lokalen verhielt, die »Zum braunen Hirschen« hießen.

Natürlich waren die Roten jetzt verboten, aber deshalb gingen sie trotzdem ins Wirtshaus, denn das konnte ihnen nicht einmal die Diktatur verbieten. Als Außenstehendem musste einem diese Zweiteilung bewusst sein, denn man deklarierte sich unweigerlich politisch, wenn man in die eine oder eben in die andere Gastwirtschaft ging. Bronstein besah sich die beiden Ubikationen, aber da sie jeweils den Namen des Besitzers trugen, vermochte er nicht zu sagen, welche Klientel wo verkehrte. Er beschloss, dieses Thema vorerst beiseite zu lassen und begab sich stattdessen in die romanische Wehrkirche. Die freilich wirkte von außen wesentlich beeindruckender als von innen, wo simpler Bauernbarock vorherrschend war. Immerhin aber sah er vorne am Altar einen Mann mit Blumenschmuck hantieren, den er sogleich danach fragte, wo er denn den Herrn Pfarrer finden könne. Der sei um diese Zeit im Gasthaus gegenüber, bekam er zur Auskunft. Na bitte! Die rote Gastwirtschaft war also die am Beginn des Ortes.

Und seiner momentanen Stimmung folgend ging er zu selbiger zurück. Als er eintrat, herrschte einen kurzen Moment atemlose Stille, gleich danach aber wurden die Gespräche in unverminderter Lautstärke fortgesetzt. Er war gewogen und für in Ordnung befunden worden, stellte er zufrieden fest. Bronstein setzte sich an einen freien Tisch, orderte ein Krügel und erkundigte sich nach allfälligen Speisen. »Einen Schweinsbraten mit Kraut und Knödel können S' haben. Oder ein G'selchtes mit Kraut und Knödel. Und dann hätt' ma noch frische Bratwürscht.« Bronstein entschied sich für das Geselchte.

Man konnte sagen über die Leute vom Land, was man wollte, aber kochen konnten sie. Die Portion, die man ihm aufgetischt hatte, war ebenso üppig wie schmackhaft gewesen, und Bronstein fühlte sich direkt müde von der überaus reichhaltigen Mahlzeit. Mit Mühe unterdrückte er ein Rülpsen und bestellte ein zweites Bier, um ordentlich nachzuspülen. Erst nach einer guten Weile fühlte er sich in der Lage, wieder ein wenig zu marschieren, und so bezahlte er seine Zeche, ging dann wieder über die Brücke und hielt auf die Burgruine zu, hinter der unmittelbar der Wald begann.

Er hätte nicht so schwer essen sollen, sagte er sich, während sein Keuchen immer mehr überhandnahm. Er spürte, wie er schwitzte, gleichzeitig fröstelte ihn angesichts der ihn umgebenden Kälte. Außerdem schätzte er die Lichtverhältnisse nicht gerade als vertrauenserweckend ein, und so kam er zu dem Entschluss, wieder umzukehren, was ihm umso sinnvoller erschien, als er ja ohnehin noch drei Kilometer bis zur Bahn zurückzulegen haben würde. Zu seinem Glück ging es von da an immer nur bergab, und so stand er bald vor dem »Rebl«, wo er sich ein weiteres Krügel zur Erholung gönnte, ehe er sich auf die Suche nach jenem Feldweg machte, der ihn zuvor aus Neulengbach in den kleinen Ort geführt hatte.

Erst, als er sich auf der Rückfahrt wieder den Wiener Vororten näherte, wurde ihm bewusst, dass er den ganzen Tag über kein einziges Mal an den aktuellen Fall gedacht hatte. Der Vogeldoktor vom Alsergrund würde wohl von Verdrängung reden, sagte er sich, denn in der Tat konnte er sich an keinen Fall erinnern, bei dem er jemals eine derart schlechte Figur gemacht hätte. Immerhin war er es seinerzeit gewesen, der den Oberst Redl zur Strecke brachte, auch wenn andere dafür den Ruhm einstreiften. Der denkwürdige Pratermord, die Sache mit der Modistin, ja es lag noch keine zwei Jahre zurück, da er den spektakulären Mord an dem Industriellen Demand aufgeklärt hatte, und nun saß er da und scheiterte wie ein blutiger Anfänger. Vielleicht war er ja wirklich zu alt für diese Art von Verbrecherjagd.

Ihm fiel auf, dass aus seiner Generation tatsächlich kaum noch jemand auf der Straße war. Entweder hatte man die Kollegen frühzeitig pensioniert oder aber auf eine Leitungsposition gehievt, wo sie ihren Nachfolgern mehr oder weniger weise Ratschläge gaben. Die sonnten sich im Glanz früherer Heldentaten und mussten niemandem mehr irgendetwas beweisen. Und wer nichts tat, der konnte naturgemäß auch keine Fehler machen.

Vielleicht, so fragte er sich, während der Zug allmählich Penzing erreichte, sollte er sich erkundigen, ob es nicht ein ruhiges Plätzchen für ihn an der Akademie gab. Die letzten fünf, sechs Jahre, die er noch ableisten musste, damit zubringen, Polizeischülern das A und O kriminalistischer Ermittlung beizubringen, schien eine durchaus lohnende Aufgabe zu sein. Und sie ersparte ihm Trübsal angesichts von unausweichlichen Fehlschlägen. Natürlich wäre eine solche Versetzung ein eleganter Ausweg aus seiner prinzipiellen Misere, doch im gegenständlichen Fall nutzte ihm ein solches Manöver freilich nicht, denn er bliebe gleichwohl ungelöst. Und schon verspürte Bronstein wieder diese zentnerschwere Traurigkeit, die sich bleiern auf sein Gemüt legte.

Vor dem Westbahnhof suchte er nach einem Taxi, fand aber keines. Ungläubig schüttelte er den Kopf. Es war Samstagabend, da mussten die Mietdroschken doch Hochkonjunktur haben. Traf denn niemand um diese Zeit am zentralsten aller Wiener Bahnhöfe ein? Klagten die Chauffeure nicht bei jeder Gelegenheit, wie schlecht das Geschäft ginge, wie groß die Konkurrenz sei und so weiter. Nun, wo war sie, die große Zahl an Benzinkutschen? Noch missmutiger als zuvor schleppte sich Bronstein zur Straßenbahnhaltestelle, willens, sich solcherart zum Ring befördern zu lassen. Doch es schien wie verhext, auch dort tat sich rein gar nichts. Mit einem dumpfen Groll, der sich langsam immer weiter steigerte, marschierte Bronstein zur nächsten Station, und dann weiter Richtung Innenstadt. Er passierte das Hotel Kummer, kam schließlich schon zur Stiftgasse und wusste, nun konnte er den Rest des Weges gleich ganz zu Fuß zurücklegen. Um sich für seine Anstrengung zu belohnen, bog er eine Gasse vor dem Ring ab und begab sich ins Café Museum, um dort ein wenig zu rasten. Er bestellte eine Schale Gold und sah sich dann nach einer Zeitung um. Gott! Wie war dieses Land provinziell geworden! Auf dem für die Blätter vorgesehenen Tisch lag kein einziges ausländisches Format. Gut, die Londoner Times oder irgendeine Gazette aus Frankreich hätte er ohnehin nicht zu lesen vermocht, aber wenigstens der Pester Lloyd, das Prager Tagblatt oder der Lemberger Kurier mochten das karge Angebot heimischer Postillen ein wenig aufzufetten. So aber konnte er lediglich zwischen der »Reichspost«, der »Neuen Freien Presse« und der »Wiener Zeitung«, auf die er ja ohnehin abonniert war, wählen. Und das nannte sich nun Pressevielfalt. Bronstein befand, es war wieder einmal Zeit für einen langen und tiefen Seufzer.

Ohne große Lust trank er seinen Kaffee aus und sah dann zu, dass er nach Hause kam, wo er sich noch aus den Resten des Vortags ein kleines Abendbrot richtete, um dann im Radio einer Symphonie zu lauschen, die zu seinem Glück getragen genug war, um ihn alsbald in Morpheus' Reich zu transferieren.

Montag, 23. März 1936

Nach einem ereignislosen Sonntag stapfte er missmutig ins Büro. Das Wetter ließ auch weiterhin nicht wirklich viel vom Frühling erkennen. Der Himmel war grau und wolkenverhangen, in der Ferne konnte man sogar noch Nebelreste ausmachen. Alles passte perfekt zu Bronsteins Laune, die, wenn er an den Fall Binder dachte, nicht wirklich aufgehellt wurde. Als er in sein Amtszimmer kam, saß Cerny schon da und brütete über Akten.

»Morgen. Und was machst?« Bronstein ließ sich seufzend auf seinem Sessel nieder und zündete sich als Erstes eine Zigarette an. »Ich geh die Akten noch einmal durch. Irgendetwas müssen wir übersehen haben. Ich habe nur keine Ahnung, was.«

»Ich auch nicht. Und schön langsam denke ich mir, wir haben auch gar nichts übersehen. Irgendwer hat einfach so den Gizi gekriegt und den Binder g'macht. Wenn der tief genug geschlafen hätt', um nicht aufzuwachen und die Tür daher nicht zu öffnen, hätt's vielleicht die Gattinger an seiner statt erwischt. Irgendwer war einfach so grantig, dass er einen Mord begehen wollte. Wurscht, an wen.«

»Ah meinst, sollen wir das so in den Bericht schreiben?« Cernys Spott war nicht zu überhören.

Bronstein sah kurz zu seinem Assistenten hinüber. »Ich glaub', dass gar niemand von uns einen Bericht erwartet. Der Binder is' ned gerade eine Cause célèbre.« Bronstein unterstrich seine Worte mit einem halbherzigen Versuch, Ordnung auf seiner Schreibtischplatte herzustellen.

Cerny blätterte unverdrossen in Papierbergen, trug immer wieder einen Stapel aus dem Zimmer, um wenig später mit einem neuen zurückzukehren. Bronstein aber saß nur da, rauchte eine Zigarette nach der anderen und blickte starr zum Fenster hinaus. Erst nach gut zwei Stunden, die auf diese Weise vergangen waren, kam wieder Bewegung in ihn. »Halber zwölfe wird's. Zeit für die Mittagspause, meinst nicht?«

Cerny reagierte mit einem unbestimmten Schulterzucken. »Jetzt lass einmal das Papierlzeugs. Komm', gemma was essen. Ich lad' dich ein.«

»Das ist nicht notwendig, David. Aber danke für das Angebot.« Bronstein erhob sich. »Aber mitkommen tust schon, oder?« Cerny war nicht anzusehen, ob er sich seinem Chef gerne anschloss oder aber nur schweigend fügte. Bronstein waren die Motive seines Assistenten in diesem Augenblick ohnehin gleichgültig. Er lenkte seine Schritte mit beachtlicher Geschwindigkeit in Richtung »Café Votivpark«, wo er alsbald an einem Fenstertisch saß, während vor ihm ein Teller Hascheenudeln dampfte. Cerny wiederum hatte sich für ein Paar Frankfurter entschieden und kaute schweigend an einer Kaisersemmel, während Bronstein sich abmühte, so viel Teigwaren wie nur möglich auf einmal auf seine Gabel zu schaufeln, was Cerny zu einem eher konsternierten Blick veranlasste.

»Weißt du, Cerny, jung müsste man noch einmal sein«, sagte Bronstein, den leeren Teller von sich schiebend und mit der anderen Hand den Aschenbecher angelnd. »Und zwar mit dem Wissen, das man als alter Mann hat.«

Cerny erschien die Aussage seines Chefs tatsächlich interessant. »Was würdest du dann anders machen? Nicht mehr Polizist werden?«

Bronstein quittierte diese Worte mit einem glucksenden Lachen. »Ich würde aus diesem Scheißland abhauen. Schneller als du Österreich sagen kannst.«

Das kam für Cerny nun doch unerwartet. »Sag einmal, was für eine Laus ist dir denn über die Leber gelaufen?«

»Keine Laus. Ich wache endlich auf. Dieses Land ist zum Scheißen! In jeder Hinsicht!«

Cerny zuckte unwillkürlich zusammen, blickte angstvoll nach links und nach rechts und bedeutete Bronstein dann, wenigstens etwas leiser zu sein.

»Ach was«, reagierte der ungehalten, »ist doch wahr. Österreich ist ein Dreckstaat, und wenn dieser Ausdruck hundertmal von den Nazis verwendet wird, so ist er doch richtig.« Bronstein blies gepresst Rauch aus, und Cerny entging nicht, wie sich die Augenbrauen seines Vorgesetzten zusammenschoben. »Ich meine, wir waren einmal wer, galten etwas in der Welt. Du hast mehrere Tage gebraucht, um vom einen Ende des Landes an das andere zu kommen. Heute sind wir ein Fliegendreck auf der Landkarte, werden von bigotten Einfaltspinseln regiert, haben Zeitungen, bei denen du vor Langeweile schon bei der Titelseite einschläfst, Literaten, die halbe Analphabeten sind und dafür auch noch mit staatlichen Preisen überhäuft werden, und das Volk trägt Trachtenjanker, klopft sich beim Tanzen auf die Oberschenkel und schreit bei jeder Gelegenheit Heil, egal, ob es die Sturmscharen, die Heimwehr oder die Nazis sind. Das ist doch alles zum Kotzen. Wirklich wahr.« Dabei gab Bronstein einen Laut von sich, als würde er gleich auf den Boden spucken.

Cerny brauchte eine kleine Weile, bis er diesen Ausbruch halbwegs verdaut hatte. »Glaubst ernsthaft, dass es in Ungarn drüben oder in Jugoslawien so viel besser ist? Ich meine, von Deutschland red ich erst gar nicht.«

»Sicher, gegen Deutschland ist Österreich nur die Vorhölle. Und ich mach mir keinerlei Illusionen, dass die Magyaren, die Südslawen oder die Italiener auch nur einen Funken gescheiter wären als die Alpentrottel, die da bei uns herumlaufen. Aber weißt, was der große Unterschied ist? Weißt du das?« Bronstein beugte sich vor und sah Cerny forschend ins Gesicht, sodass dieser erkannte, es wurde tatsächlich eine Antwort von ihm erwartet.

»Du wirst es mir gleich sagen!«

»Was die ausländischen Trottel sagen, das versteh ich wenigstens nicht. Und so kann ich mir immer einbilden, sie reden von Petrarca, Petöfi oder Fürst Njegos. Aber bei uns weiß ich leider vom ersten Wort an, was die Deppen da für einen Blödsinn verzapfen.« Bronstein nahm einen weiteren Zug an der Zigarette. »Weißt, ich tät' mir wünschen, ich könnt' schon in Pension gehen. Dann würde ich mich irgendwo am Meer einquartieren, tagein, tagaus auf die Wellen schauen, und das ganze Scheiß-Wien in dem ganzen Scheiß-Österreich könnt' mir den Hobel ausblasen.«

»Und das alles, weil wir im Fall Binder so gar nicht weiterkommen?« Cerny bemühte sich, seine Worte nicht zu forsch auszusprechen, fand er doch, dass der Inhalt seines Satzes an sich schon genügend Sprengstoff bot. Doch Bronstein geriet nicht einmal ansatzweise in Rage, vielmehr bewegte er seinen Kopf abwägend hin und her. »Der Fall Binder ist vielleicht der endgültige Auslöser. Aber wär's nicht der, wär's irgendwas anderes. Das ändert nichts an der Grundproblematik.«

»Und die wäre?«

»Ich mag nimmer! Mir geht alles nur noch auf die Nerven! Ich bin fast 53 und einfach zu alt für das alles. Ich will einfach nur noch ein kleines Häuserl irgendwo am Meer, damit ich mich vors Haus setzen, eine rauchen und auf die Wellen schauen kann. Und dann ess ich einen gut geräucherten Schinken mit einem Stückerl Brot, gönn mir ein Glaserl Wein und wart drauf, dass die Sonn' untergeht. Mehr brauch ich nimmer auf meine alten Tag'.«

Cerny lehnte sich zurück. »David, ich mach mir Sorgen um dich. Du warst ja oft einmal z'wider, aber so hab' ich dich ja überhaupt noch nie erlebt. Das ist ja … beunruhigend ist das.«

»Ach was! Ich bin einfach durch mit alledem. Wie ich vor 30 Jahren ins Agenteninstitut kommen bin, da hab' ich mir eingebildet, ich trag' mit meiner Arbeit dazu bei, dass Gerechtigkeit ist in der Welt. Aber schau dir die Welt doch an! Was da g'logen wird in einer Tour. Widerlich. Direkt abstoßend. Am besten wär's, man wissert gar nix davon.«

»Aber du machst die Welt auch nicht besser, wennst den Kopf in den Sand steckst, David. Ich mein', …«

»Ich kann mich an Abbazia erinnern. Damals, in der goldenen Zeit kurz vor dem Krieg. Da war ich öfter im Kvarner, hab' da sogar einmal g'holfen, einen vertrackten Fall zu lösen, aber wurscht. Direkt neben dem Kvarner ist eine winzigkleine Abtei, nach welcher der ganze Ort benannt ist. Dort hat damals nur ein einziger Mönch gelebt. Ein einziger. Der hat jeden Tag die Glocken geläutet, und am Sonntag hat er dem Pfarrer, der von der Dorfkirche runtergekommen ist, bei der Messe assistiert. So was nenn' ich Leben. Eine Woche lang sich in Beschaulichkeit üben, am

Sonntag eine Stunde ein bisserl arbeiten, und dann wieder sechs Tag' lang ausrasten. Du«, Bronstein beugte sich zu Cerny hinüber, »das wär' genau meine Kragenweite.«

»Jetzt weiß ich es genau. Wir müssen unbedingt diesen Fall lösen. Sonst wirst mir am End' noch völlig wahnsinnig! Und wenn wir da draußen in Simmering jeden Stein einzeln umdrehen, aber irgendwas müssen wir machen, weil sonst ja nix mehr anzufangen mit dir ist. So, und jetzt trink einmal einen Schnaps, damit du auf andere Gedanken kommst.« Cerny orderte zwei Zwetschgene und stieß demonstrativ mit dem Glas, das vor Bronstein platziert worden war, an. Bronstein leistete eine kleine Weile hinhaltenden Widerstand, dann trank er den Schnaps doch.

Danach freilich ließ Cerny Bronstein keine Zeit zu weiterer Trübsal. Er verfrachtete ihn in einen Wagen der Exekutive und fuhr mit ihm hinaus nach Simmering, wo sie die gesamte Gegend rund um den Tatort abgingen. Was, so lautete die Frage, konnte Binder gesehen haben, das ihm das Leben kostete. Doch nach einer guten Weile gestand sich auch Cerny ein, dass da absolut nichts war, das Anlass zu einer solchen Tat geboten hätte. Bronstein trug eine »Ich habe es dir ja gesagt«-Miene zur Schau, sagte aber nichts, was Cerny half, seine Enttäuschung zu verbergen. Angesichts der einsetzenden Dämmerung beschlossen die beiden, es für den Tag gut sein zu lassen und wünschten sich gegenseitig einen schönen Abend, nachdem Bronstein noch darauf hingewiesen hatte, dass er am folgenden Tag noch einmal zum Gericht gehen werde, um dort Zeuge der Urteilsverkündung zu sein.

Dienstag, 24. März 1936

Und tatsächlich war Bronstein schon frühzeitig vor Ort, sodass er sich sogar noch aussuchen konnte, wo er Platz nehmen wollte. Nach und nach füllten sich die Reihen, und ab und zu sah sich Bronstein veranlasst, jemanden durch ein Nicken zu grüßen. Bald schon platzte der Saal aus allen Nähten, kaum jemand wollte sich diesen Moment entgehen lassen, schien es. Die zu hoch gedrehte Heizung machte die Luft rasch stickig, und Bronstein hoffte, die ganze Sache würde nicht allzu lange dauern, denn er spürte, wie er ob der Menge im Raum und der hohen Temperatur zu schwitzen begann. Und damit war er, wie er beobachtete, nicht allein. Herren fuhren sich mit dem Stecktuch über die Stirn, während sich Frauen kühle Luft zufächerten. Der ganze Saal wartete gespannt darauf, dass das Tribunal endlich erschien. Punkt 9 Uhr öffnete sich eine hintere Tür, und seitlich wurden die Angeklagten ein letztes Mal in den Raum geführt, wobei man sie anwies, stehen zu bleiben, um das Urteil entgegenzunehmen. Kaum zwei Minuten später betrat auch Osio mit seinem Gefolge die Szene, setzte sich ohne weitere Umschweife, ordnete noch einmal seine Papiere und begann sodann mit der Verlesung des Verdikts.

Bronstein spürte, wie die Ungeduld in ihm wuchs. Gerne hätte er den Vorsitzenden aufgefordert, die ganzen Floskeln beiseite zu lassen, doch er wusste, Richter liebten es, aus ihrem Beruf eine Art sakrale Handlung zu machen, die mit der nötigen Hingabe zelebriert werden musste. Und als Bronstein schon beinahe die Beherrschung verlor, vernahm er endlich den Namen des Hauptangeklagten, der, wie der Oberst nun vernahm, zu 20 Monaten Kerker verurteilt wurde. Er meinte, sich verhört zu haben. Knapp mehr als eineinhalb Jahre, das war weit unter dem für dieses Delikt vorgesehene Mindestmaß. Marie Emhart erhielt 18 Monate, der Student Kreisky ein Jahr, was sogar noch unter der Zeitspanne blieb, die dieser in Untersuchungshaft verbracht hatte. Stellte man in Rechnung, dass selbst die ersten beiden formal als Ersttäter zu gelten hatten, mussten eigentlich alle Angeklagten direkt von der Anklagebank aus freigelassen werden.

Tatsächlich herrschte im Raum eine Atmosphäre umfassender Sprachlosigkeit. Offenbar hatte niemand mit einem derart milden Urteil gerechnet, weder die ausländischen Journalisten noch die Vertreter der Regierung, am allerwenigsten aber die Angeklagten selbst, die sich verblüfft ansahen und in den Augen ihrer Genossen abzulesen suchten, ob sie am Ende träumten und der Wahrspruch noch gar nicht verkündet worden war. Doch Osio meinte es ernst. In stoischer Ruhe verlas er die Begründung, die zu diesem Urteil geführt habe, und je mehr der Vorsitzende von sich gab, desto unmissverständlicher trat die Tatsache zutage, dass sich der Richter nicht vor den Karren der Vaterländischen Front hatte spannen lassen. Schuschnigg und Konsorten waren bis auf die Knochen blamiert, die Sozis aber konnten jubeln. Und Bronstein lächelte still in sich hinein. Er war mit diesem Ergebnis durchaus zufrieden und empfand das dringende Bedürfnis, Cerny umgehend von der sensationellen Wendung zu berichten. Vorerst freilich musste er auf seinem Stuhl ausharren, denn Osio verspürte keinerlei Lust, seinen großen Auftritt in irgendeiner Weise abzukürzen. Er wusste alle Augen auf sich gerichtet, und diese Tatsache kostete er in vollen Zügen aus. Mit getragener Stimme verlas er Zeile um Zeile und gab dadurch den Gemütern hüben wie drüben Gelegenheit, sich wieder zu beruhigen. Am Ende seiner langen Suada war es ihm so gelungen, Kommentare gleich welcher Art zu unterbinden, denn alle Anwesenden waren froh, endlich den Saal verlassen zu können. Bronstein sah sich noch einmal um, entdeckte zu seiner Erleichterung keinen der beiden Uniformierten und begab sich dann inmitten eines Pulks den anderen gleich ins Freie.

Als er vor dem Gebäude in aller Ruhe eine Zigarette rauchte, erspähte der Oberst plötzlich Alois Osio die Straße zur Universität einschlagend. Kurz entschlossen trat er ihm in den Weg. »Verzeihen Sie, Herr Präsident, wenn ich Sie da auf offener Straße inkommodiere, aber es drängt sich mir, Ihnen zu sagen, dass ich Ihr Urteil sehr weise finde. In meinen Augen haben Sie unserem Staat damit einen großen Dienst erwiesen. Polizeioberst Bronstein der Name, übrigens. Ich darf mich empfehlen.« Er lüpfte seinen Hut und zog, zufrieden mit sich und seiner Aussage, wieder seiner Wege. Er gönnte sich noch eine Schale Gold im »Herrenhof«, ehe er mit gebotener Pause doch sein Büro aufsuchte. Das Gesicht von Cerny war weiß wie die Leinwand, was Bronstein nicht wenig irritierte. »Ja, Cerny, was hast du denn? Ist dir nicht gut? Das wär' echt schad', weil im Gericht gab's heute eine wirklich erfreuliche Wendung …«

»Du sollst zum Präsidenten. Umgehend. Er hat schon zweimal durchrufen lassen. Ich sag' dir, David, der kocht.« Bronsteins Verwunderung erklomm ein neues Stadium. Kurz zuckte er mit den Schultern, dann drehte er um und peilte mit seinen Schritten das Zentrum der Polizeigewalt an.

Diesmal ließ man ihn beinahe noch länger dunsten als zuletzt, sodass er bereits beinahe versucht war, die Sekretärin um ein Glas Wasser zu bitten, das sie ihm, dessen war er sich sicher, unter irgendwelchen fadenscheinigen Ausflüchten ohnehin verweigert hätte. Ebenso wenig gestattete er sich eine Zigarette, sodass ihm abermals nicht viel mehr übrig blieb, als vor dem ihm bereits bekannten Ölschinken zu meditieren.

Der Ruf des Präsidenten kam dann doch überraschend, denn er war durch die lange Warterei schon einigermaßen entrückt gewesen. Nun aber hörte er schallend seinen Namen gerufen und trat also in das Allerheiligste der österreichischen Polizei ein.

Skubl zollte ihm sogar den Respekt, sich aus seinem Sessel zu erheben. Der Präsident stützte sich mit beiden Armen auf der Schreibfläche seines Arbeitstisches auf und sammelte sich ganz offenkundig lediglich zu dem Zweck, das geplante Donnerwetter so effizient wie möglich ausfallen zu lassen.

»Bronstein, Sie Sargnagel der heimischen Exekutive«, begann er grollend. »Sie haben sich Dinge geleistet, die sind auf gar keinen Fall zu tolerieren.«

»Ich wüsste nicht …«

»Halten Sie den Mund, Sie Unglücksmensch«, schrie Skubl in einer Lautstärke, die Bronstein zu der Überzeugung kommen ließ, man hörte den Mann auch noch in der Glöcknerstube des Stephansdoms. »Sie besitzen die Frechheit, einem Richter zu seinem Urteil zu gratulieren! Sagen Sie, sind Sie noch bei Trost? Eine derartige Impertinenz ist mir in meiner ganzen Laufbahn noch nicht untergekommen! Allein dafür sollte man Sie sofort achtkant aus dem Korps werfen.«

Bronstein fühlte tief in seinen Eingeweiden eine Übelkeit aufsteigen. »Aber …«

»Maul halten«, brüllte Skubl noch lauter. »Sie haben sich zudem, wie ich höre, dazu hinreißen lassen, gegen Kollegen tätlich zu werden, wodurch eine Verbrecherin der gesetzlichen Verfolgung entgehen konnte. Sie haben«, und ein drittes Mal erreichte der Lärmpegel von Skubls Stimme eine neue Qualität, »Strafvereitelung begangen.«

Der Präsident schlug theatralisch mit der Faust auf den Tisch, ehe er selbigen umrundete und mit ausgestrecktem Zeigefinger auf Bronstein zukam. »Sie sind ja vollkommen wahnsinnig, Mensch! Sie sind absolut untragbar für die Exekutive! Einsperren müsste man Sie, wenn die ganze Sache nicht so unendlich peinlich wäre.«

Endlich schien sich der Präsident seinen Zorn aus den Lungen geschrien zu haben, denn seine Stimme wurde ein klein wenig leiser. »Sie haben Ihr wirklich typisch jüdisches Mazl. Die Regierung kann sich im Moment keine weiteren Skandale leisten. Darum, und nur darum kommen Sie Unglückswurm um ein Disziplinarverfahren, über dessen Ausgang es keinen Zweifel geben könnte, herum. Und ich muss sagen«, an dieser Stelle begab sich Skubl wieder zu seinem Sessel, in den er sich vermeintlich gebrochen fallen ließ, »es ist überaus bedauerlich, dass die Republik nicht die Gesetze der alten Monarchie übernommen hat, denn Sie haben ja, Gott weiß, wie Ihnen das gelungen ist, 35 Dienstjahre angesammelt, da könnten wir Sie jetzt einfach pensionieren. Aber weil diese Emporkömmlinge, die nach 1918 Politik machen zu müssen glaubten, sich eingebildet haben, man muss 60 Jahre alt sein, damit man in den Ruhestand gehen kann, scheidet diese, wie ich sagen muss, überaus elegante Variante leider aus.«

Skubl blies hörbar Luft aus den Nasenlöchern. Dann sah er zu Bronstein hoch und breitete pathetisch die Arme aus: »Was soll man mit so einem Kretin wie Ihnen anstellen? Was?«

So sehr sich Bronstein auch bemühte zu begreifen, was da eben vor sich ging, so sehr musste er sich gleichzeitig eingestehen, mit der Situation vollkommen überfordert zu sein. Mit vielem hatte er in letzter Zeit gerechnet, doch dass ihm eine eher beiläufige Bemerkung in die Richtung eines hochrangigen Vertreters des Systems zum Verhängnis werden könnte, auf die Idee war er nicht gekommen. Auch war er erstaunt darüber, dass die beiden Nazibuben tatsächlich die Chuzpe besessen hatten, sich über ihn zu beschweren. Und am meisten verwunderte ihn, dass Skubl, der ja überhaupt nur deshalb in sein Amt gekommen war, weil er im Gegensatz zu seinem Vorgänger rücksichtslos gegen die Nazis vorgegangen war, denen auch noch Glauben schenkte.

»Jetzt lassen Sie mich bitte doch auch einmal etwas sagen, Herr Präsident.«Skubl schien überrascht, dass Bronstein noch Widerstand leistete, und sah ihn nur skeptisch an, was der Oberst als Einladung interpretierte, sich zu erklären. »Zum einen weiß ich nicht, was impertinent daran sein soll, einem Richter zu seinem weisen Ratschluss zu gratulieren. Außerdem ist diese Aussage ganz nebenbei und strikt inoffiziell gefallen. Und dass Sie mir zum anderen die Sache mit den zwei Herren von der Justizwache ankreiden, empfinde ich gleichfalls als ungerecht, weil ich von denen zuvor in voller Kenntnis meines Amtes als Jude verunglimpft wurde. Die Art, wie die beiden agierten, widersprach jedweder Standardvorgangsweise. Sie legten ohne Grund unverhältnismäßige Gewalt an den Tag und ließen sich von mir als einem Polizeioffizier auch nicht durch gutes Zureden von ihrem Tun abbringen. Erst aus dieser Situation ergab es sich, dass die Verdächtige flüchten konnte. Hätten sie die beiden einfach korrekt abgeführt, wäre der ganze Vorfall keiner weiteren Überlegung mehr wert. So viel hierüber, Herr Präsident.«

Skubl schien sich zwischenzeitlich beruhigt zu haben. »Bronstein«, sagte er in normalem Ton, »jemand wie Sie darf sich dennoch nicht so exponieren. Das ist doch ein gefundenes Fressen für alle Ihre Gegner. Und glauben Sie mir, davon gibt es genug. Von einer ganz bestimmten Seite wird Ihr Kopf gefordert. Und da gehen Sie mit stadtbekannten Roten gemütlich dinieren, und zwar just mit jener Person, die dann tags darauf im Gericht einen Skandal provoziert.« Bronstein war bei den letzten Worten der Mund offen geblieben. Skubl aber nickte nur: »Ja, ja, glauben Sie ernsthaft, so etwas bleibt in Zeiten wie diesen verborgen? Natürlich bekommen wir das mit!«

»Dann ist Ihnen aber auch klar, dass ich mich mit Frau Maly getroffen habe, weil Sie eine wichtige Zeugin im Fall Binder ist«, hielt Bronstein dem entgegen.

»Das ist die nächste Sache. Ich höre immer Fall Binder. Es gibt keinen Fall Binder. Da ist ein roter Häfenbruder gemacht worden. Na und? Seit wann kümmern uns Unterwelt-Fehden? Wir haben die Sache ordnungsgemäß aufgenommen, haben einige Befragungen durchgeführt, und jetzt geht das zu den Akten. Haben wir uns verstanden?«

»Aber …«

»Ob wir uns verstanden haben?« Skubls Lautstärke schwoll wieder an. Bronstein biss sich auf die Lippen und versuchte stillzuhalten. »Sagen Sie einmal, wie dumm kann man eigentlich sein?« Skubl setzte wieder seinen »Warum bin ich mit diesem Toren so gestraft«-Blick auf. »Da schicke ich Sie extra zu diesem Prozess, damit Sie aufhören, in einer Geschichte herumzustochern, die keine ist, und dann nutzen Sie diese elegante Hintertür allein dazu, sich gleich an zwei Fronten unmöglich zu machen. Ich sollte Sie wirklich wegen Insubordination vom Dienst suspendieren.«

»Sie können doch einen Fall nicht einfach so auf Frist legen, nur weil das Opfer nicht bedeutsam genug erscheint«, entfuhr es Bronstein.

Skubls Gesicht verfinsterte sich. »Hören Sie endlich auf, Bronstein, in der Vergangenheit zu leben. Heutzutage verlangt die Kriminalitätsbekämpfung stets die Einbeziehung der politischen Komponente.«

»Das heißt, wir verfolgen eine Tat nur, wenn es politisch opportun ist?«

»Jetzt sind Sie schon wieder impertinent, Bronstein! Denken Sie gefälligst daran, auf welch dünnem Eis Sie wandeln.« Skubl richtete sich kerzengerade auf: »Ich erwarte von Ihnen, dass Sie mir morgen einen Bericht in der Causa Binder auf den Tisch legen, in dem Sie selbst die Einstellung der Ermittlungen vorschlagen. Wenn ich diesen Bericht nicht bis morgen 4 Uhr nachmittags vor mir habe, dann versetze ich Sie in den Bregenzer Wald. Und Ihr sauberer Herr Cerny geht auf Ausbildung. Haben wir uns verstanden?« Für einen Moment lächelte Skubl maliziös, ehe sein Blick in eine merkwürdige Starre changierte, die signalisieren sollte, dass sich Bronstein für ihn nicht länger im Raum befand. Und konsequenterweise erwiderte der Präsident dann auch den Gruß des Obersten in keiner Weise.

Wieder am Gang musste Bronstein sich an der Wand festhalten. Ihm war, als würden seine Beine nachgeben. Es kam ihm vor, als bräuchte er Krücken, um die wenigen Meter zum Paternoster zurücklegen zu können. So musste sich, ging es ihm durch den Kopf, ein Schlagflüssiger fühlen. Mit einer Geschwindigkeit, die dazu angetan war, dass ihn jede Schildkröte spielend überholt hätte, schlich er zurück in sein Amtszimmer. Dort angekommen, blieb er in der Tür stehen. »Cerny, wir müssen reden.«

Sein Assistent signalisierte umfassende Aufmerksamkeit. »Nicht hier. Gehen wir ins 'Votivpark'.«

Dort saßen sie dann 20 Minuten später, und Bronstein fühlte sich immer noch einer Ohnmacht nahe. In abgehackten Sätzen berichtete er, was ihm eben vom Präsidenten serviert worden war.

»Und was machen wir jetzt?«, lautete Cernys erste Frage.

»Ich hab keine Ahnung. Ehrlich nicht. Ich weiß nur, warum ich mich schon die längste Zeit so seltsam gefühlt habe. Erinnerst du dich? Erst gestern hab' ich es laut und deutlich gesagt. Ich will weg. Und jetzt wissen wir auch, warum.«

»Aber du weißt doch, wie der Skubl ist. Der …«

Bronstein hob die Hand, um Cernys Rede zu stoppen. »Ich bitte dich. Da geht's doch nicht um den Skubl allein.

Da geht es um den ganzen Staat mitsamt seinem Apparat. Ich meine, die haben mich doch immer schon von der Seite her angeschaut. Da kommt er, der Jud. Doch, doch, Cerny, rede dir nichts Falsches ein. Wir sind Parias hier. Du auch. Du, der Böhm, ich der Itzig. So schaut es nun einmal aus. Und ich sage dir, der Skubl macht seine Drohung wahr, wenn wir nicht spuren. Und jetzt einmal ehrlich: Bist du dazu bereit?«

Cerny zögerte einen Moment, dann stellte er die Gegenfrage: »Und du?« Bronstein zuckte mit den Schultern. »Ich bin mit Wien eigentlich fertig. Vielleicht wär' der Bregenzer Wald gar keine so schlechte Alternative. Ein bisserl schlicht vielleicht, aber dafür auch nicht anstrengend. Wenn dort ein Mord passiert, dann stellt sich der Täter eh selber, da brauchst ned viel zu ermitteln. Aber gut, jeden Tag Käsknöpfle sind vielleicht auch kein Programm.« Der Oberst bemühte sich um ein Lächeln, doch es sah mehr als gekünstelt aus.

»Ich weiß nicht, David. Wir haben immer nachgegeben. Vielleicht ist jetzt der Moment gekommen, wo wir einmal stark bleiben müssen, auch wenn es für uns negative Konsequenzen hat. Ich will damit sagen, schau dir an, wo uns unsere Konzilianz hingebracht hat. Einmal ganz abgesehen davon, dass du mit den Standesdünkeln in unserem Verein natürlich vollkommen recht hast.«

Bronstein seufzte kurz, trommelte dann einen Moment lang mit den Fingern auf der Tischplatte herum. »Vielleicht«, begann er dann vorsichtig, »sollten wir es einmal überschlafen. Und dann reden wir morgen noch einmal darüber.«

Cerny nickte: »Gut. Hören wir auf unser Gefühl.« Sie beschlossen, gar nicht erst ins Büro zurückzukehren, sondern stattdessen sofort nach Hause zu gehen. Cerny meinte noch, er werde wohl auch mit seiner Frau darüber reden, Bronstein hielt dem entgegen, er beneide Cerny um diese Option, denn er werde diese Sache ganz allein mit sich ausmachen müssen, was den Vorgang keinesfalls erleichtere. Entgegen ihren Gewohnheiten drückten sie sich zum Abschied fest die Hand, dann ging jeder seines Weges.

Die folgende Nacht wollte für Bronstein nicht und nicht zu Ende gehen. Er unternahm mehrere Versuche, sich zu Bett zu begeben, wälzte sich dort aber nur unruhig hin und her, ehe er wieder aufstand und ruhelos durch seine dunkle Wohnung tappte. Noch nie zuvor, so kam es ihm vor, hatte er vor einer derart schwierigen Entscheidung gestanden. Dabei war die ganze Sache im Grunde genommen überaus einfach. Was von ihm gefordert wurde, das war Unrecht. Und er war als Beamter dazu angehalten, dem Recht zum Durchbruch zu verhelfen. Er brauchte gar nicht erst das Beamtendienstrecht zu Rate ziehen, er wusste auch so, dass Weisungen, die dem Gesetz widersprachen, nicht nur nicht befolgt werden durften, er hatte sogar die Verpflichtung, von einer solchen Weisung der jeweils vorgesetzten Dienststelle Bericht zu erstatten. Doch wer stand über dem Polizeipräsidenten? Nur noch der Innenminister. Und der hieß Starhemberg. Da konnte er gleich zu Hitler persönlich gehen und sich bei dem darüber beschweren, dass Himmler ihn einen Juden genannt habe.

Andererseits: Würde Skubl es wirklich wagen, ihn zu sanktionieren, wenn er der Weisung nicht Folge leistete, die ganze Sache aber nicht groß hochkochen ließ? Bronstein rauchte die werweißwievielte Zigarette und ging noch einmal die drei Optionen durch, die ihm offenstanden. Er konnte sich Skubl unterwerfen und einen Bericht vorlegen, in dem die Einstellung der Ermittlungen empfohlen wurde. Die Maly würde ihn dafür hassen, doch die Wahrscheinlichkeit, ihr noch einmal zu begegnen, war ohnehin null. Im Präsidium wäre er wahrscheinlich eine kleine Weile eine Lachnummer, doch wer war das dort nicht, unter all den Duckmäusern, Leisetretern und notorischen Jasagern. Aber er käme wohl eine Weile aus der Schusslinie und hätte, wonach er sich ohnehin so sehr sehnte: seine heilige Ruhe.

Er konnte allerdings auch auf offenen Konfrontationskurs zum Präsidenten gehen und diesem einen Bericht auf den Tisch knallen, der die Wichtigkeit des Falles für die Öffentlichkeit betonte, und folgerichtig vermehrte Mittel und Ressourcen für seine Aufklärung einmahnte. Damit wäre ihm die ungeteilte Aufmerksamkeit der gesamten Exekutive gewiss. Er ginge als Tagesgespräch durch alle Amtsstuben im ganzen Land und avancierte zu einer mehr als illustren Persönlichkeit. Skubl würde daher nicht unmittelbar auf diese Provokation reagieren können, doch sobald die allgemeine Aufmerksamkeit abgeebbt wäre, käme Bronsteins unweigerlicher Fall. Man fände ohne Frage irgendeine an sich banale Verfehlung, und schon sähe er sich strafversetzt und zudem unausgesetzt im Visier seiner Vorgesetzten. Eine solche Lage zu ertragen, war nicht jedermann gegeben, und ihm schon gar nicht. Auch wenn er es sich noch so wünschte, Held war er keiner.

Damit blieb nur noch eine dritte, nachgerade klassisch österreichische Lösung. Er würde einfach gar nichts machen und Skubl schlicht keinen Bericht vorlegen. Weder einen, der die Wünsche des Präsidenten erfüllte, noch einen, der ihnen offen widersprach. Wer nichts tut, der geht nicht fehl, sagte der Oberst zu sich selbst, während drüben über den Dächern der Häuser ein erstes, zartes Rot das Kommen des neuen Tages ankündigte. Immerhin war Skubls Weisung ja nur mündlich erfolgt, das ließ Raum für Interpretation. Wenn Skubl partout Bronsteins Ausführungen auf den Tisch bekommen wollte, dann sollte er ihn eben schriftlich davon in Kenntnis setzen. Bis dahin waren die Worte des Präsidenten ein Rat und nicht ein Befehl.

Mittwoch, 25. März 1936

Zufrieden mit dem Ausweg, den er für sich gefunden hatte, legte sich Bronstein nun doch noch einmal hin und schlief umgehend ein. So war es dann auch schon nach 8 Uhr morgens, als er endlich wieder die Augen öffnete. Er musste sich sputen, um wenigstens zu halbwegs ansprechender Zeit im Amt zu sein, und so kam er abgehetzt und verschwitzt in sein Büro, wo ihn Cerny schon ungeduldig erwartete.

Bronstein konfrontierte seinen Assistenten mit seinen Gedankengängen und schlug demgemäß vor, einfach überhaupt nicht auf Skubls Ansinnen zu reagieren. An Cernys Gesicht ließ sich ablesen, dass er eher für die Insubordination eingetreten wäre, doch schien ihm Bronsteins Variante gleichfalls praktikabel. »Gut, tun wir nichts und warten ab, was passiert.«

Die folgenden Stunden schienen gar nicht zu vergehen. Die Zeiger der Uhr wirkten, als seien sie festgeschraubt, und Bronstein rauchte mehr als eine ganze Kompanie Ulanen. Nicht einmal die Mittagspause brachte Erleichterung, und jedweder Versuch, an etwas anderes als den Bericht zu denken, scheiterte schon im Ansatz. Selbst während des Essens redeten die beiden von nichts anderem.

Am Nachmittag schien der Druck zu steigen. Tief in seinem Inneren regte sich eine Stimme, die ihm zu verstehen gab, er könne es immer noch schaffen, fristgerecht einen Bericht, ganz so, wie er gewünscht worden war, vorzulegen. In zwei Stunden wäre das bei Weitem kein Kunststück. Eine Stunde später meldete sich das Gewissen noch einmal: Du hast immer noch genügend Zeit, um einen Bogen

Papier einzuspannen, zwei, drei Absätze zum Ermittlungsstand abzufassen und darunter den von Skubl gewünschten Satz zu stellen.

Doch irgendwann war er dann doch gekommen. Jener Moment, in dem Bronsteins Entscheidung unumstößlich wurde. In 20 Minuten konnte es einfach nicht mehr gelingen, noch ein Konvolut zu erarbeiten. Skubls Schreibtisch würde also frei von irgendwelchen Bronsteinschen Faszikeln bleiben. Und damit er selbst von allfälligen Donnerwettern blieb, verabschiedete sich Bronstein Punkt 16 Uhr von Cerny und begab sich auf eine kleine Odyssee durch die diversen Lokale der Innenstadt, um erst gegen 10 Uhr abends, zu welchem Zeitpunkt er vor privaten Anrufen sicher sein konnte, nach Hause zurückzukehren, wo er angesichts des in der Vornacht aufgestauten Schlafdefizits sofort sein Bett aufsuchte.

Freitag, 27. März 1936

Zu seiner eigenen Überraschung vergingen eineinhalb Tage, ohne dass aus dem Büro des Präsidenten auch nur die kleinste Nachricht an ihr Ohr drang. Fast schien es, als hätte Skubl selbst seinen Auftrag vergessen. Bronstein dachte daran, sich früher ins Wochenende zu verabschieden, um allfällig in letzter Sekunde doch noch vorgebrachte Einwände wenigstens für zwei weitere Tage hinausschieben zu können. Und als er sich schon in Sicherheit wähnte, klopfte es plötzlich an der Tür ihrer Amtsstube. Auf ihr kollektives »Herein« betrat ein blasser Bürodiener den Raum und legte einen speckigen Aktendeckel exakt in die Mitte ihrer beiden Schreibtische. »Das schickt Ihnen der Herr Präsident«, ließ er angelegentlich verlauten, ehe er sich auch schon wieder zum Gehen wandte. Bereits an der Tür, fügte er hinzu: »Für Sie, Herr Oberst, kommt noch eine gesonderte Order, lässt Ihnen der Herr Präsident ausrichten.« Cerny und Bronstein sahen sich eine kurze Weile schweigend in die Augen, dann standen sie gleichzeitig auf und traten seitwärts an das Schriftstück heran.

Es war kaum eine halbe Seite, die mit Text beschrieben war, doch diesen etwa 20 Zeilen war zu entnehmen, dass sich Kollege Cerny am 1. April in Salzburg einzufinden habe, wo er gemäß der gegenständlichen Weisung einen sechswöchigen Kurs für den gehobenen Dienst in Sachen »Internationale Kriminalitätsbekämpfung« zu absolvieren habe. Ziel dieser Delegierung sei es, Cerny für eine zukünftige Zusammenarbeit mit ausländischen Partnerbehörden zu schulen. Der Kurs ende am 15. Mai mit einem entsprechenden Zertifikat.

Bronstein trat verlegen von einem Bein auf das andere, dann ließ er sich schwer auf seinen Sessel fallen. »Damit habe ich jetzt aber wirklich nicht gerechnet. Ich war mir so sicher, er wird mich aufs Korn nehmen. Aber dass er auch dich im Visier hat …«

Cerny lächelte. »Mach dir nichts draus. Das ist halb so schlimm. Es war klar, dass er irgendwie reagieren musste, und weil er formal eigentlich gar keine Handhabe gegen uns hatte, musste er halt einen Umweg wählen.«

Bronstein sah seinen Assistenten schuldbewusst an. »Aber gleich sechs Wochen, das ist wirklich Strafverschärfung.«

Cerny aber zuckte mit den Schultern. »Ach was. Ich kenn das von früher. Am Freitag machen die zu Mittag Schluss, dann bin ich am Abend in Wien und habe zwei Tage Zeit für meine Familie. Das ist möglicherweise mehr, als wenn ich weiter hier im Dienst wäre.«

Seine Worte lösten im Oberst ein Gefühl der Dankbarkeit für die Feinfühligkeit seines Kollegen aus. Er drückte ihm fest die Hand. Sein gleichzeitig vorgebrachtes »Wir schaffen das« sollte Zuversicht ausstrahlen.

»Schade nur, dass der Fall Binder damit wirklich auf Frist gelegt wird. Allein wirst du kaum die nötigen Fortschritte erzielen, und wahrscheinlich findet er bald irgendeine Routinearbeit, zu der er dich einteilt, und dann ist die Sache endgültig vom Tisch.«

»Vermutlich. Aber wir haben immerhin nicht aufgegeben. Das ist auch schon etwas.«

»In Zeiten wie diesen, ja.«

Als Cerny sich schon verabschiedet hatte, setzte sich Bronstein noch einmal an seinen Schreibtisch. Er hatte nichts mehr sagen wollen, um Cerny, der ohnehin gestraft genug war, nicht auch noch seine eigenen Sorgen aufzubürden, aber ihm war der Satz des Bürodieners natürlich nicht entgangen. Er würde kaum mit Routinearbeiten eingedeckt werden. Nein, wenn Cerny schon so büßen musste, dann kam für ihn garantiert was ungleich Gravierenderes. »Vielleicht lande ich wirklich bei den Gsi-Bergern«, sagte er halblaut zu sich und fragte sich gleichzeitig, ob das die Sache wert gewesen war. Er klopfte mit der flachen Hand auf den Tisch. »Ja. War sie. Man darf nicht immer den Kopf einziehen, wenn's heikel wird. Jetzt schon gar nicht. Und wenn die Konsequenz dafür hundertmal Vorarlberg ist.« Und für wenige Sekunden fühlte sich David Bronstein als Held, wobei er sein angstvolles Schielen auf die Österreich-Landkarte an der Wand, vor allem auf deren äußerst westliche Seite, tunlichst ignorierte.

TEIL ZWEI: SOMMER

Mai 1936

Es war natürlich nicht Vorarlberg geworden. Kein Beamter konnte gegen seinen Willen an einen Dienstort außerhalb seines Wohnortes versetzt werden, nicht einmal im Ständestaat. Die einzige Möglichkeit, Bronstein aus Wien zu entfernen, wäre ein Disziplinarverfahren gewesen, doch ein solches wollte der Präsident aus naheliegenden Gründen nicht riskieren, denn rein formal war Bronstein kaum mehr vorzuwerfen als die Rangelei mit zwei Justizwachebeamten, die im Rang weiter unter dem Oberst standen. Mochten die Kollegen gegenüber Bronstein wegen seiner Herkunft auch die Nase rümpfen, aber die Standesehre galt für ihn dennoch. Und außerdem hatte jemand wie Skubl damit zu rechnen, dass Bronstein dann den Fall Binder aufs Tapet gebracht hätte, wodurch unangenehme Fragen aufgeworfen worden wären, die der Präsident ja sichtlich vermeiden wollte. Also delegierte Skubl Cerny mit Anfang April auf einen Kurs nach Salzburg, während Bronstein an seinem angestammten Arbeitsplatz blieb, mit dem einzigen Unterschied, dass der Fall Binder einer anderen Abteilung zugewiesen worden war, während ihm partout kein Akt auf den Tisch gelegt wurde. Für Oberst Bronstein gab es schlicht nichts zu ermitteln. Und so wähnte er sich alsbald tatsächlich in der Hölle. Ohne Cerny war die Arbeit im Büro noch eintöniger und ergo auch frustrierender, und eigentlich schleppte sich der Oberst überhaupt nur deshalb in sein Amt, weil er jene Lügen strafen wollte, die ihm einen vollkommenen Zusammenbruch prognostizierten. Immerhin schrieb ihm Cerny bei jeder Gelegenheit, und jeden Samstag nahm er den Beschleunigten nach

Wien, um wenigstens das Wochenende bei der Familie verbringen zu können. Bei diesen Gelegenheiten telefonierte Cerny dann auch immer einige Minuten mit dem Oberst.

Diese wenigen Augenblicke waren es auch, die Bronstein das Gefühl vermittelten, tatsächlich noch ein Mensch zu sein. Sonst aber wähnte er sich einem Geist gleich, der mit niemandem Kontakt aufnehmen konnte und ungesehen von all den anderen durch die Stadt wandelte. Im Büro blieb ihm nicht mehr zu tun, als die jeweiligen Zeitungen zu lesen, was ihm alsbald zu langweilig wurde, sodass er sich jeden Tag ein Buch mit ins Amt nahm, hoffend, dieses würde ihm nicht nur die Zeit vertreiben, sondern auch sein Gehirn auf andere Gedanken bringen. Vor allem aber beschäftigte ihn die Frage, ob Cerny, einmal zurück von seiner Ausbildung, auch wieder mit ihm in der Stube sitzen würde. Als ermutigend empfand er dabei den Umstand, dass sich den ganzen April über niemand aus den oberen Reihen äußerte, sodass er schließlich mit Recht hoffen durfte, über die ganze Sache sei Gras gewachsen.

In der Tat schienen Skubl und die Seinen auch ganz andere Sorgen zu haben. In der Regierung, so lief das Gerücht, gäbe es massive Spannungen, da sich Kanzler Schuschnigg des Heimwehrflügels um Starhemberg entledigen wolle. Dies wiederum hatte damit zu tun, so ging die Mär, dass Mussolini, der bislang seine Hand schützend über Österreich gehalten hatte, durch seine fortlaufenden Schwierigkeiten am afrikanischen Kriegsschauplatz Hitlers Hilfe benötige, die dieser aber nur zu gewähren gewillt war, wenn der Glatzkopf ihm in Österreich freie Hand ließ. Dies wiederum aber bedeutete für Schuschnigg, dass er all jene Minister loswerden musste, die sich besonders italophil gebärdet und sich damit gegenüber Hitler diskreditiert hatten. Starhemberg jedoch verspürte keine Lust, sich einfach so abschieben zu lassen, und daher mussten untere Chargen wie Skubl abwarten, wer sich in dem Konflikt durchsetzen würde, um dann auf das richtige Pferd setzen zu können.

All das verschaffte Bronstein erfreulichen Spielraum. Er begann die Tage zu zählen, bis Cerny wieder in Wien sein würde, und war sich gleichzeitig mit jedem neuen Morgen sicherer, dass es keine weiteren Konsequenzen geben würde. Dies umso mehr, als sich der Machtkampf in der Regierung Ende April zuspitzte. Vizekanzler Starhemberg hatte bei einer Heimwehrkundgebung vollmundig erklärt, eine Abrüstung des Heimatschutzes könne nur über seine Leiche ins Werk gesetzt werden, was Bundeskanzler Schuschnigg als offene Kampfansage auffassen musste. Dementsprechend befassten sich alle im Präsidium weitaus mehr mit der Tagespolitik als mit der Frage, wie mit dem alten Zausel und seinem böhmischen Spezi verfahren werden sollte.

Wenige Tage später, am Freitag, dem 1. Mai, rief Cerny seinen Chef schon in den frühen Morgenstunden an. »Du«, empfing er ihn ohne Umschweife, »ich habe da dieser Tage etwas erfahren, das muss ich dir unbedingt sagen, sobald wir uns sehen. Ich glaube, das wird dich interessieren.« In der Tat war damit die Neugier des Obersten geweckt, und den ganzen Tag über fragte er sich, was Cerny nur mit dieser ominösen Mitteilung gemeint haben konnte.

Tatsächlich kontaktierte ihn Cerny noch einmal am folgenden Tag und bat Bronstein, er möge Sonntagmittag zum Bahnhof kommen, dort hätten sie Gelegenheit, kurz und ungestört miteinander zu sprechen. Bronstein zählte die Stunden und war viel zu früh am verabredeten Ort. Er setzte sich in die kleine Cafeteria im ersten Stock, von wo aus er den Ausgang zu den Plattformen gut im Blick hatte, und trank eine Schale Gold, während er wieder einmal eine »Donau« nach der anderen rauchte.

Pünktlich auf die Minute erschien Cerny auf der Szene. Bronstein dämpfte eilig seine Zigarette aus, legte einige Münzen auf den Tisch und eilte Richtung Bahnsteig, wo sich Cerny schon nach ihm umsah. »Grüß dich, Cerny!« Mit ausgebreiteten Armen ging Bronstein auf seinen Assistenten zu und strahlte dabei über das ganze Gesicht. »Endlich wieder einmal ein wirklicher Mensch! Du weißt gar nicht, wie sehr ich das in der letzten Zeit vermisst habe!«

»Das kann ich nur zurückgeben. Wenn die, die da mit mir diesen Kurs absolvieren, die zukünftige Exekutive darstellen, dann gute Nacht, Österreich. Die einen sind bösartige Schinder, die anderen armselige Trottel. Und du weißt, ich halt' mich normalerweise mit solchen Kategorisierungen zurück.«

Bronstein nickte nur kurz, erkundigte sich, wann Cernys Zug gehe, und entschloss sich sodann, mit diesem in die Cafeteria zurückzukehren.

Nachdem sie sich kurz ein wenig über die jüngsten privaten Vorkommnisse ausgetauscht hatten, fand Bronstein, es war an der Zeit, auf Cernys Nachricht zurückzukommen. »Also, was war es, was du mir unbedingt erzählen wolltest?«

Cerny schien sich kurz zu sammeln, überlegte offenbar, wie er die Dinge darlegen sollte. »Wie du dir denken kannst«, begann er schließlich, »gibt es unter denen, die da mit mir in Salzburg sind, eine ganze Menge Nazis.«

Der Oberst zog angewidert die Mundwinkel nach unten. »Das war zu befürchten, ja.«

»Und die gehen wie selbstverständlich davon aus, dass ohnehin alle auf ihrer Seite stehen. Außer den Kommandierenden halt. Und so reden sie frei von der Leber weg, ganz so, als wären sie schon die Herren in unserem Land.«

»Die Arschlöcher, die«, kommentierte Bronstein mit Bitternis in der Stimme.

»Jedenfalls nehmen sich die kein Blatt vor den Mund und achten nicht darauf, ob du ihnen zuhörst oder nicht. Und was da so alles von denen kommt, das dreht dir in der Regel den Magen um. Wer aller sofort an die Wand gestellt gehört, wer ins Lager muss, wer aus dem Land gejagt werden muss und so weiter. Wirklich ungustiös.«

»Du, ja, ich kann's mir denken. Aber das musst mir nicht so direkt unter die Nase reiben, mir ist eh schon schlecht von der jetzigen Regierung, da muss ich mir nicht auch noch vorstellen, dass es schlimmer wird.«

»Eh. Aber wart einmal, es geht um ganz etwas anderes. Vorigen Mittwoch sitz ich wieder im Speisesaal, und am Nebentisch unterhalten sich die Pimpf ganz laut und sind bester Dinge. Stellt sich heraus, dass sie sich darüber freuen, dass sie in Greillenstein ein Schulungsheim hingestellt bekommen haben, zur Ertüchtigung und Wehrhaftmachung der deutschen Jugend.« Cerny wartete einen Augenblick auf eine Reaktion Bronsteins, die aber unterblieb. Der Oberst schien davon auszugehen, dass Cerny auf etwas gänzlich anderes hinauswollte. »In Greillenstein«, wiederholte Cerny daher.

»Ja, in Greillenstein. Ich hab's g'hört. Und?« Bronstein zuckte mit den Achseln.

»Was, bitte, ist in Greillenstein?«, insistierte Cerny.

»Was weiß ich«, gab Bronstein unwillig zurück, »ein halb hiniges Schlössl von den Kuefsteins, wenn ich mich recht erinnere.«

»Und wer wohnt dort?«

»Der Kuefstein?« Bronstein klang belustigt.

»Samt Familie. Zu der die Tochter eines gewissen Fabrikanten aus der Renngasse gehört …«

Endlich fiel bei Bronstein der Groschen. »Jessasmarandana, die Binder-G'schicht'.«

»Präzise! Ich bin natürlich sofort hellhörig worden. Also hab ich g'fragt, wer denn der edle Spender ist.«

»Und die haben dir echt geantwortet?« Cerny nickte triumphierend.

»Der Zuckerlmensch!« Cerny schüttelte grinsend den Kopf.

»Ned sag jetzt der Graf! Das tät' mich wundern.«

»Nein.«

»Die Antwort lautete«, spannte Cerny seinen Chef nicht länger auf die Folter, »der Parteigenosse Vetter.«

Bronstein war die Überraschung deutlich ins Gesicht geschrieben. »Der Verwalter? Der ist ein Nazi? Das hätt' ich mir jetzt auch nicht gedacht.«

»Siehst du's! Ich mir auch nicht. Und drum hab' ich mir gedacht, das muss ich dir sofort erzählen. Du sagst, dir ist eh so fad, weil s' dir nix zu tun geben, jetzt kannst ja einmal ein bisserl Nachschau halten, was wir über den Herrn Josef Vetter so haben in unseren Akten. Und vor allem, wie der dazukommt, seinen Parteikameraden so ein generöses Geschenk zu machen. Ich hab' ein bisserl den Verdacht, der zweigt da was vom Gerstl des Fabrikanten ab.«

»Eine Arisierung der besonderen Art sozusagen.« Bronstein schmunzelte.

»Astrein ist das sicher nicht. Und wenn wir dem auf die Schliche kommen, dass der Macheloikes dreht hat, dann simma beide wieder oben hochweiß, und uns kann niemand mehr was.«

»Cerny, das ist die beste Nachricht seit Langem. Ich werd' mich gleich morgen in der Früh dahinterklemmen und schau'n, was ich rausfind'.«

»Wusst' ich's doch, dass ich dir damit eine Freude mach'.« Cerny lächelte und ließ seinen Blick dabei zur großen Bahnhofsuhr wandern.

»Wann geht dein Zug?«, wollte Bronstein wissen.

»Ein paar Minuten hab' ich noch«, entgegnete Cerny.

»Das heißt, du musst jetzt noch zehn Tage durchhalten, dann hat dich Wien wieder?«

»Neun Tage. Am Freitag in einer Woche kriegen wir um 9 Uhr unsere Dekrete, und das war's dann. Freitag gegen 4 Uhr sollte ich endlich wieder dauerhaft zu Hause sein.«

»Na, vielleicht kann ich dann ja schon mit ein paar netten Details aufwarten«, zeigte sich Bronstein hoffnungsfroh. Er legte ein zweites Mal ein paar Münzen auf den Tisch und begleitete dann Cerny auf den Bahnsteig. Dort stand der Zug schon unter Dampf, und an der Haltung des Schaffners ließ sich ablesen, dass ein klein wenig Eile durchaus kein Fehler sein mochte. Die beiden schüttelten sich innig die Hand, dann erkletterte Cerny die Plattform des letzten Waggons. Er hielt sich mit der Linken an der Reling fest, während die Räder sich dampfend und schnaufend zu bewegen begannen. Die Rechte hob er, um Bronstein zu winken, und das tat er auch noch, als der Bahnsteig schon lange zu Ende war. Der Oberst aber erwiderte den Gruß und stand noch eine gute Weile winkend da. Erst, als Cernys Zug nur noch ein undefinierbarer Punkt in der Ferne war, wandte er sich endgültig zum Gehen.

Er wunderte sich selbst, wie früh er am nächsten Morgen aufwachte. Vor allem war er erfrischt und ausgeruht, und so strebte er beschwingt dem Präsidium zu. Dort begab er sich sogleich in die Registratur und fragte den dortigen Zerberus, den er seit vielen Jahren als den bladen Schani kannte, ob es zu einem gewissen Josef Vetter eine Akte gäbe.

Der Schani schälte sich ächzend von seinem Sessel und wuchtete seine Leibesfülle in die hinteren Regionen seines Reiches. Kurz verschwand er zwischen zwei Stellagen, doch gleich danach wurde sein riesiger Kopf wieder sichtbar: »Kummerl oder Nazi?«

Bronstein antwortete postwendend: »Nazi.«

Schani war kurz weg und wenig später wieder da. Mit einem eher dünnen Aktenbündel. »Da hamma eam, den Nazibuam«, meinte er, »viel hamma ja ned. Entweder ist der ein ganz kleines Lichterl oder aber ein recht großes.« Dabei zwinkerte Schani rasch mit dem rechten Auge. Bronstein nahm das Konvolut dankend entgegen.

»Einen Doppler, wie immer, oder?«

Schani schmatzte und grinste gleichzeitig. »Oberlaa warat fein«, entließ er den Oberst mit einem sachdienlichen Hinweis.

Wenige Minuten später saß Bronstein an seinem Schreibtisch und öffnete die Akte so gespannt, als habe er es mit einem verpackten Weihnachtsgeschenk zu tun. Gleich auf der ersten Seite war ein Passfoto von Josef Vetter beigefügt, das keinen Zweifel darüber ließ, dass es sich um den Hausverwalter handelte, mit dem er vor sechs Wochen zu tun gehabt hatte. Den Unterlagen zufolge war Vetter waschechter Wiener und war 1896 in Währing geboren worden. Dort hatte er auch die Volks- und anschließend die Bürgerschule besucht, ehe er bei einem Kaufmann in die Lehre ging, die er aber Ende 1914 abbrach, um zur Armee einzurücken. Es folgten zwei lose Blätter, offensichtlich Abschriften aus der Heeresstammrolle, wonach Vetter zuerst in Galizien und ab Juni 1915 am italienischen Kriegsschauplatz gedient hatte. Im Sommer 1916 wurde er verwundet und verbrachte mehrere Wochen in einem Lazarett in Graz, ehe er als Soldat einer Wachkompanie nach Niš in Serbien geschickt wurde, wo er offenbar bis zum Herbst 1918 Dienst getan hatte. Von einer Entlassung aus dem Heer war auf den beiden Papieren aber nichts zu lesen. Weiter ging es mit den Ausführungen der Staatspolizei, wonach Vetter erstmals 1924 als Mitglied der NSDAP auffällig geworden sei, wobei sich Bronstein darüber wunderte, dass in den Akten das Kürzel DNSAP verwendet wurde. Hatte sich der Kollege der Staatspolizei verschrieben, oder war tatsächlich eine andere Organisation gemeint? Der Oberst stöhnte. Cerny fehlte ihm. Er hätte diese Frage sicherlich sofort beantworten können. Jedenfalls kandidierte Vetter 1927 für die NSDAP bei den Nationalratswahlen, wobei auf diese Gruppe, wie Bronstein dem beigefügten Protokoll entnehmen konnte, 779 Stimmen entfallen waren. In ganz Österreich. Sogar die Kommunisten hatten es auf fast 20.000 Stimmen gebracht. Die NSDAP war damals offenbar eher eine Lachnummer gewesen. Und Bronstein bedauerte zutiefst, dass dies neun Jahre später nicht mehr der Fall war. 1930 war Vetter ein zweites Mal Kandidat seiner Partei gewesen, die dann schon über 111.000 Stimmen einfuhr und den Einzug ins Parlament nur knapp verpasst hatte. Aber dann schien etwas geschehen zu sein, denn just 1932, dem Jahr des ersten großen Triumphs der braunen Bewegung in Österreich, schien Vetter auf keiner Wahlliste mehr auf. Stattdessen gab es einen Vermerk, wonach er mit Wirkung vom 1. September 1931 eine Konzession als Hausverwalter erteilt bekommen habe. Jetzt erst fiel Bronstein auf, dass beinahe 13 Jahre lang jedweder Hinweis auf ein Einkommen des Josef Vetter fehlte. Wovon hatte der Mann all die Jahre gelebt? Hatten ihm Parteigelder zur Verfügung gestanden? Hatte er reich geerbt? Oder war da eine Frau gewesen, von der er sich hatte aushalten lassen? Auf all diese Fragen gab der Akt keine Antwort.

Bronstein kratzte sich am Hinterkopf. Er hatte die Papiere fast durch, und bisher gab es kaum mehr zu erfahren, als dass der Mann eben ein Nazi war. Doch die Aufzeichnungen warfen mehr Fragen auf als sie Antworten gaben. Bronstein lehnte sich zurück und versuchte sich zu konzentrieren. Eine Konzession als Hausverwalter, wie bekam man die eigentlich? Musste man da nicht irgendwelche Voraussetzungen mitbringen? Eine Matura wenigstens? Und warum gab es diese Akte überhaupt? Blätterte man sie von vorne bis hinten durch, dann blieb am Ende übrig, dass Vetter nachweislich zwischen 1927 und 1930 einer Partei angehört hatte, die damals legal war. Natürlich war Bronstein sehr wohl bewusst, dass die Kollegen vom Staatspolizeilichen Büro auch Personen überwachten, die sich strikt im Bereich des Legalen bewegten, und er war sich sicher, dass es nicht nur über Mitglieder der KPÖ und der NSDAP tonnenweise Material gab, sondern mutmaßlich auch über Repräsentanten der Gewerkschaft und der Parlamentsparteien, solange es sie gegeben hatte, über Landeshauptleute, Bürgermeister und wahrscheinlich sogar Priester und führende Wirtschaftskapitäne. Über Anwälte, Professoren und … über die eigenen Kollegen wie zum Beispiel ihn. Doch derartige Überlegungen halfen ihm nicht weiter. Er wollte sich auf Vetter konzentrieren. Dieser war also in die Welt der Wirtschaft abgetaucht und hatte dabei genügend Geld in seinen Besitz gebracht, um seinen Parteigenossen, wenn sie es denn noch waren, ein Heim zu schenken. Wie also war das möglich? Bronstein beschloss, sich an das alte Ermittlermotto zu halten: Folge dem Geld.

Also griff er zum Telefon und kontaktierte einen alten Freund bei der Wirtschaftspolizei. Den befragte er nach Vetter. Sein Kollege lachte kurz auf: »Lustig, dass du gerade nach dem fragst. Eine sehr dubiose Erscheinung, dieser Vetter. Ist vor circa fünf Jahren ganz plötzlich auf der Szene erschienen. Keiner weiß, welchen Narren der Alte an ihm g'fressen hat, aber der hat ihm völlig freie Hand gelassen, was, wie du dir vorstellen kannst, für einige Verwunderung gesorgt hat.«

»Ich bin draufgekommen, dass der Vetter ein Nazi ist. Glaubst, der Zuckerlmacher ist auch einer?«

»Das kann ich mir ehrlich gesagt ned vorstellen. Wir hatten da ja eher andere Vermutungen …«

»Ah so?« Bronstein zog das zweite Wort betont in die Länge, »was denn leicht?«

»Na, um ehrlich zu sein, dass da was Widernatürliches rennt zwischen die zwei. Weil der Alte hat dem Vetter alles g'regelt. Der hätt' ja von Rechtswegen gar kein Verwalter sein dürfen. Aber der Alte hat g'schmiert und g'schmiert, und auf einmal war die G'schicht' gebügelt.«

Bronstein würgte seinen aufsteigenden Widerwillen hinunter. Allein die Vorstellung verursachte ihm Übelkeit. »Ihr seids so grauslich, hörst«, sagte er schließlich.

»Was heißt wir?«, rechtfertigte sich der andere, »wir machen so was ja ned. Aber irgendeinen Grund muss es ja haben, dass der Vetter von dem alten Deppen alles kriegt.«

Da war freilich etwas Wahres dran. Bronstein nahm sich vor, der Sache auf den Grund zu gehen. Er dankte dem Kollegen, legte auf und erkundigte sich dann telefonisch in der Renngasse, ob der Herr des Hauses zugegen sei. Dies wurde von Jean bejaht. Bronstein trug dem Butler auf, seiner Herrschaft Bronsteins Kommen zu avisieren.

»Waren Sie nicht schon einmal bei mir? Vor zwei Monaten oder so?« Der Fabrikant musterte Bronstein argwöhnisch. »Ja. Stimmt. Sie haben mich damals an den Herrn Vetter verwiesen, und genau zu dem hätt' ich jetzt noch ein paar Fragen, wenn's recht ist.«

»Aha! Na so was! Spannende G'schicht, ned wahr. Alsdern, dann fragen S' halt in Gottes Nam'.« Der Industrielle ließ sich von Jean einen Sherry bringen, verzichtete aber darauf, Bronstein etwas anzubieten. Dieser räusperte sich kurz und kam sodann gleich zum Kern der Sache. »Was wir uns fragen, ist, wie Sie überhaupt auf den Herrn Vetter verfallen sind. Unseren Informationen zufolge hatte er, bevor er von Ihnen mit der Verwaltung Ihrer Liegenschaften betraut wurde, keinerlei branchenspezifische Erfahrungen. Warum also haben Sie sich Herrn Vetter anvertraut? Jemand in Ihrer Position könnte sich doch der Hilfe weit profilierterer Verwalter bedienen.«

»Warum ich meine G'schäft' von dem kleinen Schlingel erledigen lass', wollen S' wissen. Sie sind mir aber einer, Herr Polizist.« Dabei drohte der Fabrikant neckisch mit dem Zeigefinger der rechten Hand. »Weil eigentlich, gell, geht Sie das einen feuchten Kehrricht an.« Das Lächeln im Gesicht des Wirtschaftskapitäns stand in krassem Gegensatz zu dessen schneidenden Ton.

»Aber Sie verstehen schon, Herr Kommerzialrat, dass es einen ein bisserl stutzig macht, wenn da auf einmal jemand eine solche Karriere hinlegt, dem, gelinde gesagt, jede Voraussetzung für eine solche Profession fehlt. Der Mann hat ja bitte schön nicht einmal eine Matura.«

»Aber er hat andere Qualitäten.«

»Und welche sind das, wenn man fragen dürfte?«

»Eigentlich dürfen S' nicht, aber ich sag es Ihnen trotzdem, weil S' gar so hartnäckig sind.« Der Fabrikant seufzte theatralisch. »Das hat alles mit meinem Buben zu tun.«

Bronstein hielt seinen Blick in der Erwartung einer etwas ausführlicheren Erklärung unverwandt auf den alten Mann gerichtet. Dieser nippte noch einmal vom Sherry-Glas, ehe er fortfuhr.

»Mein Sohn hat ja in diesen vermaledeiten Krieg müssen, ned wahr. Und als Spross von Stand war er natürlich Offizier. Erst Oberleutnant, dann Hauptmann. In Galizien drüben. Beim Versuch der Rückeroberung von Lemberg ist er schwer verwundet worden.« Der Mann schluckte, rang sichtlich mit sich, wühlte ihn die Erzählung doch ziemlich auf. »Schwer verwundet. Wie es heißt, hat er sehr leiden müssen.« Tatsächlich traten dem Industriellen Tränen in die Augen. »Er ist nicht leicht g'storben, er hat kämpft um sein Leben«, berichtete er mit einer brüchigen Stimme, die immer wieder versagte. »Leben hat er wollen, mein Bub. Leben! Heimkommen. Söhne zeugen. Das Geschlecht fortführen. Drum hat er um jeden einzelnen Tag g'rungen, der Bub, der tapfere.«

Völlig überraschend schlug der Alte mit der Faust auf den Tisch. »Aber glauben S', den Trotteln im Lazarett war mein Bub ein Anliegen? Die haben ihn behandelt, als wär' er irgendein dahergelaufener Halterbub aus der hintersten Bukowina!« Verächtliches Schnauben kam aus seinem Mund. »Die Menage ein Witz. Da musst ja krepieren, wenn dich die eigenen Leut' so vernachlässigen. Allein der Sepp hat sich um ihn gekümmert. Bis zuletzt.« Eine Art seliges Lächeln ersetzte die wutverzerrte Fratze, die das Gesicht des Alten eben noch verunziert hatte. »Der Sepp war nämlich der Pfeifendeckel von meinem Buben. Treu wie ein Schäferhund, wissen S'. Und so was muss man honorieren. Das g'hört sich einfach.«

»Ich verstehe«, gab Bronstein leise von sich.

»Es macht den Buben natürlich nicht wieder lebendig. Aber ich hab' mir gedacht, ich bin es seinem Andenken schuldig. Und wegen der lächerlichen Formalia da, ich bitt' Sie. Wir haben Minister g'habt, die haben kaum ihren eigenen Namen schreiben können. Da werden wir einen Hausverwalter ohne Matura auch noch aushalten.«

»Das heißt, Sie vertrauen dem Herrn Vetter vorbehaltlos.«

»Selbstverständlich«, kam es ebenso prompt wie schneidend retour.

»Gut. Dann wäre das ja geklärt.« Bronstein tat, als würde er sich erheben. Mitten in der Bewegung allerdings hielt er inne: »Nur noch eine Frage: Wissen Sie zufällig, ob der Herr Vetter selbst auch vermögend ist?«

»Was soll denn diese Frage?«

»Na ja, es heißt, er soll gerade jemandem ein schönes, kleines Häuserl g'schenkt haben. Also genau genommen eher ein kleines Palaitscherl. In Greillenstein oben. Kennen S' das zufällig?« Der Oberst beäugte den Industriellen lauernd, begierig, seine Reaktion zu sehen.

Dem blieb tatsächlich der Mund offen: »Das ist jetzt ein verspäteter Aprilscherz, oder?«

»Mitnichten, Herr Kommerzialrat. Ich kann Ihnen die Liegenschaft auch gerne genau bezeichnen«, bluffte er.

Die Kiefer des Alten mahlten so heftig, dass man die Zähne knirschen hörte. Endlich ertönte ein lautes »Jean«. Doch wenn Bronstein damit gerechnet hatte, der Butler solle nun den Vetter einbestellen, sah er sich getäuscht. Kaum war der Diener in der Tür erschienen, vernahm er ein »Jean, der Herr wünscht zu gehen.« Und Bronstein blieb nur, sich nickend zu empfehlen.

Aber es war offenkundig, dass seine Nachricht den Fabrikherrn unerwartet getroffen hatte. Mutmaßlich würde Jean den Vetter sehr wohl in die Renngasse zu zitieren haben. Nur eben nicht in Bronsteins Gegenwart. Allerdings brauchte auch er selbst ein besseres Blatt, denn wenn Vetter leugnen würde, wovon auszugehen war, dann musste er mit einer Formulierung à la »Lindenweg 2« dagegenhalten können. Womit auch feststand, was er am folgenden Tag zu erledigen haben würde.

Tatsächlich saß Bronstein tags darauf im Zug. Bis Horn ging es verhältnismäßig schnell, dann jedoch musste er in einen reichlich wackeligen Bummelzug umsteigen, der für die wenigen Kilometer, die Horn und Greillenstein trennten, beinahe ebenso lange brauchte wie der Regionalzug von Wien nach Horn. Endlich an seinem Ziel angekommen, lenkte der Oberst seine Schritte sofort zum Gemeindeamt, wo er den Sekretär gerade noch davon abhalten konnte, sich in die Mittagspause zu verabschieden.

Bronstein zeigte seine Kokarde. »Ich brauche nur eine ganz kleine Auskunft. Es wird nicht lange dauern.«

Der Sekretär rang mit sich, schickte sich dann aber ins Unvermeidliche. »Also kommen S' rein da«, sperrte er die Tür zum Amt wieder auf.

»Der Herr Graf«, begann der Oberst vorsichtig, »dem gehören hier doch sicherlich etliche Liegenschaften.« Kurz blitzte die nackte Angst in dem Gemeindebediensteten auf, der Polizist wollte nun vielleicht wissen, welche Grundstücke den Kuefsteins gehörten und wo die genau lagen. Bronstein beschwichtigte ihn jedoch sofort, indem er fortfuhr: »Aber gehört seinem Schwiegervater hier auch etwas?«

»Dem Herrn Fernthaler? Dem Zuckerlfabrikanten?«, vergewisserte sich der Sekretär.

Bronstein nickte.

»Na, das ist schnell beantwortet. Er hat ein kleines Häuserl am anderen Ende des Schlossparks, die Meierei gleich gegenüber dem Schloss gehört auch ihm, und dann noch der Bauernhof drüben in Winkl. Den bewirtschaften aber irgendwelche Pächter.«

»Und das ist alles?«

»Na ja, früher war da noch die Wirtschaft in Wutzendorf, die hat der Herr Fernthaler anno '32 veräußert, und das ehemalige Verwaltungsgebäude in Germanns, gleich hinter Tautendorf. Das ist erst kürzlich verkauft worden.«

Bronstein wurde hellhörig. »Sehen S', genau das interessiert mich.«

Der Sekretär seufzte pathetisch und ging dann in einen Nebenraum, aus dem er mit einem dicken Folianten wieder zurückkehrte. »Da steht's schwarz auf weiß. Der Verkauf erfolgte am 31. März diesen Jahres.« Er legte den Band auf den Tisch und drehte ihn so, dass Bronstein den Eintrag selbst ansehen konnte. Alles war penibel vermerkt, Kaufsumme, Verkäufer und Käufer. Letzterer war ein Herr Adolf Braun aus München. Bronstein schloss eine Wette mit sich selbst ab, dass dieser Name reine Erfindung war.

»Und gibt's dazu auch eine Verkaufsurkunde, einen Vertrag oder so etwas?«

Der Sekretär nickte. »Ja, aber das befindet sich alles bei dem Herrn, der den Verkauf für den Herrn Fernthaler abgewickelt hat. Das war der Herr …«

»… Vetter.« Bronstein hatte genug gehört. Er ersuchte den Bediensteten, ihm eine Abschrift des Eintrags zu machen und diese für ihn mit Datum und Unterschrift zu siegeln. Dann bedankte er sich freundlich und sah zu, dass er so schnell wie möglich wieder nach Wien kam. Dabei tat es ihm in der Seele weh, dass er Cerny in Salzburg nicht erreichen konnte, um ihn sofort über seine

Ergebnisse zu informieren. Doch das würde eben noch drei Tage warten müssen.

Auf dem Rückweg hatte Bronstein genügend Zeit, über seine Erkenntnisse nachzusinnen. Vetter hatte also seine Position bei Fernthaler benutzt, um sich ein mehr als stattliches Körberlgeld zu sichern. Und er war offenbar mit den Nazis nach wie vor auf Du und Du. Doch das konnte kaum verwundern, denn die waren allerorten im Aufwind. Deutlich hatte er noch Cernys entsetztes Gesicht vor Augen, als die Nazipartei im Vorjahr ausgerechnet in der Tschechoslowakei die meisten Stimmen von allen wahlwerbenden Gruppen erzielt hatte. Und dem Schreihals aus Braunau war erst im März mit der Besetzung des entmilitarisierten Rheinlandes der nächste Propagandacoup gelungen, nachdem erst kurz zuvor das Saarland wieder ins Reich eingegliedert worden war. Hitler verstand es perfekt, den Eindruck zu vermitteln, dank ihm gehe es mit Deutschland endlich wieder aufwärts, und Bronstein war sich sicher, der Diktator würde die für den Sommer anstehenden Olympischen Spiele dazu nutzen, diese Behauptung erneut zu unterstreichen. Kein Wunder also, dass jemand wie Vetter zu dem Schluss kam, man müsse es sich mit dieser Partei gutstellen, dies umso mehr, als er ihr ja ohnehin schon in deren Frühzeit angehangen war.

Ob die Parteigenossen allerdings einen Defraudanten schätzen würden, stand auf einem anderen Blatt. Jedenfalls verspürte Bronstein große Lust, Fernthaler mit seiner Entdeckung zu konfrontieren. Dann mochte die Sympathie für den Pfeifendeckel seines gefallenen Sohnes rasch abkühlen.

Doch der Oberst zwang sich zur Geduld. Vielleicht hatte Vetter ja den Fabrikanten auch noch bei anderen Gelegenheiten betrogen. Es war Zeit, sich eingehender mit Fernthalers Liegenschaften in Wien zu befassen. Möglicherweise nahmen Vetters Machinationen dann sogar noch eine viel größere Dimension an.

Gleich am nächsten Morgen machte sich Bronstein auf ins Grundbuchamt, und wie von ihm erwartet, gab es zum Eintrag Fernthaler eine reichlich dicke Akte. Aus der ging hervor, dass Fernthaler zu einem gewissen Zeitpunkt fast noch mehr Immobilien besessen hatte als der berüchtigte Baron Glickstein, doch seit Beginn der Wirtschaftskrise vor nunmehr sieben Jahren befand sich das Fernthalersche Imperium im Niedergang. Aber es nahm sich immer noch recht beeindruckend aus. Neben den diversen Fabriksgebäuden nannte Fernthaler ein gutes Dutzend Zinshäuser in den Vorstädten und noch einmal ein halbes Dutzend solcher Häuser in den Vororten sein eigen. Allerdings zeigte sich bei genauer Durchsicht der Akten, dass Fernthaler nicht weniger als elf Objekte seit 1932 veräußert hatte. Allesamt Zinshäuser an der Peripherie. Und zu einem jeweils nahezu schändlich niedrigen Preis. Als Bronstein nun aber mit dem Zeigefinger zu jener Rubrik wanderte, in welcher der jeweilige Käufer eingetragen war, stockte ihm der Atem. In acht der elf Fälle hieß der neue Eigentümer Josef Vetter. Konnte Fernthaler tatsächlich so blauäugig gewesen sein? Gut, sagte sich Bronstein, er hatte den Mann bei zwei Gelegenheiten kennengelernt und dabei festgestellt, dass er, vorsichtig formuliert, mehr als zerstreut war. Es mochte also ein Leichtes sein, ihm ein Papier zur Unterschrift unter die Nase zu halten, ohne dass Fernthaler überhaupt fragte, worum es dabei ging. Ein beiläufig formuliertes »Herr Kommerzienrat, ich bräuchte eine Signatur für die notwendige Reparatur des Daches dort und dort« mochte genügen, dem alten Zausel ein weiteres Juwel zu entreißen. Und Bronstein war sich sicher, dass Vetter keinen Groschen für all diese Gebäude gezahlt hatte, da er wohl zu Recht davon ausgehen konnte, dass sein Chef keine Ahnung hatte, was er überhaupt besaß und wieviel ihm an Erträgen zustand.

Bronstein machte sich zu all diesen Vorgängen umfassende Notizen und schloss dann die Akte. Ohne Frage war er einem gravierenden Fall von Wirtschaftskriminalität auf die Spur gekommen. Das fiel zwar nicht in sein Ressort, aber eine besondere Entdeckung war es allemal. Bronstein wünschte sich, es wäre bereits Freitag, um Cerny alles haarklein auseinandersetzen zu können, um dann gemeinsam zu beratschlagen, wie sie weiter vorgehen sollten. Aber zwei Tage musste er sich noch gedulden. Zwei Tage, die ihm gleichwohl wie ein ganzes Jahr vorkommen würden.

Am letzten Tag von Cernys Abwesenheit begab sich Bronstein ins Meldeamt. Ihn beschäftigte immer noch die Frage, wie Vetter die Zeit zwischen 1919 und 1931 zugebracht hatte. Vielleicht, so dachte er sich, konnten die Meldezettel da Auskunft geben, denn immerhin musste man dort ja nicht nur seine Anschrift, sondern auch seine Profession angeben. Und Bronstein war höchst interessiert daran zu erfahren, welchen Beruf der Herr Vetter vor seinem unerwarteten Aufstieg angegeben hatte.

Bis 1914, so zeigte sich, hatte Vetter ganz offensichtlich bei seinen Eltern gelebt. Als er im Februar 1919 wieder in Wien eine Wohnung nahm, kam er offenbar als Aftermieter in Favoriten unter, denn der entsprechende Eintrag wies die Beifügung »bei Frau Winter, Wittib« auf, was darauf hindeutete, dass sich eine Witwe ihre kargen Einkünfte dadurch aufbesserte, dass sie einen Teil ihrer Wohnung an junge Männer vermietete. Doch Vetter schien dort nicht sehr glücklich geworden zu sein, denn bereits im Dezember desselben Jahres erfolgte eine Adressänderung, und Vetter wohnte nun auf der Wieden als Untermieter bei einem pensionierten Hauptmann. Als Beruf hatte Vetter schlicht »Student« angegeben, und Bronstein musste schmunzeln. Anscheinend war der Mann damals schon ein Hochstapler gewesen, denn ohne Matura konnte man sich nicht an der Universität immatrikulieren. Aber anscheinend hatte der Meldebeamte die Angaben einfach für wahr genommen und nicht überprüft.

»Student«, stand auch noch auf dem Meldezettel des Jahres 1924, wo Vetter offenbar erstmals selbst Hauptmieter war. Diesmal auf der Landstraße. Es folgten mehrere Wohnungswechsel bis 1928, wobei Vetter stets in einen neuen Bezirk zog. Erst bei seinem Einzug in eine Wohnung in Simmering gab er als Beruf »Hilfsarbeiter« an. Was für ein Abstieg, dachte der Oberst grinsend. Doch die Miene gefror ihm, als er die Simmeringer Adresse genauer betrachtete. Dommesgasse. Kein Zweifel. Vetter hatte vor acht Jahren genau in jenem Haus gewohnt, in dem Binder so tragisch ums Leben gekommen war.

Keine voreiligen Schlüsse jetzt, sagte sich Bronstein und zwang sich, ruhig zu atmen. Immerhin übersiedelte Vetter schon Anfang 1929 nach Ottakring, die paar Monate mussten also weiter nichts bedeuten. Es konnte aber auch sein, dass Binder und Vetter sich von damals kannten. Und der Oberst fragte sich, ob er eben auf eine Spur gestoßen war, die weit über die Betrugsdelikte Vetters hinausgingen.

Anfang 1929 firmierte Vetter immerhin schon als »Privatangestellter«. Vielleicht, so lautete Bronsteins Überlegung, war Vetter als Fernthalers Mieter auf die Idee gekommen, diesem seine rührselige Geschichte als des Juniors Pfeifendeckel aufzutischen, womit sein Aufstieg begann. Und zwei Jahre später nutzte er die Gelegenheit und machte sich für den Alten unersetzlich – und sich selbst damit reich.

Tatsächlich übersiedelte Vetter ein weiteres Mal, diesmal auf den Alsergrund, wo er offenbar eine respektable Wohnung in der Mariannengasse nahm. Seit zwei Jahren aber, die Berufsbezeichnung lautete nun »Selbständiger Haus- und Immobilienverwalter«, wohnte Vetter in der Josefstädter Lammgasse, die fürwahr eine durchaus noble Gegend war. Keine Frage, dieser Hilfsarbeiter hatte es geschafft. Und Bronstein wusste auch, wie.

Da er nun schon einmal in diesem Amt vorstellig geworden war, dachte der Oberst, könnte es nicht schaden, sich auch noch den Meldezettel Fernthalers zeigen zu lassen. Dieser enthielt erwartungsgemäß nichts von Belang, und doch stutzte der Oberst plötzlich. Beigelegt war dem Konvolut nämlich eine amtliche Meldung über das Hinscheiden von Fernthalers Junior, wonach dieser am 5. Juli 1915 im Feldlazarett Nummer 1 in Lemberg gestorben war. 5. Juli? Hektisch blätterte Bronstein seine Aufzeichnungen durch. Tatsächlich. Vetter war bereits eine ganze Weile früher, praktisch unmittelbar nach der Kriegserklärung Italiens an Österreich-Ungarn, an den neuen Kriegsschauplatz versetzt worden. Er konnte sich also gar nicht um Fernthalers Sohn gekümmert haben. Bronstein fielen die damaligen Ereignisse aus seinem eigenen Erleben wieder ein. Die Offensive zur Rückeroberung Lembergs hatte erst Ende Juni 1915 begonnen, zu welchem Zeitpunkt er selbst bereits einige Wochen verwundet im Lazarett lag. Und dort war der Verrat der Italiener Ende Mai Tagesgespräch gewesen. Und alle, die bereits wieder fronttauglich waren, wurden, so sie irgendeine Erfahrung mit Gebirgsgegenden hatten, in den Süden abkommandiert. Bronstein kam aus dem Staunen nicht mehr heraus. Vetter hatte in dem Industriellen seine ganz persönliche Melkkuh gefunden und Fernthaler unter Vorspiegelung falscher Tatsachen nach Strich und Faden ausgenutzt.

Der Oberst zog seine Taschenuhr hervor. Für diesen Tag, so befand er, konnte er nichts mehr unternehmen. Gleichzeitig brannte er darauf, Cerny zu treffen, um ihm all diese neuen Erkenntnisse zu präsentieren, die da so unerwartet auf ihn eingeprasselt waren. Allerdings, so sagte sich der Oberst, war es vielleicht noch nicht zu spät, nach Simmering hinauszufahren und dort die Frau Gattinger oder jemand anderes nach Vetter zu befragen. Vielleicht hatte sein kurzer Aufenthalt dort ja doch Spuren hinterlassen.

Bronstein kam sich vor wie ein alter Jagdhund, der plötzlich wieder Fährte aufgenommen hatte. Erstmals seit Wochen gestand er sich, während er die quälend lange Straßenbahnfahrt an die Peripherie auf sich nahm, ein, dass der Fall Binder für ihn immer noch eine offene Wunde war. Eine, die nach wie vor schwärte. Und dabei vermochte er nicht zu sagen, ob ihm die Sache deswegen so zu Herzen ging, weil er sich prinzipiell keine Niederlage gestattete, oder weil es ihn kränkte, Frau Maly enttäuscht zu haben. Und genau deshalb wäre es in seiner Vorstellung eine wunderbare Fügung, würde sich nun zeigen, dass Vetter, der Betrüger, vielleicht auch Vetter, der Mörder von Hans Binder war.

Es war kurz nach 5 Uhr nachmittags, als Bronstein erstmals seit beinahe zwei Monaten wieder vor dem ominösen Haus stand. Ohne ein Zögern begab er sich in den ersten Stock und klopfte bei Frau Gattinger. Nichts tat sich.

Da kam die Frau Wewerka die Stufen hinaufgeschnauft. Sie erkannte den Polizisten und sagte anstelle eines Grußes.»Ja, haben Sie's denn nicht gehört? Die Frau Gattinger ist g'storben. Ende April war's. Vorige Woche haben wir Sie begraben.«

»Oh, wie bedauerlich, das zu hören«, gab sich Bronstein betrübt. Um nach einer kurzen Höflichkeitspause, in der die Wewerka weiter ihrer Wohnung zustrebte, ihr zum Treppenabsatz nachzueilen und sie zu fragen, seit wann sie in dem Haus wohne.

»Seit knapp sieben Jahren. Warum?«

Bronstein bemühte sich um ein Lächeln. »Ich suche jemanden, der schon 1927 hier gewohnt hat.«

»Da müssen S' zur alten Kapfinger rauf. Die wohnt da schon, seit Moses die zehn Gebote verkündet hat.«

Bronstein drehte die Augen nach oben und machte sich dann hinter der Wewerka an den Anstieg ins letzte Stockwerk. Dort hielt er erst einmal einen Augenblick inne. Nicht, um sich zu sammeln, sondern um wieder zu Atem zu kommen. Erst, als er das Gefühl hatte, sein Körper sei nicht länger im Ausnahmezustand, klopfte er an. Er wartete. Eine gute Weile, wie ihm schien. Dann pochte er erneut an die Tür. Aus dem Inneren der Wohnung schienen schlurfende Geräusche zu kommen. Dann folgte ein quietschendes »Ist da wer?«.

»Ja. Oberst Bronstein von der Wiener Polizei«, rief er durch die geschlossene Tür. Es folgten einige recht merkwürdige Tonfolgen, die Bronstein schließlich als das Öffnen mehrerer Vorhängeschlösser deutete. Endlich ging die Tür einen Spaltbreit auf.

»Ist das auch wahr?«, fragte die Alte. Der Oberst zeigte seine Kokarde. Nun erst ging das Portal gänzlich auf.

Die Frau trat einen Schritt zurück. »Na, Zeit ist's worden«, statuierte sie.

»Wie bitte?«, entgegnete Bronstein, während er die Wohnung betrat.

»Na, kommen S' am End' ned wegen dem Xandi?« Enttäuschung machte sich auf dem Gesicht der Kapfinger breit.

»Entschuldigung, aber wer ist der Xandi?« Bronstein bekannte sich zu seiner Ahnungslosigkeit.

»Na, mein Kater«, kam es mürrisch von der Kapfinger, »der ist mir abpascht. Vorige Woche schon. Ich hab' eh sofort eine Anzeige g'macht, aber bisher hat sich niemand g'rührt von Euch.«

»Ich fürchte, damit kann ich nicht dienen«, blieb der Oberst ehrlich, »ich bin wegen einer ganz anderen Sache hier. Ich bräuchte eine Auskunft von Ihnen.«

Sofort war das Interesse der Alten erwacht, und sie schien ihren Kater vollends vergessen zu haben. »Eine Auskunft? Von mir? Das klingt aber aufregend. Wollen S' ned Platz nehmen, Herr Inspektor? Da, gleich bei der Kredenz warat ein Platz.«

Bronstein zwängte sich hinter den wackeligen Küchentisch und meinte, ein Glas Wasser käme ihm gerade recht. Sie entnahm ihrem Küchenschrank ein entsprechendes Behältnis, begab sich in schier unendlicher Langsamkeit auf den Gang, wo sie die Bassena in Betrieb nahm, um schließlich mit dem von Bronstein gewünschten Getränk zurückzukehren. Sie setzte sich selbst auf den einzigen Sessel, der sich im Raum befand. Bronstein, der zwischenzeitlich das auf dem Tisch liegende Kreuzworträtsel studiert hatte, sah zu ihr hinüber.

»Sie wissen ned zufällig die Hauptstadt von Abessinien? Zehn Buchstaben«, merkte die Kapfinger an.

»Addis Abeba«, gab der Oberst reflexartig zurück, »aber jetzt habe ich eine Frage. Es heißt …« Er hörte zu sprechen auf, da er sah, wie die Kapfinger mit erstaunlicher Geschwindigkeit das Rätselheft gegriffen hatte und die eben genannte Lösung eintrug.

»Ich dank' recht schön«, sagte sie dann, was Bronstein zum Anlass nahm, seine Frage zu formulieren.

»Es heißt, Sie wohnen schon sehr lange hier.«

»Erstbezug. 1896. Ich bin ja schon 72, müssen S' wissen. Apropos wissen. Altmodischer Schreibtisch. Neun Buchstaben.«

Bronstein spürte einen gewissen Widerwillen in sich aufsteigen. »Sekretär«, knurrte er. Und wieder malte die Alte. Bronstein ließ nicht zu, dass sie das nächste Lösungswort von ihm zu erfahren begehrte. »Können Sie sich an die Mieter des Jahres 1928 erinnern? An einen Herrn Vetter?«

»Den Hausverwalter?«, kam es prompt zurück.

»Genau den«, bestätigte Bronstein, »der hat hier einmal gewohnt.«

Die Alte nickte. »Ja, ich weiß. Ich erinnere mich. Eine komische G'schicht'. Irgendwie ned ganz koscher, wenn S' mich fragen.«

»Aha. Und warum?«

»Der hat da ein halbes Jahr oder so g'wohnt. Aber er hat keinen einzigen Groschen Zins gezahlt. Das weiß ich von der Hausmeisterin. Die war ganz baff, dass so etwas geht. Aber er hat damals nur g'meint, das hätt' schon seine Richtigkeit, weil er den Hausherrn kennt.«

Damals schon, dachte sich Bronstein, sagte aber nichts. »Na, jedenfalls hat das dann die Runde g'macht, und der Quirina, der unten im zweiten Stock g'wohnt hat, der hat Wind von der Sache kriegt und hat sich fürchterlich aufg'regt. Ich kann mich noch gut erinnern …« Plötzlich erstarb die Alte, schien vollkommen entrückt zu sein. Bronstein überlegte, wie er den Erzählfluss der Kapfinger wieder anfachen könnte, als sie ihn direkt ansah: »Herbstblume. Fünf Buchstaben.«

Der Oberst presste die Zähne zusammen, um nicht laut zu fluchen. Innerlich zählte er bis drei, dann sagte er laut und vernehmlich »Aster«.

Und die Kapfinger malte das Wort vergnügt in die entsprechende Spalte. »… wie der Quirina und der Kovac, sein Nachbar quasi«, fuhr sie ansatzlos dort fort, wo sie innegehalten hatte, »den Vetter abgepasst haben. Das war eine lautstarke Unterhaltung, kann ich Ihnen sagen. Da hab' ich da heroben noch jedes Wort g'hört. Und dabei bin ich schon ein bisserl schwerhörig, müssen S' wissen.« Die Alte schmunzelte schelmisch, wurde aber gleich wieder sachlich, »na, jedenfalls hat der Vetter g'meint, das werde ein Nachspiel haben. Damals hat freilich niemand was d'rauf geben. Aber wie dann vor zwei Jahren diese ganze G'schicht' da mit dem Remasuri um den Aufstand, oder was das war, war, da ist der Vetter sofort auf der Dacken g'standen und hat dem Quirina die Delogierung ausg'sprochen. Und vor Kurzem hat er das dann auch mit dem Kovac g'macht.« Und nach einer kleinen rhetorischen Pause: »Der hat sich das g'merkt, natürlich. Und sobald er können hat, hat er sich g'rächt.«

»So, so, der Quirina und der Kovac. Glauben Sie, hatte der Binder damals auch etwas damit zu tun?«

Die Kapfinger schien wirklich nachzudenken. »Ich glaub', eher nicht. Aber er war natürlich auf der Seite von den beiden. Der war sehr gut mit dem Quirina befreundet. Und mit dem Kovac sowieso. Der war hübsch ein Zeiterl malad, wie er das vom Quirina g'hört hat.«

Die Kapfinger rückte näher an Bronstein heran, senkte dabei gleichzeitig ihre Stimme. »Und wie's g'heißen hat, dass der Kovac jetzt auch delogiert werden soll, da hat der Binder g'sagt, das werma aber noch sehen, ob das noch einmal so einfach geht.«

Bronstein passte sich ihrer Lautstärke an. »Was kann er damit g'meint haben, der Binder?«

Die Alte kam noch näher. »Ha? Ich bin ein wengerl derrisch, das hab' ich Ihnen doch g'sagt.« Die Kapfinger schüttelte missbilligend den Kopf.

»Ja, ich weiß auch nicht«, replizierte Bronstein wieder in normaler Lautstärke, »Sie haben ins Flüstern ang'fangen.«

Die Alte fuhr fort, ihren Kopf zu schütteln, »ja, weil das ned ein jeder zu hören braucht, Sie Blitzgneißer.« Und gleich darauf wieder ganz leise: »Ich weiß auch nicht, wie er das g'meint hat. Aber die Gattinger hat damals glaubt, der Binder hat was gegen den Vetter in der Hand. Aber was Genaues hamma natürlich alle ned g'wusst, gell.«

Mit einer gehörigen Portion an Dankesworten verabschiedete sich Bronstein und strebte dann voll innerer Unruhe der eigenen Wohnstatt zu. Er kramte eben nach seinem Schlüssel, als er im Inneren seiner Behausung ein Läuten vernahm. Irgendwer rief ihn also an. Der Oberst sputete sich und schaffte es gerade noch rechtzeitig, den Hörer aus der Gabel zu bekommen. »Ja«, meldete er sich keuchend. Zu seiner enormen Freude war Cerny am Apparat. »Ich wollt' dir nur sagen, alles bleibt wie besprochen. Ich nehm' morgen den Zug um 10 Uhr 30 und bin dann am frühen Nachmittag wieder in Wien.«

»Sehr gut! Wirklich sehr gut! Du wirst nicht glauben, was ich seit unserer letzten Begegnung alles herausgefunden habe. Augen wirst du machen, lieber Freund. Aber ganz große auch noch.«

Durch die Leitung hörte er seinen Assistenten lachen. »Na, da bin ich ja schon gespannt.«

Naturgemäß fand Bronstein in dieser Nacht ein weiteres Mal keinen Schlaf. Immer wieder ging er die jüngst gewonnenen Erkenntnisse durch und versuchte, daraus eine Tat zu konstruieren. Was, wenn Binder von den Machinationen Vetters erfahren hatte? Er konnte diese als Druckmittel gegen eine Delogierung seines Freundes Kovac eingesetzt haben. Und Vetter verlor daraufhin die Nerven und beseitigte den Mitwisser.

Aber, und genau dieser Umstand raubte dem Oberst den Schlaf, auch diese These war ziemlich weit hergeholt. Woher hätte ein an den Rand der Gesellschaft gedrängter kleiner Proletarier von solchen Machenschaften Kenntnis bekommen sollen? Wie hätte er diese gegen Vetter einsetzen können, denn es war ja wohl kaum anzunehmen, dass ihn jemand wie Fernthaler auch nur angehört hätte. Und zur Polizei gehen war für einen Häfnbruder, gleich aus welchem Grund, auch kein gangbarer Weg. Vor allem aber würde jemand wie Vetter wirklich zu einem Mord greifen? Nun ja, immerhin stand sein ganzes bisheriges Leben auf dem Spiel. Vetter hatte sich aus dem Nichts mit List und Tücke in eine überaus bequeme und einträgliche Existenz hochgearbeitet, und diese wollte er sicher nicht verlieren. Also war es gut möglich, dass er auf eine allfällige Drohung zu so einer radikalen Maßnahme griff. Nur wenn, dann musste man es ihm auch beweisen. Und das, das war ohne Frage das härteste Stück Arbeit an der ganzen Sache. Aber immerhin, so versuchte sich Bronstein doch noch in die Lage zu versetzen, ein wenig Schlaf zu finden, hatten sie nun erstmals überhaupt eine echte Arbeitshypothese, und gemeinsam mit Cerny würden sie letztlich ein weiteres Mal der Gerechtigkeit zum Sieg verhelfen. Und Bronstein sah sich, während er langsam doch endlich einschlummerte, der Frau Maly gegenüber, mit einem gewinnenden Lächeln im Gesicht und einem »Ich hab's Ihnen ja g'sagt« auf den Lippen.

Freitag, 15. Mai 1936

Beinahe hätte Bronstein über den Ermittlungen alles andere vergessen. Doch die Wirklichkeit holte ihn just am nächsten Morgen wieder ein. Vergnügt war er am Morgen aufgestanden und hatte Kaffee zugestellt. Dann griff er sich die »Wiener Zeitung«, wobei ihm auffiel, dass unter der Ausgabe vom Tag noch mehrere andere Nummern lagen, die er wegen seiner Aktivitäten in der Causa Binder gar nicht erst zur Hand genommen hatte. Während er also seinen Mokka schlürfte und die erste »Donau« des Tages rauchte, beschloss er, die Blätter chronologisch durchzusehen. Zu Beginn der Woche berichteten die Zeitungen über Mussolinis Sieg in Äthiopien. Dann hieß es, Vizekanzler Starhemberg habe dem italienischen Diktator ein euphorisiertes Telegramm geschickt, in welchem er dem Duce zu seinem glanzvollen Triumph gratuliere, welcher ein Sieg des faschistischen Gedankens in der Welt sei.

Bronstein kamen einige Szenen wieder in den Sinn, die er in den letzten 48 Stunden eher beiläufig zur Kenntnis genommen hatte. Er erinnerte sich daran, im Präsidium Gerüchte aufgeschnappt zu haben, es gebe wegen Starhembergs Demarche geharnischte Proteste aus London, Paris und Prag in Wien. Und hatte er nicht gestern vor dem Zu-Bett-Gehen noch mit einem halben Ohr im Radio gehört, der Bundeskanzler habe Starhemberg entlassen und seine Regierung gleich an mehreren Stellen umgebildet? Er war so auf den Fall Binder konzentriert gewesen, dass er dem Bericht keine Beachtung geschenkt hatte. Jetzt aber, in dieser Gesamtschau, machte die Sache auf einmal Sinn. Bronstein war vom Donner gerührt und konnte es kaum erwarten, die Freitagausgabe der »Wiener Zeitung« in die Hände zu bekommen. Eifrig kramte er im Papierwust und wurde endlich fündig. Die Titelseite wartete mit einem Artikel des Titels »Der gerade Weg« auf. Dort wurde daran erinnert, dass Schuschnigg erklärt hatte, alle Funktionäre müssten sich als Diener des Staates und des Volkes verstehen. Es sei maßgebend, dass das Ziel klar und der Weg gerade sei. »Diese Richtlinie war bestimmend für die bedeutsamen personellen Umschichtungen, die in der Nacht von Mittwoch auf Donnerstag im Einvernehmen zwischen dem Bundeskanzler und dem Bundespräsidenten getroffen wurden.« So war das also, dachte der Oberst. Mit einem einzigen Federstrich war die Heimwehr aus der Regierung gefegt.

Eigentlich, so spann er seinen Gedanken weiter, war das eine ziemlich mutige Entscheidung des spröden Tirolers gewesen, auch wenn er natürlich auf die beständigen Provokationen des adeligen Heißsporns hatte reagieren müssen. Doch Schuschniggs Regime war ohnehin kaum in der Bevölkerung verankert, sich da auch noch der letzten Stütze zu begeben, war wohl doch mehr als kühn. Der neue Vize, Eduard Baar-Baarenfels, galt als ebenso farblos wie schwach, und nicht wenige meinten, er sei überhaupt nur wegen seines im Vorjahr verstorbenen Vaters in seine Ämter gelangt. Mit diesem Mann an seiner Seite hatte Schuschnigg kaum etwas gewonnen, denn die Heimwehr würde nicht auf ihn hören, und die Nazis schreckten sich vor ihm sicher auch nicht. Im Gegenteil, die würden sich nun erst recht ermutigt fühlen, in diesem Land nach der ganzen Macht zu greifen.

Bronstein konsultierte wieder einmal seine Uhr. Bis zum Eintreffen Cernys in Wien blieben ihm noch gute vier Stunden. Die galt es zu nutzen. Ob die Maly zu Hause sein würde? Einen Versuch war es jedenfalls wert. Er ging also rasch hinüber zum Hotel Sacher und stieg dort in eines der bereitstehenden Taxis. Während der Fahrt überlegte er, wie er der Maly sein Erscheinen erklären sollte, doch hatte er noch zu keiner probaten Strategie gefunden, als er schon vor ihrer Tür stand. Zögerlich klopfte er und erschrak beinahe ein wenig, als sie fast augenblicklich die Tür öffnete.

»Sie?« Ihr war das Erstaunen deutlich anzusehen.

»Ja. Ich. Darf ich reinkommen?« Gegen seinen Willen klang Bronstein fast flehentlich.

»Na, dann kommen S' halt«, kam es rau und eher abweisend aus ihrem Mund.

Bronstein trat an der Fußmatte seine Schuhe ab, dann überschritt er behutsam die Schwelle in Malys Küche. Er folgte einer nachlässigen Geste der Frau, die er als eine Einladung, sich zu setzen, interpretierte. »Sie werden sich sicher wundern, was ich noch bei Ihnen will.«

»Allerdings.«

»Glauben Sie mir, mir hat der tragische Fall Ihres Freundes all die Zeit über keine Ruhe gelassen, und so bin ich diese Woche zu neuen Erkenntnissen gelangt, die einige Schlüsse erlauben. Allerdings bräuchte ich da noch Hinweise von Ihrer Seite, um abklären zu können, ob ich richtigliege oder nicht.«

»Das klingt jetzt ziemlich verschwurbelt. Geht's ein bisserl deutlicher?« Die Maly lehnte sich an ihren Herd und verschränkte demonstrativ die Arme vor ihrer Brust.

»Sagt Ihnen der Name Vetter etwas?«, begann der Oberst vorsichtig.

Die Maly schien nachzudenken. »Da war«, kam es zögerlich, »einmal ein Mieter im Haus vom Hans, wenn ich mich richtig erinnere. Warum? Was ist mit dem?«

»Der Mann ist ziemlich sicher ein Nazi. Und ich frage mich, ob Herr Binder ihn vielleicht zuletzt einmal erwähnt hat.«

»Nicht, dass ich wüsste«, erklärte die Maly bestimmt. »Aber wir haben ja praktisch auch nur über Politik geredet, wenn wir uns g'sehen haben. Privates ist da kaum vorgekommen. Und wenn, dann ging's eher um andere Genossen. Wie den Kovac zum Beispiel.«

»Der, der in Wöllersdorf sitzt?«

Die Maly nickte. »Deswegen hätt' er delogiert werden sollen. So wie der Genosse Quirina damals. Aber der Hans hat noch kurz vor seinem Tod g'meint, so etwas wie beim Quirina passiert nicht noch einmal. Dem Kovac, dem kann er helfen.«

Bronstein konnte seine Ungeduld kaum noch verbergen. »Hat er irgendwie anklingen lassen, wie er ihm helfen kann?« Bronstein hielt den Atem an und starrte die Maly förmlich an, was dieser sichtlich unangenehm war, sodass sie instinktiv ein wenig zur Seite rückte, als ob sie dadurch seinem Blick ausweichen könnte.

»Ich fürchte, das war nur so dahergeredet. Wissen S', wenn man so ohnmächtig ist wie wir, dann reden Männer sich gerne einmal in eine vermeintliche Position der Stärke. Dem oder denen werd' ich's aber zeigen, heißt es dann. Da ist aber nix dahinter in der Regel. Man will sich halt nicht eingestehen, dass man nix machen kann. Aber schon gar nix.« Ein Schatten von Enttäuschung huschte über ihr Gesicht.

»Aber Sie wissen noch, was er konkret g'sagt hat? Wegen dem Kovac?«, blieb Bronstein hartnäckig.

Nun lachte die Maly kurz auf. »Er hat g'sagt, er kennt den Hausverwalter. Den hätt' er in der Hand. Ein aufg'legter Blödsinn halt. Aber ich hab' ihn reden lassen. In solchen Zeiten haben wir ja nur unsere Träume. Sonst ist uns ja nix geblieben.«

»Er hat also nicht ausgeführt, wie er den in der Hand hat«, insistierte der Oberst.

»Nein, es hat mich auch nicht interessiert, muss ich sagen. Der Hans war ein herzensguter Mensch, der hätt' keiner Fliege was zuleide tun können. Also als Erpresser hätt' der nie getaugt.« Nun zeigte sich ein sentimentales Lächeln auf dem Gesicht der Frau.

»Eines noch. Wissen Sie, ob der Herr Binder zwischendurch einmal ein paar Spaziergänge gemacht hat? Oder sogar Ausflüge?«

»Na ja, das wird er schon g'macht haben. Wennst die ganze Zeit zu Hause auf deine paar Quadratmeter hockst, dann kriegst ja den Koller. Aber jetzt, wo Sie das sagen, ich bild' mir ein, der war Anfang März irgendwo in Niederösterreich. Denn ich hab' mich noch g'wundert, was man da draußen sucht, wenn der Schnee meterhoch liegt und es arschkalt ist in einer Tour.« Abrupt stieß sich die Maly von ihrem Herd ab. »Er hat mir sogar ein Andenken mitbracht, fallt mir g'rad ein.« Sie verschwand in ihrem Zimmer und kehrte mit einer Ansichtskarte zurück. Darauf war eine kaum sonderlich attraktiv zu nennende Dame abgebildet, ein Gemälde in der Schule des Jugendstils, wie Bronstein vermutete. »Ich hab' mich noch g'fragt, was will mir der Hans mit der Schnepfen da sagen. Er hat nur g'meint, das hat der Romako g'malt. Auch schon was. Aber er hat's sicher gut g'meint, der Hans.« Dabei zeigte sich ein mitleidiges Lächeln.

Bronstein drehte die Karte auf. Tatsächlich. Anton Romako, der seinerzeit ein recht bekannter Genremaler und Porträtist gewesen war. Beim Titel des Bildes aber stockte Bronstein der Atem. »Maria Magda Gräfin Kuefstein«, stand da zu lesen. »Die Schwiegermutter von Fernthalers Tochter«, entfuhr es Bronstein. Wofür er eine fragende Miene von der Maly erntete. »Nicht so wichtig für Sie, Frau Maly. Aber sehr wichtig für mich. Überaus wichtig sogar. Das ist genau das fehlende Glied in meiner Indizienkette. Ob ich mir die Karte ein Zeiterl ausborgen dürft'?«

»Tun S' Ihnen keinen Zwang an.«

Wie ein Jungspund sprang Bronstein hoch und schüttelte der Maly heftig die Hand. »Sie werden sehen, ich werde mein Versprechen halten. Der Mörder von Herrn Binder landet im Tschumpas. Sie haben mein Wort drauf.« Ohne ein weiteres Wort stürzte Bronstein aus der Wohnung, eine konsternierte Maly dort zurücklassend.

Über die Maßen ungeduldig tänzelte Bronstein wie ein kleines Kind schon eine halbe Stunde vor der planmäßigen Ankunftszeit des Zuges aus Salzburg auf dem Bahnsteig auf und ab, dabei eine Zigarette nach der anderen rauchend, was seine Nervosität auch nicht wirklich minderte. Erst, als er in der Ferne einen kleinen Punkt wahrnahm, der, je näher er kam, umso mehr einer Bahngarnitur ähnelte, konnte der Oberst wieder etwas ruhiger atmen.

Kaum, dass Cerny die Plattform betreten hatte, stürzte sein Chef schon auf ihn zu und machte Anstalten, ihn zu umarmen, als handle es sich bei den beiden um ein viel zu lange getrenntes Liebespaar.

»Ich sag' dir's, du wirst nicht glauben, was ich alles in Erfahrung gebracht habe. Und ich bin mir sicher, es passt alles perfekt zusammen.« Bronstein schnappte sich Cernys Tasche, griff sich mit der anderen Hand Cerny selbst und schleppte diesen über den Gürtel ins Café Westend, wo er ihm haarklein über alles in Kenntnis setzte, was er in der letzten Woche ermittelt hatte.

»Alle Achtung. Das klingt wirklich überaus plausibel. Ich muss zugeben, ich bin sehr beeindruckt«, erklärte der Assistent schließlich.

Bronstein lächelte milde: »Ja, aber der entscheidende Hinweis, der kam von dir. Ohne diese G'schichte mit dem Schulungsheim für die Nazis wären wir dem Vetter niemals auf die Spur gekommen.«

Cerny nippte an seiner Kaffeetasse. »Wir haben, scheint es, eine lückenlose Indizienkette. Aber dennoch könnte es schwer werden, Vetter auch wirklich zu überführen. Der wird natürlich alles leugnen. Und Beweise oder Zeugen haben wir nicht.«

Bronsteins Enthusiasmus implodierte, als ihm bewusst wurde, dass sein Assistent recht hatte. Nur, weil in ihrer Argumentation alles zusammenpasste, bedeutete das noch lange nicht, dass Vetter zusammenbrechen und alles gestehen würde.

»Ob Binders Wohnung schon wieder vermietet ist?«, hörte er plötzlich Cerny fragen.

»Wie kommst jetzt darauf?«

»Na ja, wenn wir enormes Glück haben, dann ist dort noch alles so wie am Tag des Mordes. Wir könnten schauen, ob wir Fingerabdrücke von Vetter finden …«

»So viel Glück werden wir nicht haben«, stöhnte Bronstein.

»Aber einen Versuch ist es wert.« Cerny ließ sich überreden, gleich mit Bronstein nach Simmering zu fahren. Er rief vom Kaffeehaus schnell seine Frau an und sagte ihr, er sei wohlbehalten in Wien angekommen, müsse aber noch schnell etwas erledigen, dann rief Bronstein ein Taxi, um ein weiteres Mal an diesem Tag nach Simmering zu fahren. Kaum dort angekommen, klopfte er an die Tür der Hausmeisterin. Die war nicht wenig erstaunt, die beiden Polizisten zu sehen.

»Was wollen Sie denn noch hier?«

»Wir hätten nur eine Frage. Ist die Wohnung vom Binder schon wieder vermietet?« Die Worte waren von Cerny gekommen. Bronstein war viel zu unruhig, um gelassen genug für ein Gespräch zu sein. Die Hausmeisterin quittierte Cernys Ansage mit einem lauten Lacher. »Als ob sich in solchen Zeiten noch jemand eine Wohnung leisten könnt'! Das halbe Haus steht ja schon leer. Vor allem, seit der Kovac vorigen Monat endgültig delogiert worden ist. Ich komm mir schon fast vor wie auf dem Friedhof.«

»Und hat irgendwer die Sachen vom Binder abg'holt?«, setzte Cerny nach.

»Nicht, dass ich wüsst'. Aber bitte, mit mir redet ja sowieso keiner mehr. Schauen S' halt nach …« Sie händigte den beiden ihren Generalschlüssel aus und zog sich dann zurück.

Cerny aber fragte seinen Chef, ob man Fingerabdrücke auch nach über zwei Monaten noch rekonstruieren könne. »Na ja, wenn sie zwischenzeitlich niemand verwischt hat, wieso nicht?«

Cerny sah ihn von der Seite an. »Weil da sicher jede Menge Staub angefallen ist seitdem …« Und er setzte gleich nach: »Außerdem wird der ja kaum so blöd gewesen sein, sich irgendwo anzuhalten, als er dem Binder die Schleife gegeben hat.«

»Das nicht, aber vielleicht finden wir was am Türgriff oder am Türstaffel, wer weiß«, blieb Bronstein optimistisch. Sie waren an der Wohnungstür angelangt, und Cerny schloss sie auf. Tatsächlich schien alles noch genau so zu sein wie an jenem Tag, da sie Binders Leichnam gefunden hatten. »Na, das schaut ja einmal nicht schlecht aus. Ich denke einmal, wir holen die Kollegen von der Spurensicherung her.«

Es dämmerte bereits, als die Polizisten die Wohnung wieder verließen. Bronstein sah ihnen mit Leichenbittermiene nach. Immer wieder hatte er sie aufgefordert, noch einmal genauer Nachschau zu halten, doch das Ergebnis war stets dasselbe geblieben. Es gab keine verwertbaren Fingerabdrücke. Nicht einmal vom Opfer selbst. »Weißt eh«, hatte der Partieführer zu Bronstein gemeint, »nach so langer Zeit ist es generell schwer, was zu finden. Und da, da sind dann auch noch Krethi und Plethi durchmarschiert, da kannst dir jedes valide Ergebnis sowieso schnitzen.«

Cerny klopfte ihm aufmunternd auf die Schulter. »Na ja, einen Versuch war's wert.«

Bronstein seufzte, ging aber dann noch einmal in die Wohnung und kehrte gleich darauf mit einem Wasserglas wieder zurück. »Das werden wir jetzt brauchen«, sagte er mit einem hinterlistigen Grinsen. »Und jetzt auf in die Höhle des Löwen.«

Cerny verstand kein Wort. Irritiert sah er seinen Chef an. »Was um Himmels willen hast du vor?« Bronstein schmatzte kurz, klopfte Cerny auf die Schulter und entgegnete: »Lass mich nur machen.« Sie fuhren in die Lammgasse, wo sie alsbald Vetters Wohnung fanden. Auf das Klopfen der beiden öffnete der Hausverwalter und sah, als er die beiden erkannte, vergnügt drein. »Na so was. Was wollen Sie denn hier?«

»Herr Vetter«, begann Bronstein feierlich, »wir laden Sie ein, uns aufs Präsidium zu begleiten.«

Dem Mann blieb der Mund offen. »Soll das ein Scherz sein?«

Bronstein schüttelte vergnügt lächelnd den Kopf. »Mitnichten! Also machen S' keine Umständ', kommen S' mit. Sonst nehm ich Sie ganz offiziell fest, dann dunsten Sie das Wochenende im Kotter, weil wir Sie erst am Montag dem Haftrichter vorführen können. Also! Sie haben die Wahl!«

Vetter war von der Situation derart überrumpelt, dass er Bronstein und Cerny tatsächlich folgte. Sie gingen die wenigen Meter zum Landesgericht, wo Bronstein die dortigen Justizwachebeamten anwies, Vetter in einen Verhörraum zu verfrachten. Dann ging er in ein Amtszimmer und rauchte sich erst einmal eine Zigarette an. Cerny folgte ihm auf den Fuß.

»Nichts für ungut, David, aber bist du noch bei Trost? Mit der Nummer kommen wir nie und nimmer durch. Und jetzt lässt du ihn da drüben auch noch warten. Das gibt ihm Zeit, sich zu erfangen. Gleich, wenn wir bei der

Tür hereinkommen, wird er nach einem Anwalt verlangen, und dann sind wir's gewesen. Und zwar ganz und gar.«

»Jetzt mal' mal nicht den Nämlichen an die Wand. Ich weiß, was ich tue. Keine Sorge, mit dem werde ich fertig. Und wenn's das Letzte ist, was ich tue.« Bronstein dämpfte die nur halb gerauchte Zigarette aus und marschierte schnurstracks in den Verhörraum.

»So, Herr Vetter«, begann er jovial, »ich werde Ihnen jetzt eine Geschichte erzählen. Und Sie hören mir zu. Haben wir uns verstanden?«

Vetter brauste auf. »Ich verlange, meinen Anwalt zu sprechen, ich …«

Bronstein schlug mit der Faust auf den Tisch. »Ob wir uns verstanden haben?«, brüllte er mit der Lautstärke eines wütenden Löwen. Unwillkürlich zuckte Vetter zusammen und verstummte. »Na also«, resümierte Bronstein. Er setzte sich dem Verdächtigen genau gegenüber, zündete sich in aller Ruhe eine »Donau« an, zog an ihr, blies gemächlich den Rauch aus, dann erst ließ er seinen Blick zu Vetter wandern.

»Alles begann vor acht Jahren, als Sie in der Dommesgasse zum Mieter wurden. Sie hörten ein paar Fakten über den Hausbesitzer und beschlossen, Ihre prekäre Situation zum Besseren zu wenden. Es gelang Ihnen, Kontakt zu Fernthaler herzustellen, und Sie banden ihm den Bären auf, Sie seien der Pfeifendeckel seines gefallenen Sohnes gewesen, was der rührselige Alte Ihnen auch prompt abkaufte. Sie erschlichen sich sein Vertrauen und bauten darauf Ihre Karriere auf. Aus der Dommesgasse konnten Sie bald wieder wegziehen, was Ihnen umso leichter fiel, als Sie sich dort ohnehin Feinde gemacht hatten. An denen Sie sich, dessen waren Sie sich sehr schnell sicher, bald fürchterlich rächen würden.« Bronstein nahm wieder einen Zug, blies genüsslich Rauch aus, dabei Vetter im Augenwinkel beobachtend. Dieser sah argwöhnisch zwischen Bronstein und dem an der Wand stehenden Cerny hin und her, darauf lauernd, was von den beiden noch kommen mochte. »Als in die Wolle gefärbter Nazi wollten Sie die Roten allesamt loswerden, und das gelang Ihnen vor zwei Jahren schon mit dem Quirina, der nach seiner Entlassung seine Miete nicht mehr zahlen konnte. Und genau das hatten Sie auch mit Kovac vor, nachdem der in den Häfen gewandert war.«

»Wer nichts zahlt, darf auch nicht zur Miete wohnen. Das ist das A und O meiner Branche. Also machen Sie sich nicht lächerlich …«

Bronstein gebot Vetter mit hochgehobenem Arm Einhalt. »Warten S' doch ein bisserl, Herr Vetter, das Beste kommt ja erst noch.« Bronstein fixierte sein Gegenüber wie ein Boxer, der gleich den entscheidenden Schlag landet. Und Cerny spürte, wie unwohl sich Vetter fühlte. »Da war nämlich noch der Herr Binder. Auch er ein Roter. Und zwar ein Roter, der zufällig mitbekommen hat, dass an Ihrer Geschichte etwas nicht stimmt.« Bronstein zog wieder an der Zigarette, der folgende Satz war von entscheidender Bedeutung, denn er, Bronstein, musste an dieser Stelle überzeugend bluffen, um Vetter dorthin zu bekommen, wo er ihn haben wollte. »Der Binder erfährt nämlich im Häfen von einem Ihrer alten Kameraden, dass Sie gar nie mit dem jungen Fernthaler zusammengekommen sind, da Sie schon vor der Offensive gegen Lemberg an den Isonzo abkommandiert worden waren. Also beginnt der Binder, nunmehr wieder auf freiem Fuß, zu recherchieren.

Und es dauert nicht lange, und er wird fündig.« Bronstein zog die Ansichtskarte der Maly aus seiner Jackentasche und warf sie aus dem Handgelenk auf den Tisch. »Der Herr Binder fährt ins malerische Greillenstein und stellt dort fest, dass Sie Liegenschaften des Herrn Fernthaler an sich selbst verkauft haben. Und er kommt drauf, dass Sie sich auch anderswo nennenswerte Besitztümer des Herrn Kommerzialrats unter den Nagel gerissen haben. Jetzt hat er Sie, der Herr Binder.«

»Ich bitte Sie, das ist doch …«

»Sch! Sch! Sch! Ich rede. Sie hören nur zu«, statuierte Bronstein mit einem leise grollenden Unterton. »Der Herr Binder beschließt, Sie mit seinen Erkenntnissen zu erpressen. Aber als Sozi will er natürlich kein Geld von Ihnen. Er will nur, dass Sie den Kovac nicht delogieren. Und wer weiß, vielleicht will er auch, dass Sie den Quirina wieder irgendwo unterbringen. Und im Tausch gegen eine entsprechende Garantieerklärung Ihrerseits ist Binder bereit, das belastende Material an Sie auszuhändigen.«

Vetter lachte gekünstelt auf. »So etwas von lächerlich. Das muss ich mir nicht anhören.«

»Doch! Müssen Sie. Sie beschließen, Binder einen Besuch abzustatten. Mitten in der Nacht, sodass er, noch halb im Schlaf gefangen, nicht wirklich wehrfähig ist. Für Sie ist das kein Problem. Sie treiben sich einfach bis 4 Uhr früh in einer zwielichtigen Nachtbar herum, dann fahren Sie nach Simmering, nehmen den Haustorschlüssel, der Ihnen ja als Hausverwalter anvertraut ist, sperren auf und stehen vor Binders Wohnung.« Bronstein dämpfte den Rest der Zigarette aus und pfiff dabei eine kleine Melodie. Dabei meinte er, auf Vetters Stirn tatsächlich Schweißperlen auszumachen. »Ihnen ist klar, dass Sie jemanden wie Binder nicht besänftigen können. Also beschließen Sie, gleich Nägel mit Köpfen zu machen. Als Ihnen Binder ganz verdattert die Tür öffnet, starrt er bereits in Ihre Pistole. Sie zwingen ihn, Ihnen die Dokumente auszuhändigen, die dieser auch aus seinem Geheimversteck unter dem Fußboden hervorholt. Doch genau damit unterschreibt Binder sein eigenes Todesurteil. Sie haben, was Sie wollten, drücken ab, und Binder trifft auf seinen Schöpfer.« Zufrieden mit sich selbst, lehnte sich Bronstein zurück und verschränkte die Hände vor seinem Bauch.

Vetter schien arrhythmisch zu atmen. »Selbst, wenn es sich so zugetragen hätte. Ihnen fehlt jedweder Beweis für Ihre Räuberpistole.« Er mühte sich, selbstbewusst zu wirken, scheiterte aber kläglich dabei.

»Wir haben das Motiv. Und den Beweis, dass Sie bei Binder in der Wohnung waren.«

»So ein Blödsinn. Nie und nimmer. Wie wollen Sie das beweisen, ha? Wie?« Vetter gab sich empört.

»Wissen Sie, Herr Vetter, wer der Herr Francis Galton war?«

Wie von Bronstein erwartet, reagierte Vetter verwirrt. »Was?«

Bronstein lächelte überlegen. »Diesem Herrn verdanken wir die Daktyloskopie. Wissen Sie, was das ist?«

»Keine Ahnung! Was soll das?« Vetter unterdrückte nur sehr halbherzig seinen aufsteigenden Ärger, der wiederum nur die bereits sehr präsente Angst übertünchen sollte.

»Fingerabdrücke, Herr Vetter. Die sind überaus individuell, sie können stets nur einer einzigen Person zugeordnet werden.« Dabei griff Bronstein in die Innentasche seines Sakkos und förderte das Bindersche Wasserglas zutage. »Dieses Glas hier, das trägt Ihre Fingerabdrücke, Herr Vetter ...«

»Was für ein Topfen!«, brauste Vetter auf, »ich hab' doch gar nix angefasst bei dem. Ein Glasl schon gar nicht ...« Vetter erstarb und sah mit entsetzten Augen in Bronsteins Gesicht, auf dem ein Grinsen erschien, das breiter und immer breiter wurde.

Für einen Moment wirkte Vetter verdattert, dann ging ein Ruck durch ihn. »Ich war tatsächlich bei ihm«, sagte er hastig, »aber Tage vor seinem Tod. Im Zuge einer routinemäßigen Hausbegehung. Ich ...«

Bronstein aber schüttelte nur den Kopf. »Vetter, aus der Nummer kommst nimmer raus.« Cerny vermochte nicht zu sagen, ob Vetter begriffen hatte, was eben geschehen war, doch Bronstein war vom »Sie« zum »Du« gewechselt – der Unterschied zwischen einem Verdächtigen und einem Verbrecher.

Gleichzeitig war Bronstein klar, dass er diesen Moment der Verwirrung bei Vetter nutzen musste. Er schickte Cerny schnell nach nebenan, ein entsprechendes Protokoll aufzusetzen, während er selbst Vetter weiter unter Druck setzte. Ein Geständnis, so gab er dem Mann zu verstehen, würde in Zeiten wie diesen den Unterschied zwischen Gefängnis und dem Galgen ausmachen. Überführt sei er sowieso, dazu sei die Beweislast zu erdrückend, und er, Vetter, solle sich keinen Illusionen hingeben, dass ein ständestaatlicher Richter mit einem Nazi wie ihm viel Federlesens machen würde.

»Schau, wenn du jetzt mit uns kooperierst und gestehst, dass den Binder g'macht hast, dann gehst zwar in den

Häfen, aber du bleibst am Leben. Und wennst dich bei Gericht auf Mord im Affekt oder Notwehr rausredest, dann bist vielleicht in zehn Jahr' wieder draußen und hast noch was vom Leben.« Dabei war dem Oberst natürlich bewusst, dass kein Richter angesichts einer mitgenommenen Waffe von etwas anderem als einem eiskalt geplanten Mord ausgehen würde, doch galt es, dem Vetter die Sinne so sehr zu vernebeln, dass er seine Unterschrift unter das Protokoll setzte. Denn was er bislang im Verhörraum gesagt hatte, das wurde erst dann offiziell, wenn es schwarz auf weiß auf dem Papier stand.

Zu Bronsteins Glück hatte Cerny in fieberhafter Eile gehandelt. Er kam mit einem zweiseitigen Dokument angerauscht, in dem festgehalten war, dass Binder auf Vetters Verfehlungen gekommen war und diesen deswegen unter Druck zu setzen versucht hatte. Vetter wiederum wollte unter Waffengewalt die Herausgabe der ihn belastenden Papiere erzwingen, dabei habe sich die Tat dann ereignet.

»So, und das unterschreibst jetzt«, erklärte Bronstein kategorisch. Vetter war deutlich anzusehen, wie sich alles in ihm sträubte.

Kann ich nicht doch vorher mit einem Anwalt darüber …«, begann er überraschend kleinlaut, doch Bronstein fuhr ihm schroff über den Mund.

»Nix da. Das hast g'sagt, das unterschreibst. Wenn nicht, dann stecken wir dich da unten in eine Arrestzelle mit ein paar Kummerln, denen wir vorher stecken, was du g'macht hast. Also such's dir aus.«

Cerny fühlte sich angesichts Bronsteins Agieren sichtlich unwohl und biss sich auf die Lippen, um seinem Chef nicht ins Wort zu fallen. Vetter jedoch erwies sich als derart eingeschüchtert, dass er beide Blätter mit zittriger Hand unterschrieb.

»Ich will eine Einzelzelle«, flüsterte er dann.

Bronstein riss ihm das Protokoll aus der Hand, sprang für sein Alter überraschend behände auf, öffnete die Tür, ließ die Leute von der Justizwache kommen und trug ihnen auf, Vetter gut in Verwahrung zu nehmen.

Montag, 18. Mai 1936

Als Bronstein am Morgen des folgenden Montags in sein Büro kam, informierte ihn Cerny, dass der Haftrichter ihrem Antrag gefolgt war. Vetter saß also ganz offiziell in Untersuchungshaft und sah einem Mordprozess entgegen. Die Akte Binder war nicht auf Frist gelegt worden, sie konnte ordentlich abgeschlossen werden. Bronstein war mit sich und damit auch ein klein wenig mit der Welt zufrieden. Und so überraschte es ihn auch nicht, dass ihn am Nachmittag Skubl zu sich rufen ließ.

Diesmal musste Bronstein nicht eine halbe Ewigkeit warten. Kaum im Vorzimmer des Präsidenten angekommen, wurde er auch schon in die hehren Hallen des obersten Polizisten durchgewunken.

»Bronstein, Sie alter Filou!«, empfing ihn der beinahe freundschaftlich. »Wie ich höre, haben Sie mich eines Besseren belehrt.«

Bronstein überlegte, ob er dem Präsidenten in die Parade fahren sollte. Immerhin hatte der Cerny gemaßregelt und ihn selbst wochenlang zu einem Paria werden lassen. Doch was zählte Derartiges im Moment des Triumphs? Er beschränkte sich auf ein schmales Lächeln. Skubl stand einen Augenblick lang verlegen im Raum und fragte dann tatsächlich, ob es dem Oberst nach einer Erfrischung gelüste. Diese Szene, so befand Bronstein, galt es auszukosten, und so sagte er laut und deutlich »Ja.«

»Bronstein, Ihre Aufklärungsrate war ja immer schon bemerkenswert. Das war ja mit ein Grund, warum ich immer meine schützende Hand über Sie gehalten habe«, fuhr Skubl dann fort, offensichtlich nicht bedenkend, welche Assoziationen dieser Satz bei seinem Gegenüber auslösen mussten. »Und, um ganz ehrlich zu sein, ich habe ja wirklich gedacht, dass wir uns um so einen Roten nicht sonderlich zu kümmern brauchen. Aber jetzt, wo sich zeigt, dass der Mörder ein Nazi ist, jetzt muss ich zugeben, dass uns dieser Ausgang der Sache sehr gelegen kommt. Wir werden an dem Kerl ein Exempel statuieren, was uns umso leichter fällt, als man bei einem Mord aus niederen Motiven nur schwerlich ein politisches Manöver konstruieren kann. Glauben S' mir, Bronstein, den Falotten werden sogar seine eigenen Leute fallenlassen wie einen heißen Erdapfel.«

Bronstein hatte in der Zwischenzeit den von der Sekretärin gereichten kleinen Schwarzen getrunken und auf Einladung des Präsidenten sogar eine Zigarette geraucht, ehe dieser demonstrativ auf die Wanduhr blickte. »Das wird natürlich eine Belobigung geben, Bronstein, da brauchen S' Ihnen keine Sorgen zu machen. Sie hatten recht, und was recht ist, das muss auch recht bleiben, gell.«

Mehr, so fand Bronstein, würde er von Skubl an Anerkennung kaum mehr erreichen können, und so erhob er sich, hielt dem Präsidenten die Hand hin und verabschiedete sich dann wieder in sein Büro. Wo er Cerny natürlich brühwarm alles haargenau erzählte.

Am Nachmittag beschäftigte sich der Oberst damit, einen Brief zu verfassen. Er wollte die Maly vom Ausgang der Sache in Kenntnis setzen, scheute aber davor zurück, sie noch einmal zu besuchen. Insgeheim mochte er hoffen, dass sie ihm vielleicht zurückschreiben und so doch noch ein weiteres Treffen am Horizont erstehen würde, doch gestand er sich alsbald ein, dass jeder Versuch, sich in Worte zu fassen, plattitüdenhaft und ungelenk wirkte. Schließlich machte er eine Abschrift des Protokolls, legte seine Visitenkarte bei, auf die er noch die Worte »Versprechen gehalten« malte, ehe er kurzerhand alles in ein Kuvert stopfte, auf welches er Malys Adresse schrieb, um es schließlich am Heimweg in den nächsten Briefkasten zu werfen.

Montag, 1. Juni 1936

Natürlich erhielt er keine Antwort von der Maly. Eine kleine Weile versuchte sich Bronstein damit zu trösten, die Post habe seine Sendung verschlampt. Doch wusste er natürlich ganz genau, dass kaum etwas in Österreich so gut funktionierte wie die staatliche Österreichische Post- und Telegraphenverwaltung. Es war die Kluft zwischen einer sozialistischen Arbeiterin und einem ständestaatlichen Polizisten nun einmal zu groß, um einen Umgang zwischen den beiden zu ermöglichen. Bronstein musste sich eingestehen, er würde die Maly höchstens dann wieder sehen, wenn sie ihm als Verdächtige gegenüberstand.

Von Vetter hörte man, dass er sein Geständnis widerrufen hatte. Er bestritt kategorisch, überhaupt bei Binder gewesen zu sein. Auch hatte man bei der Hausdurchsuchung die Tatwaffe nicht gefunden, was aber von der Staatsanwaltschaft dahingehend interpretiert wurde, dass der Täter selbige nach dem Verbrechen in der Donau versenkt habe. Vetter ließ weiters über seinen Verteidiger ausrichten, er sei von den Vernehmungsbeamten unzulässig unter Druck gesetzt worden, doch schien es mehr als zweifelhaft, dass dieser Behauptung irgendeine Bedeutung beigemessen werden würde. Bronstein und Cerny wiederum versicherte man, der Prozess werde in Kürze beginnen, und an einer Verurteilung des Mörders könne kein Zweifel bestehen. Der Oberst registrierte diese Ankündigung mit Genugtuung, über Cernys Zweifel sah er geflissentlich hinweg.

Sorge bereitete den Behörden mithin nur die Frage, ob die Nazis den Prozess stören oder gar sprengen würden.

Doch auch hier beruhigte die Tatsache, dass die Zeitungen den Fall gar nicht erst groß aufgegriffen und dort, wo doch etwas gedruckt worden war, vorsorglich von Vetters finanziellen Machinationen geschrieben hatten, wodurch dieser gar nicht erst in die Lage versetzt wurde, sich als Opfer der »Systemjustiz« zu gerieren. Der »Reichspost« war es sogar gelungen, dem Fernthaler ein Interview abzuringen, in dem dieser sich maßlos enttäuscht zeigte und wortreich beklagte, wie schamlos ihn dieser Defraudant hintergangen hatte. Die Sympathien für Vetter hielten sich daher wohl auch in den braunen Reihen in sehr engen Grenzen.

Montag, 15. Juni 1936

Zwei Wochen später fand sich Bronstein ein weiteres Mal im Landesgericht wieder. Diesmal als Auskunftsperson. Er musste so mit den anderen Zeugen auf dem Gang warten, bis er aufgerufen werden würde. Aber auch ohne in den Saal gelassen worden zu sein, konnte er erkennen, dass Vetter, wenn er denn gehofft hatte, seine Kameraden würden für ihn in die Bresche springen, sich getäuscht sah. Das Sicherheitsaufgebot war völlig umsonst so groß dimensioniert worden, denn kaum mehr als ein Dutzend Personen hatte sich als Zuhörer in das graue Haus verirrt.

Bronstein und Cerny saßen schon eine geraume Weile auf einer harten Holzbank, als Fernthaler mit einer stattlichen Entourage auf der Szene erschien. Er erwiderte den Gruß der beiden Polizisten mit einem gedankenverlorenen Nicken, das keinen Zweifel darüber ließ, dass er keine Ahnung hatte, um wen es sich bei den Herrschaften handelte. Und ohne auch nur im Ansatz auf sie Rücksicht zu nehmen, redete er ohne Punkt und Komma auf eine Person ein, in der Bronstein Fernthalers Anwalt vermutete, denn dieser Mann hatte sichtlich Mühe, dem Industriellen zu erklären, dass dieser Prozess nicht dazu diene, dem Fabrikanten seine Liegenschaften zu retournieren, die offenbar Fernthalers einzige Sorge waren, da er stereotyp immer wieder fragte, wann und wie er wieder in den Besitz seiner Immobilien komme. Bronstein wollte diesen Dialog mit einem verschmitzten Lächeln kommentieren, ehe seine Züge abrupt einfroren. Auf dem Stiegenabsatz erschien die Maly, die offenbar ebenfalls von der Staatsanwaltschaft als Zeugin vorgeladen worden war. Und war sie eben noch forsch ausgeschritten, so verlangsamte sie merklich ihr Tempo, als sie Bronsteins an der Seite gewahr wurde. Bronstein hatte sich schon einen Ruck gegeben, um aufzustehen und sie zu begrüßen, doch ihr Verhalten ließ ihn in sich zusammensinken. Gleichsam gottergeben wartete er darauf, wie sie sich ihm nun nähern würde.

Trotz ihrer markanten Langsamkeit war die Distanz zwischen ihnen schließlich doch überwunden, sodass sie stehen blieb und Cerny mit einem kurzen Nicken grüßte, ehe sie ihren Blick auf Bronstein ruhen ließ. Der sah sie an wie ein Schüler, dem mitgeteilt werden sollte, ob er die Klasse bestanden hatte oder nicht. »Ich habe Ihren Brief erhalten, Herr Inspektor. Vielen Dank dafür«, sagte sie leise und schickte sich an weiterzugehen. Dann aber drehte sie sich doch noch einmal um, und Bronstein erkannte ein sanftes Lächeln in ihren Zügen. »Danke für alles«, hauchte sie kaum hörbar, ehe sie jener Sitzbank zustrebte, die am Weitesten von jener Bronsteins entfernt war.

»Tu's nicht«, hörte der Oberst Cerny flüstern.

»Was?«, replizierte er eine Nuance zu laut. »Geh ned hin. Mach's einfach ned.«

»Eh ned«, entgegnete er trotzig, »was glaubst denn leicht du!«

Der Umstand, dass er aufgerufen wurde, enthob ihn weiterer Überlegungen. Er stand auf und folgte dem Gerichtsdiener in den weitgehend leeren Saal. Im Vorübergehen konnte er feststellen, dass Vetter völlig apathisch neben seinem Verteidiger zusammengesunken war, sichtlich zu keiner Gegenwehr mehr fähig. Bronstein ließ sich auf dem für ihn vorgesehenen Platz nieder, legte das Gelöbnis ab und antwortete dann knapp und präzise auf die Fragen des Staatsanwalts, sich darüber wundernd, wie schnell dieses Prozedere auch schon wieder vorüber war.

Nun erhielt der Verteidiger das Wort. Der konzentrierte sich naheliegenderweise darauf, dass Vetter sein Geständnis von Bronstein abgepresst worden sei. Doch auch hier blieb der Oberst souverän. Mit getragener Stimme fasste er nochmals zusammen, was sein Kollege Cerny und er an erdrückenden Beweisen zusammengetragen hatten. Mit diesen konfrontiert, sei der Angeklagte in der Vernehmung zusammengebrochen und habe alles gestanden, wovon auch das von ihm selbst unterschriebene Protokoll zeuge. Erst, so fügte Bronstein mit süffisantem Lächeln hinzu, als ihm in der Untersuchungshaft die Tragweite seiner Handlung bewusst geworden sei, habe Vetter versucht, sich seiner Verantwortung durch striktes Leugnen zu entziehen. Die Faktenlage sei jedoch eindeutig, für ihn als erfahrenen Polizisten bestehe nicht der geringste Zweifel, dass Vetter der Mörder von Hans Binder sei. Der Verteidiger schien kurz aufzuseufzen und erklärte dann, er habe keine weiteren Fragen.

Bronstein hatte damit seine Aussage absolviert und durfte daher im Zuschauerraum Platz nehmen, wo er sich Cernys Ausführungen anhörte, die sich von seinen nur durch sprachliche Nuancen unterschieden. Hier verzichtete Vetters Anwalt gleich gänzlich auf sein Fragerecht, sodass der Richter den nächsten Zeugen aufrief.

Bronstein hoffte, es mochte die Maly sein, da er sich nur ungern Fernthalers Lamento anhören wollte, doch das Schicksal war ihm nicht gewogen. Vielleicht aber, so dachte er dann, während er Cerny kurz auf die Schulter klopfte, um sodann den Raum zu verlassen, war es auch besser so. Die Maly und ihn trennten Welten, und so wäre alles Weitere für ihn ohnehin nur enttäuschend. Welchen Grund könnte es geben, mit der Maly auch nur einmal in eine Ausstellung zu gehen? Oder gar ins Kino? Ihm blieb allein, schnell zu vergessen, dass er sie überhaupt kennengelernt hatte.

Ohne dass er es bemerkt hätte, war Cerny an ihn herangetreten. »Willst gar nicht wissen, wie's ausgeht?«

Bronstein warf noch einen letzten Blick auf die Sitzbank am Ende des Ganges, wo die Maly einer Statue gleich ohne jede Regung ins Nichts zu starren schien, und sagte dann: »Wozu? Ich werde es eh früh genug erfahren.« Um nach einer kleinen Pause des Luftholens zu ergänzen: »Ich bin müde. So richtig, richtig müde. Ich glaub', ich geh nach Hause und leg mich hin.« Er sah Cerny noch einmal in die Augen, dann verließ er langsam das Gebäude.

Ohne so recht zu wissen, warum, kam er am nächsten Morgen um Urlaub ein, der ihm ansatzlos gewährt wurde, weil er den Fall Binder so bravourös gelöst habe. Bei dieser Gelegenheit erfuhr Bronstein, dass der Richter tatsächlich noch am Vortag das Urteil gefällt hatte. Vetter bekam den Frack, also lebenslänglich, und war vermutlich schon auf dem Weg nach Stein an der Donau, wo Schwerverbrecher ihre verbleibenden Tage zuzubringen hatten. Bronstein aber zog es in andere Gefilde. Er wollte ans Meer, um dort seine alten Knochen in der Sonne wärmen zu lassen. Vielleicht, so hoffte er, konnte er angesichts des anheimelnden Glitzerns auf den Wellen alles vergessen, was ihn so trübsinnig werden ließ. Und wenn es ihn auch ein wenig schmerzte, dass er ein weiteres Mal eine Reise ganz allein unternehmen musste, so beschloss er, sich durch diesen

Umstand die Freude nicht verderben zu lassen. Bewaffnet mit einem kleinen Koffer aus Karton und einem Buch des Galiziers Joseph Roth setzte er sich in die Südbahn und strebte Triest entgegen. Das Leben mochte unerbittlich sein und das Alter grausam. Aber mitunter gab es doch noch Tage, an denen man dem gnadenlosen Schicksal ein Schnippchen schlagen und sich des Lebens erfreuen konnte. Und so zeigte sich im Gesicht des Obersts ein leises Lächeln, als er, während der Zug sich anschickte, die Ebene hinter sich zu lassen, um dem Gebirge zuzustreben, die ersten Seiten des Buches in Angriff nahm: »Die Trottas waren ein junges Geschlecht. Ihr Ahnherr hatte nach der Schlacht bei Solferino den Adel bekommen. Er war Slowene. Sipolje – der Name des Dorfes, aus dem er stammte – wurde sein Adelsprädikat. Zu einer besondern Tat hatte ihn das Schicksal ausersehn.«

EPILOG

Sonntag, 12. Juli 1936

Bronstein kämpfte lange mit sich, doch schließlich fügte er sich ins Unvermeidliche und kämpfte sich aus seinem Bett. Er stellte Kaffee zu und ging sodann vor die Wohnungstür, um die »Wiener Zeitung« vom Tage dem Postkasten zu entnehmen. Gleich die Schlagzeile machte ihn stutzig: »Ein bedeutungsvoller Tag«. Bronstein wartete darauf, dass er sich den Kaffee in eine Tasse gießen konnte, dann zündete er sich eine »Donau« an, um sich an seinen Tisch zu begeben, wo er den Leitartikel einer eingehenden Lektüre unterzog.

»Eine gestern spät nachts gleichzeitig in Wien und Berlin ausgegebene amtliche Verlautbarung kündigt die Normalisierung der Beziehungen zwischen Österreich und Deutschland an und beendet demnach eine Phase ereignisreicher politischer Entwicklung in Mitteleuropa. Der Führer und Reichskanzler anerkennt bedingungslos die staatliche Selbständigkeit Österreichs und bekennt sich auch zum Prinzip der Nichteinmischung in die inneren Verhältnisse unseres Staates.«

Bronstein war sprachlos. Eine derartige politische Volte hatte er in seinem langen Leben noch nie zuvor erlebt. Diese Nachricht kam so vollständig aus dem Nichts, dass er sich so früh am Morgen nicht zu fassen vermochte. Wie war das überhaupt möglich? War Schuschnigg klammheimlich nach Berlin gefahren, ohne dass die Öffentlichkeit davon etwas erfahren hatte? Der Oberst schnappte unweigerlich nach Luft und zwang sich dann weiterzulesen. Der österreichische Bundeskanzler, so hieß es hier, habe erklärt: »Wir sind so deutsch, so selbstverständlich deutsch, dass es uns überflüssig vorkommt, dies eigens zu betonen.« Und weiter: »Wir bekennen uns als Österreicher zum deutschen Kulturkreis. Wir haben keinen Anlass, eine Mauer aufzurichten.« Bronstein spürte, wie ihm schlecht wurde. Nur mit großer Mühe konnte er sich dem Text weiter widmen, doch Formulierungen wie »Österreich bleibt sich seiner deutschen Sendung im mitteleuropäischen Raum voll bewusst« oder »Die österreichische Regierung ist weiter bereit, ihre Außenpolitik unter Bedachtnahme der friedlichen Bestrebungen des Deutschen Reiches zu führen« gaben ihm das Gefühl, sich ungeachtet seines leeren Magens übergeben zu müssen.

Er hielt einen Moment inne, überlegte, ob er sich den weiteren Text des Artikels wirklich antun sollte, als sein Blick auf die äußerst linke Spalte fiel, wo unter dem Titel »Amtlicher Teil« mitgeteilt wurde, dass der Bundespräsident Edmund Glaise-Horstenau zum Minister und Guido Schmidt zum für die Außenpolitik zuständigen Staatssekretär ernannt hatte. Der zweite Name sagte ihm nichts, doch Glaise-Horstenau war überall als Krypto-Nazi bekannt. Ihn in die Regierung zu holen, hieß, die Nazis endgültig salonfähig zu machen. Eigentlich war dies eine Kapitulation Österreichs vor Hitler, erkannte Bronstein, der sich sogleich bestätigt sah, als er in der zweiten Spalte des Leitartikels über die Information stolperte, es werde eine Amnestie für alle inhaftierten Nationalsozialisten geben. Dass das Regime dies einen »politischen Gnadenakt« nannte, der nicht als Zeichen der Schwäche gedeutet werden dürfe, sondern als Einladung an alle verstanden werden müsse, sich an Österreichs Aufbauwerk zu beteiligen, war ein höchst durchsichtiger Versuch, diese Kapitulation zu verschleiern. »Überflüssig zu sagen, wie ungeheuer groß in nationaler Hinsicht die Bedeutung des gestrigen Tages ist.« Dem war wahrlich nichts hinzuzufügen. Schuschnigg, offenbar von Mussolini, der Hitler mehr denn je für seine imperialen Träume benötigte, im Stich gelassen, hatte sich selbst und damit Österreich aufgegeben. Die Frage war nur noch, ob die Nazis jetzt auch offen als solche auftreten durften oder ob sie sich noch in den Reihen der Vaterländischen Front bedeckt halten mussten. Dann, und nur dann, mochte er, Bronstein, wenigstens noch ein kleines Weilchen Ruhe haben.

Immer noch fassungslos taumelte Bronstein zum Telefon und rief Cerny an. Dieser wusste bereits Bescheid. »Die haben uns ganz schön an der Nase herumgeführt«, resümierte er. »Ja, ich frag' mich, ob ich gleich emigrieren soll oder erst im Herbst, wenn's wieder kalt wird.«

»Ich fürchte, das Schlimmste an der ganzen Sache hast du noch gar nicht erfahren«, begann Cerny vorsichtig, »unter den Begnadigten ist auch der Vetter.«

»Ned wahr!«, entfuhr es Bronstein, »das ist jetzt ein Scherz, oder?«

»Leider nein! Ich habe es aus sicherer Quelle. Der Mann von einer Freundin meiner Frau ist Schließer in Stein. Die haben gestern noch eine Liste mit Namen am Telefon durchgegeben, wer morgen um 8 Uhr morgens aller in Freiheit zu setzen ist. Und weil der ja weiß, dass ich da involviert war, hat er mir's ausrichten lassen.«

»Wie gibt's denn das? Der ist ja ein hundsgemeiner Verbrecher und kein Politischer!«, erinnerte Bronstein seinen Assistenten.

»Anscheinend ist das wurscht. Nazi ist Nazi. Und simma uns ehrlich. Verbrecher sind die alle!«

»I maan, i traam«, konnte Bronstein nur noch erwidern. »Sei mir ned bös, Cerny, aber auf das hinauf muss ich jetzt schnell eine Runde spazieren gehen. Ich muss mich irgendwie abreagieren, sonst krieg ich einen Anfall.« Cerny bat seinen Chef, auf sich aufzupassen, dann beendeten sie das Gespräch. Bronstein schnappte sich sein Jackett und strebte wenig später der Albertina zu.

Die mächtige Reiterstatue vor dem Palais glänzte beinahe weiß im bereits um diese Stunde gleißenden Sonnenlicht. Bronstein ließ seinen Blick eine gute Weile auf ihr ruhen. Und in seinem Kopf formte sich der Satz: Siehe ein fahles Pferd. Und der darauf saß, das war der Tod. Und die Hölle folgte ihm nach.

ENDE

GLOSSAR

Nenikekamen	griechisch: Wir haben gesiegt
Des a no	das auch noch
z'wider	zuwider
Großkopfert	höhere Person (eher negativ gemeint)
Kieberer	Polizist
Pumperer	Krach
Wastl	abwertend für Mensch
Hahnenschwanzler	Angehöriger der austrofaschistischen Heimwehr
Tschik	Zigarette
Tuscher	Krach
Häfen	Gefängnis
Tuberer	Tuberkulose
Tschumpas	Gefängnis
Mordskaracho	sehr hohes Tempo
Spezi	Freund
Spinaterer	Polizist
Schurl mit der Blechhauben	Polizist/Wachmann
Giftl	gefährlich, bedrohlich (von »Gift«)
Gablitzer	dummer, einfältiger Mensch – abgeleitet vom Ochsenmarkt in der Ortschaft Gablitz
Schmier	Polizei
Untergatte	Unterhose

Beisl	kleines Lokal
herumstiereln	tiefer graben
Verrätergfries	Verrätergesicht
wurscht	egal
Feber	Februar
Hackn	Arbeit
Hantige	vergrämte, bittere Frau
die Heh	Polizei
dann spielt's Granada	dann wird es ernst/kann auch handgreiflich werden
schaßaugert	schlecht sehend
Remasuri	Durcheinander
Galan	Kavalier
Gigerer	Pferd
Servus	Tschüss
Pennäler	Schüler
Defätist	Person mit pessimistischer Haltung
Prolet	abwertend für Arbeiter (von »Proletarier«)
Kummerln	Kommunisten
Brösel gegeben	Ärger
Powidl	Unsinn (eigentlich »Pflaume«), vgl.: »mir ist das Powidl«, mir ist das egal
Schnösel	arroganter Mensch
Kokarde	Hoheitszeichen (Plakette, Abzeichen)
Tatterer	zittriger alter Mann
Zwiderwurzn	schlecht gelaunter Mensch
eine zu schmieren	Ohrfeige geben

Pimpf	negativ für Junge
eine geklescht	Ohrfeige geben
Marmeladinger	negativ für Deutsche
Erdäpfel	Kartoffel
Kracherl	Limonade
Bapperl	Essen
Wampe	dicker Bauch
damisch	dumm
pressieren	eilen (pressiert es? ist es dringend?)
Spaßettl	Späßchen
Fauteuil	in Österreich *immer* Lehnstuhl bzw bequemer Stuhl mit Armlehnen
perlustrieren	genau untersuchen
Koat	Kommissariat
füsilieren	erschießen
Augsburger	Brühwurst
Bappn	Mund
Haberer	Kumpel, Freund
Budel	Theke
Gerstl	Geld
Maulheld	Wichtigtuer
Kerzlschlucker	bigotte, konservative Person
resch	frisch, knackig
Semmerl	rundes weißes Brötchen (nur in Österreich erhältlich)
Schale Gold	Mokka mit heißer Milch
aufs Tapet gekommen	zum Thema geworden
degoutant	abstoßend
den Gizi kriegen	wütend werden, ausrasten, durchdrehen

Stefaniebraten	Hackbraten mit Eiern, kleinen Essiggurken und Würstchen drin
Paradeiser	Tomate
Trottoir	Gehsteig
petschiert sein	in einer blöden Situation sein
Bergfex	leidenschaftlicher Bergsteiger
Gusch	Geh weg! Verschwinde!
Goschen	Mund
grantig	schlecht gelaunt
Frankfurter	Wiener Würstchen
den Hobel ausblasen	ist mir gleichgültig (geht mir am A… vorbei)
z'wider sein	missmutig, übel gelaunt
Gsi-Berger	Vorarlberger (Menschen aus dem Bundesland Vorarlberg)
hinig	kaputt
Jessasmarandana	Ausruf (»Jesus, Maria und Anna«)
Macheloikes	Betrügereien
blad	dick
Halterbub	Hirtenjunge
Pfeifendeckel	Offiziersdiener
Defraudant	Betrüger
abpascht	abgehauen, weggelaufen
Bassena	allgemein zugängliche Wasserstelle am Gang eines Mietshauses
Dacken	Türmatte
derrisch	taub
I maan, i traam	ich meine, ich träume

© querbeet / istock.com

LIEBLINGSPLÄTZE
zum Entdecken
Wien mit Bahn und Bim
CLARA HEIN / BERND ROTH
GMEINER